제국이야기 티어문

단두대에서 시작하는 황녀님의 전생 역전 스토리

Tearmoon
Empire Story
Written by
Nozomu Mochitsuki

XIV

모치츠키 노조무 지음
Gilse 일러스트

선크랜드 왕국

SUNKLAND KINGDOM

왕도

기마 왕국

KINGDOM OF
CAVALRY

세인트 노엘
학원

노엘리쥬 호수

공도

왕도

성 베이르가 공국

PRINCIPALITY OF
SAINT VEIRGA

렘노 왕국

REMNO KINGDOM

경지

N

미개척지

혁명

원수

루돌폰 변경백가

세로

티오나의 남동생. 우수하다.
추위에 강한 밀을 개발했다.

티오나

변경백의 장녀.
미아를 학우로서 좋아한다.
이전 시간축에서는 혁명군을 주도했다.

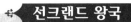
선크랜드 왕국

원수

키스우드

시온 왕자의 종자.
시니컬한 성격이지만
실력이 좋다.

시온

제1왕자. 문무겸비의 천재.
이전 시간축에선 티오나를 도와
훗날 단죄왕으로 이름을 떨친
미아의 원수.
이번 삶에선 미아를
'제국의 예지'로 인정하고 있다.

[바람 까마귀] 선크랜드 왕국의
첩보대.

[백아白鴉] 어떤 계획을 위해 바람 까마귀 내부에
만들어진 팀.

지원

성 베이르가 공국

렘노 왕국

아벨

왕국의 제2왕자.
이전 시간 축에서는
희대의 플레이보이로 유명했다.
이번 삶에선 미아를 만나 진지하게
검 실력을 단련하기 시작했다.

지원

라피나

공작 영애. 세인트 노엘 학원의
학생회장이자 실질적인 지배자.
이전 시간축에서는 시온과
티오나를 후방에서 지원했다.
필요하다면 웃는 얼굴로 살인할 수 있다.

[세인트 노엘 학원]

인근국의 왕후·귀족 자제가 모이는
엘리트 중의 엘리트 학교.

[포크로드 상회]
클로에

여러 나라에서 활동하는
포크로드 상회의 외동딸.
미아의 학우이자 독서 친구.

혼돈의 뱀

성 베이르가 공국과 중앙정교회를 적으로 보며
세계를 혼돈에 빠뜨리려고 하는 파괴자 집단.
역사의 그늘 속에서 암약하지만, 상세는 불명.

티어문 제국

미아

주인공.
제국의 유일한 황녀이자
제멋대로 굴던 황녀.
하지만 사실은 그냥 소심할 뿐.
혁명이 일어나 처형당했지만
12세로 회귀했다.
단두대 회피에 성공했지만,
벨이 나타나서는……?!

수수께끼의 소녀
벨과 같이
나타났는데……?

손녀와 할머니

미아벨

목에 화살을 맞고
빛의 입자가 되어
사라졌지만
성장한 모습으로
다시 나타났다.

사대 공작가

루비

레드문
공작가의 영애.
남장 미인.

슈트리나

옐로문 공작가의
외동딸.
벨이 사귄
첫 친구.

에메랄다

그린문
공작가의 영애.
자칭 미아의
절친.

사피아스

블루문 공작가의
장남.
미아 덕분에
학생회에 들어간다.

루드비히

젊은 문관. 독설가.
지방으로 좌천될 뻔했으나
미아가 막아준다.
자신이 숭상하는 미아를
황제로 만들 생각이다.

안느

미아의 전속 메이드.
가족은 가난한 상가.
회귀 전엔 미아를 도와주었다.
이번 삶에서는
미아에게 충성한다.

디온

백인대의 대장으로,
제국 최강의 기사.
이전 시간축에서
미아를 처형한 인물.

원수

※ ────── 미래 시간축에서의 관계   ※ ·········· 이전 시간 축에서의 관계

S T O R Y

이기적인 황녀였던 티어문 제국의 황녀 미아는
미래에서 온 손녀 벨, 과거에서 온 할머니로 추정되는 패티와 함께
'루드비히의 일기장'을 지침으로 삼아 두 사람의 시간 이동에 얽힌 수수께끼를 풀기로 한다.
먼저 패티를 뱀의 가르침에서 해방하기 위해 노력하기 시작하지만,
여름방학이 되어 귀국한 제국에서는 루비의 혼담이 오가고 있었는데……?

제6부 한여름 밤의 꿈 Ⅱ

FULL MOON-DREAM IN THE SUMMER OF HORSE

제1화 승마대회 시작!

승마대회 당일, 이른 아침…….

"으…… 으응……."

태양이 얼굴을 드러내기까지 아직 수십 분 정도 남은 시각…….

어둑한 실내. 미아는 '히이이이이익!' 하는 비명 같은 목소리에 눈을 떴다.

──지금 그 목소리는, 꿈……?

잠에 취한 눈으로 그런 생각을 한 다음 순간, 또다시 들린 '히이이이익!'에 미아는 마음속으로 '히이이이익!' 하고 비명을 질렀다.

──지, 지, 지금 그건…… 뭐죠? 뭔데요?!

몸을 뒤척이는 척하며 주변을 확인. 널따란 방에는 아무도 없었다!

여기가 세인트 노엘 학원이라면 바로 옆 침대에서 안느가 자고 있다. 하지만 아쉽게도 지금은 여름방학. 이 백월궁전의 침실에 있는 건 미아뿐이다. 미아뿐이다!

그럼…… 조금 전의 비명은 어디에서 들린 걸까?

아무도 없는데…… 누가……?

다음 순간, 또다시 '히이이이익!' 하는 비명이 들렸다.

이어서 창문을 막는 나무 덧문이 덜컹덜컹덜컹 흔들리자 미아는 부들부들 떨었다.

어둠을 향해 힐끗 시선을 던진 뒤 창문에 등을 돌리고── 조용히 이불을 뒤집어썼다.

──아, 안느가 있다면…… 무서워하진 않을지 걱정되니까 살펴보러 갔겠지만…… 지금은 저밖에 없으니까요. 네, 이대로 다시 자도 문제없어요. 절대 무섭다거나 그런 건 아니지만요, 굳이 침대에서 나가 원인을 조사하러 가거나 그럴 필요는 없잖아요.

연신 중얼거리면서 눈을 질끈 감는 미아였지만……. 소리는 도통 멈출 줄을 몰랐다.

──으, 으으…… 이래서야 잠들 수 없어요……!

이불 속에서 신음하기를 잠시……. 어느새 주변이 밝아졌다.

"……어머? 이, 이상하네요. 왜 순식간에 아침이 된 거죠……? 이 기묘한 현상은 대체……?"

그렇게 말하며 무의식중에 입 주변에 흐른 침을 닦는 미아였다. 아무래도 잠들었던 모양이다…….

"좋은 아침입니다. 미아 님. 눈은 뜨셨나요?"

문을 열고 들어온 안느의 얼굴을 본 미아는 저도 모르게 안도의 한숨을 내쉬었다.

"아아, 안느군요……. 네, 좋은 아침이에요."

"네. 하지만 어젯밤엔 바람이 굉장히 세게 불더라고요. 미아 님께선 제대로 주무셨나요?"

"바람…… 아아, 그건 바람이었군요……. 네, 물론 잘 잤죠. 음."

미아가 침대에서 일어나는 사이에 안느가 창문을 막은 덧문을 열었다. 그러자 밖에서 눈을 찌를 듯한 햇빛이 쏟아졌다.

"오오. 아주 화창한 날씨로군요. 후후, 승마하기 딱 좋은 날이에요."

위를 올려다보자 끝없이 높고 푸른 하늘이 펼쳐져 있었다. 느긋하게 흘러가는 하얀 구름이 여름 햇빛을 반사하여 반짝반짝 빛났다.

평온한 바람이 실어다 주는 아침 냄새를 한껏 들이마시며 미아는 크게 기지개를 켰다.

"자, 그럼 가 볼까요."

기합을 넣고 향하는 곳은 굳이 말할 필요도 없겠지만…… 식당이었다.

주방장의 요리에 감격하는 루틴을 마치고 기합을 잔뜩 충전한 미아는 바로 승마복으로 갈아입었다.

그 후 백월궁전의 마구간으로 향했다.

기마왕국에서 있었던 일로 인해 미아의 전용마 취급을 받게 된 동풍은 황녀전속 근위대의 마구간에서 성의 마구간으로 이사했다.

미아의 얼굴을 보자 동풍은 평온한 목소리로 울었다.

"후후후, 오늘은 잘 부탁드려요. 동풍."

미아는 동풍의 코를 쓰다듬었다.

황람이었다면 재채기를 날렸을 테지만 신사이자 기사인 동풍은 그런 무례를 저지르지 않는다. 무례를 저지르지 않지만…… 그건 그거대로 조금 아쉬움을 느끼는 미아였다.

──후후후, 신기하단 말이죠. 재채기를 뒤집어쓰는 걸 그리운 추억처럼 느끼다니……. 세인트 노엘에 돌아가면 실컷 타고 다녀야겠어요.

그런 생각을 하고 있을 때였다.

"오, 미아 황녀. 말을 관리하러 온 건가?"

활기찬 목소리. 시선을 돌리자 후이마가 웃으며 걸어오는 중이었다. 그 얼굴이 갑자기 어두워지더니 주변을 두리번거린 후.

"그런데 호위로 디온 알라이아를 데려왔다거나……?"

쭈뼛거리며 물어보았다.

"걱정할 필요 없습니다. 성 내부에서까지 데리고 다니진 않으니까요. 그보다 후이마 양, 오늘은 잘 부탁드려요."

살며시 허리를 숙이자 후이마는 거만하게 팔짱을 꼈다.

"후후후, 그런 거라면 내가 아니라 형뢰에게 말해줘."

후이마는 조용히 마구간으로 시선을 주었다. 그 말을 들은 건지 형뢰가 이쪽으로 조용한 눈길을 돌렸다.

코가 움찔거린다 싶더니 푸후 깊게 숨을 내쉬었다.

"형뢰의 상태도 좋아 보이는군. 후후후, 날씨도 좋고. 좋은 승부를 할 수 있겠어."

후이마는 살며시 하늘을 바라보며 말했다.

"이번에는 제국에게 지지 않겠다."

"후후후, 글쎄요?"

후이마의 강인한 선언을 웃는 얼굴로 도발한 뒤 미아는 말을 이었다.

"힐데브란트도, 그가 타는 석토도 상당한 실력자. 아무쪼록 방심하지 않기를 부탁드려요."

이리하여 미아가 주최하는 승마대회가 시작되었다.

제2화 평화의 제전, 미아픽

평화의 제전, 미아픽(달 여신의 선택).

지금은 세계적인 이벤트로 널리 알려진 그 승마대회가 처음 열린 곳이 티어문 제국이라는 것, 처음 기획한 사람이 제국의 예지 미아 루나 티어문이라는 것 또한 유명한 이야기이다.

지상의 모든 어둠을 평등하게 비추는 달의 여신에게 선택받은 각국의 승마 능력자가 모여서 기술력을 경쟁하고 서로 건투를 칭송하는 그 대회는 국가 간의 우호 관계를 다지는 대회로 받아들여지고 있다.

그런 미아픽이지만, 물론 비판적으로 보는 사람도 있다. 대회 규모가 커지면 그만큼 탐탁지 않게 생각하는 사람들이 나오는 건 세상의 섭리다.

제국의 예지가 시작한 미아픽이라고 해도 예외가 아니었다.

어떤 사람들은 말한다.

"뭐가 평화의 제전이냐. 이건 각국의 기병력을 과시하기 위한 자리. 군사력을 과시해서 타국을 공갈협박하기 위한 자리에 불과하지 않나!"

확실히 미아픽의 경기 종목 중에는 군사교련을 기반으로 만들어진 게 많다. 기병의 기술을 선보이는 자리라고 억지를 부리지 못할 것도 없다.

그 발언에는 어느 정도 설득력이 있었다.

하지만 제국의 예지를 신봉하는 자들은 대답한다.

"그런 소릴 하는 건 제국의 예지가 이룩한 성과를 모르기 때문이지. 그녀가 대륙의 평화에 얼마나 공언했는지 모르는 건가? 말로 떠들기밖에 못하는 사이비 평화주의자와는 다르게 미아 황제는 본인의 평생으로 평화를 실천했지 않은가."

이 주장에도 막대한 설득력이 있었다.

당시에도 이미 그녀의 존재는 '평화를 낳는 성모'로서 대륙 전체에 널리 알려져 있었기 때문이다.

그런 미아 황제가 시작한 대회가 군사력을 과시하기 위함이라는 의견은 생트집이라고 주장하는 것이다.

그렇다면 어느 쪽이 정답일까?

과거 성 미아 학원의 학생이 미아 황제에게 물어본 적이 있다고 한다.

"미아 폐하께선 어떤 마음으로 미아픽을 시작하셨습니까? 기마대를 강화하고자 좋은 기수를 찾기 위해서입니까? 군사력을 과시하기 위해서입니까? 아니면 각국 병사의 우호를 다져서 평화를 유지하기 위해서입니까?"

그 질문에 미아 황제는 순간 놀란 듯 눈을 크게 뜨고는 뭐라 말할 수 없는 쓴웃음을 지었다고 한다.

그리고 끝내 질문에 대답하지 않았다.

왜 그녀가 명확한 대답을 피했는지…….

많은 역사가가 그 쓴웃음에서 의미를 찾아내고자 고찰을 거듭

했다.

자신의 선의가 그런 식으로 세간에 받아들여지고 있었냐며 무심코 쓴웃음이 나오고 말았다는 가설이 있었다.

자신의 의도와는 너무도 거리가 먼 곡해에 슬퍼서 말문이 막혔다는 가설도 있었다.

그런 건 생각해볼 거리도 안 된다며 어린아이의 순수함에 쓴웃음을 지었다는 가설도 있었다.

다양한 가설이 나왔지만 결국 그 진의는 아무도 알지 못했다. 그녀는 대답해주지 않았기 때문이다.

하지만 이렇게는 생각할 수 없는 걸까?

미아 황제는 일부러 대답하지 않고 미래를 살아갈 우리 후손에게 답을 맡긴 것이라고…….

대회를 평화의 제전으로 만들지, 아니면 각국의 군사력을 과시하는 자리로 전락시킬지…….

그 해석의 책임을 미래를 살아가는 사람들, 자신의 자손에게 맡기기 위해. 제국의 예지는 그렇게 생각한 것이 아닐까.

그 답을 찾아내는 건 여러분이라고…… 대답할 수 있는 일문에도 일부러 정답을 알려주지 않았던 게 아니었을까.

그건 그녀의 기도였던 건지도 모른다.

자신의 자손들이, 제국, 대륙의 아이들이 현명하고 눈부신 미래를 만들어주길 바라는…….

혹은 신뢰였을지도 모른다.

분명 아이들은 괜찮을 것이라고……. 자신들이 구축한 평화를 물려받고 거기서 더 앞으로 나아가줄 것이라고…….

그렇게 신뢰받은 우리는…… 그렇다면 어떤 식으로 살아가야 할까?

그 답은 부디 여러분 한 명 한 명이 스스로 찾길 바란다.

성 미아 학원 제20대 학원장의 졸업생 축사에서 발췌

……이렇게…… 졸업생 축사에도 등장하게 되는 세계적 제전, 승마대회 미아픽이지만……. 미아가 무슨 생각으로 시작했냐면, 사실은…….

"오오……. 이거 제법……."

미아가 고안한 승마대회 경기장은 제도 루나티어의 교회에 있었다.

제국의 일곱 군대를 통솔하고 군사부문을 관장하는 흑월청의 승마 훈련장은 평소 그저 넓기만 할 뿐 아무런 장식도 없는 광장이지만…… 지금은 완전히 다른 모습을 보여주고 있었다.

그곳은 어마어마한 열기로 흘러넘쳤다.

들어가자마자 좌우 양쪽으로 나뉘어서 진을 친 양측 군대.

서쪽에 진을 친 무리는 제국 정규군을 능가한다는 소문마저 도는 레드문 가의 사병단. 붉은 달이 그려진 거대한 깃발을 펼치고 기세를 올리고 있었다.

반대로 동쪽에 진을 친 무리는 미아 황녀를 지키는 데 몸과 마음을 바친 황녀전속 근위대. 보라색의 거대한 깃발을 흔들며 질세라 소리를 지르고 있다.

"음…… 저 깃발은……."

"황녀전속 근위대의 깃발인가 보군요……."

옆에 있던 루드비히는 온화한 미소를 지으며 말했다.

"미아 님께 바치는 충성심을 형상화하는 깃발이 필요하다고 전부터 요청이 있었습니다."

"그렇군요……."

보라색 깃발에는 요정처럼 날개가 달린 미아가 초승달에 앉아 있다는, 참으로 아기자기한 자수가 놓여있었지만…… 미아는 잘 보이지 않았기 때문에 별다른 비판을 하지 않았다.

"미아 님, 저쪽 자리입니다."

루드비히가 가리킨 곳은 경기장 안쪽. 양쪽 진영과 동일한 거리를 두고 떨어져 있는 위치였다.

"어머, 저건…… 망루인가요?"

"네. 레드문 가의 협력을 받아 즉석 관람석을 만들었습니다. 전체의 전황을 둘러보기 위해 높은 곳에서 전장 전체를 확인할 때 사용하는 것을 이용했습니다."

그건 목재를 엮어서 만든 즉석 망루였다.

높이는 성 2층 정도일까. 위는 발코니처럼 생겼고, 그곳에 의자를 만들어 놓았다.

"이미 레드문 공이 와 계십니다. 폐하께서도 곧 도착하실 예정입니다."

"흠, 그럼 먼저 올라가서 기다리기로 할까요……."

미아와 동행하는 건 렘노 왕국 왕자인 아벨과 별을 지닌 공작 영애인 슈트리나였다.

차마 정체를 명확하게 밝힐 수 없는 벨은 아래쪽 자리에서 안느와 함께 아이들을 돌보기로 했다.

계단을 올라가자 그곳에는 레드문 공작 만사나와 루비가 기다리고 있었다.

"레드문 공, 오랜만입니다. 이번 대회에서는 제 기획에 협력해주셔서 감사드려요."

살짝 스커트 자락을 잡은 미아는 황녀다운 미소를 지었다.

그렇다……. 의욕만 있다면 미아도 황녀 같은 표정을 지을 수 있다. 우습게 볼 수 없는 사람이다!

……아니, 하지만 잠깐. 잘 생각해보면 미아는 원래 황녀니까 의욕이 없을 때는 황녀답게 행동하지 못한다는 건 사실 이상한 소리일지도 모른다……. 아니, 그렇지만, 그건 깊게 생각하면 안 되는 부분인가.

지금 미아는 열심히 황녀다운 표정을 지었고 성공도 했다. 그 사실만이 중요하니까 역시 생각을 관두기로 하자.

그렇게 황녀 모드를 장착한 미아에게 레드문 공작 만사나는 흡족한 미소를 지었다.

"아닙니다, 이렇게 즐거운 자리에 초대해주셔서 감사합니다. 미아 황녀 전하. 부끄럽지만 이 열기에 제 피도 끓어오르는 게 느껴지는군요. 하하하."

아무래도 즐거워하는 듯한 모습에 안도할 뻔한 미아였지만…….

본래 예상치 못한 사태는 불쑥 찾아오기 마련.

"실례합니다. 미아 님."

변화는 미아의 사촌 오빠의 모습을 하고 나타났다.

"잘 지내셨습니까. 미아 황녀 전하."

"어머나, 힐데브란트. 후후후, 제법 기합이 들어간 모습이로 군요."

관람석으로 찾아온 힐데브란트 코티야르는 이미 승마하기 편한 옷으로 갈아입은 모습이었다. 등을 꼿꼿하게 세운 그는 쾌활한 미소로 대답했다.

"지금 당장에라도 경기에 임할 수 있는 마음가짐입니다. 사촌인 제 실수는 미아 님의 실수. 꼴사나운 모습은 보여줄 수 없으니까요."

"음, 훌륭한 의욕이로군요."

기합이 들어간 힐데브란트를 보며 미아는 싱긋…… 소리 없이 웃었다.

──느낌이 좋군요. 진심으로 싸워야 졌을 때도 충격이 큰 법이죠. 후이마 양에게 철저히 패배하고 나면 바로 기마왕국에 관심이 생겨서, 후후후……. 계획대로예요.

미아는 자신의 계획이 순조롭게 흘러갈 것을 의심하지 않았다.

이번 일에선 정말 모든 게 순조롭다고 확신했었다. 확신했었기에…… 미약한 허점을 지금까지 눈치채지 못했다.

"그렇죠. 당신이 실수하면 제 체면이…… 음?"

찰나의 위화감.

무언가가 미아의 위기의식을 자극하고 있었다.

등을 타고 올라오는 오싹한 직감. 그것은 마치 파도 꼭대기에 있다고 믿고 있었더니 뒤쪽에서 거대한 파도가 불쑥 나타나…… 아, 사실 나는 지금 막 파도에 삼켜지려는 거구나…… 하고 깨달은 순간처럼…….

──잘 생각해보면…… 힐데브란트는 제 사촌이잖아요? 그러니까 그가 실수하면 제 체면이 구겨지는 거고……. 음, 틀린 건 아니에요. 틀린 건 아니지만…… 어라?

그렇게 미아는 생각하고 말았다.

──여기서 힐데브란트가 약혼을 거절하고 기마왕국에 가겠다고 선언하는 무례를 저지르면…… 그건 제 이미지가 나빠지는 결과를 불러오는 거 아닌가요……?

애초에 만사나는 힐데브란트와의 혼담이 미아와의 관계 강화로 이어진다고 생각한다. 그 정도로 힐데브란트를 '미아 쪽 인물'이라고 파악하고 있다.

그런 힐데브란트가 멋대로 기마왕국에 가 버리겠다고 한다면…… 만사나의 기분이 상하지 않을까?

그리고 그 기분을 상하게 만든 범인은 '미아 쪽 인물'인 '미아의 사촌 오빠'다.

──앗! 이, 이건 맹점이었어요. 크윽, 이게 가장 온건하게 힐데브란트와 루비 공녀의 약혼을 깨트릴 방법이라고 생각했는데……. 상정하지 못한 문제가 있었군요!

저도 모르는 사이에 방심했다는 사실에 미아는 이를 악물었다.

하지만 그건 어쩔 수 없는 일인지도 모른다.

이전 시간축에선 힐데브란트는 일찌감치 죽어버렸고 미아는 그의 죽음을 추모할 여유도 없었다. 그리고 과거로 돌아와 다시 시작한 이번 시간축. 미아는 그와 친척간의 교류를 할 여유가 없었다.

요컨대 미아 안에서 힐데브란트에 대한 인상이 너무 흐릿했다.

결과 미아는 힐데브란트를 자신의 가족으로 인식하지 못했다. 그의 실책은 자신의 체면에 먹칠하는 행위라고 말하면서도 실감하지 못하고 있었다.

──실수했어요……. 이런 실수를…….

경악하는 미아였지만…… 바로 정신을 차리고 궤도를 수정했다. 그건 오늘 아침 주방장의 요리가 아주 맛있었기 때문이다.

승마대회니까 오늘은 서비스라면서 가져다준 디저트가…… 새로 수입한 달콤한 콩을 사용한 요리가 무척 맛있었기 때문에…….

그 당분을 에너지로 삼아 미아의 뇌가 활동을 개시했다.

──역시 기본은 양쪽 모두에게 이득이 되는 거죠……. 즉 레드문 공에게도 힐데브란트와 혼담이 취소되는 게 이득이 되는 상황을 만드는 것……. 그렇지 못한다고 해도 최소한 적당히 넘어갈 수 있는 수준의 상황을 만들어내는 게 중요해요. 그러면 레드문 공작 안에서 제 이미지가 나빠지는 건 피할 수 있겠죠. 그렇다면…….

미아는 황녀전속 근위대를 향해 힐끗 시선을 주었다.

다행히 대장인 바노스도 경기에 참가할 예정이다. 심지어 '그' 5종 경기에.

레드문 가가 강한 병사를 좋아한다는 이야기는 유명하다. 그 부분을 충분히 어필할 수 있지 않을까?

이어서 미아는 루비에게 시선을 주었다.

슈트리나, 아벨과 인사하는 루비였지만…… 그 후로 바노스와 무언가 진전이 있었다는 이야기는 듣지 못했다. 끝내 못 들었다! 정말 조금도, 티끌만큼도 듣지 못했다!!

——루비 공녀도 의외로 소심하군요. 제 친척인데 말이죠……. 뭐, 에메랄다 양도 사피아스 공자도 은근히 소심하니까, 저와 리나 양만 예외인 건지도 모르지만요…….

이따위의 생각을 하면서 미아는 작게 한숨을 쉬었다.

——어쩔 수 없죠. 가만히 둘 생각이었지만, 저도 만사나 님에게 바노스 씨를 추천해서 밀어줘야겠어요.

"하하하, 힐데브란트 경이 석토를 얼마나 잘 다룰지 기대되는군."

레드문 공작 만사나의 발언에 미아는 흠칫 정신을 차렸다. 그러고는 살짝 조급해하며 입을 열었다.

"그것도 물론 기대되실 테지만, 제 자랑스러운 황녀전속 근위대의 위용도 부디 기대해주신다면 좋겠네요. 대장을 비롯한 정예들이 모여있답니다."

"오호. 그거 무척 기대되는군요. 저희 레드문 가의 군대와 어느 쪽이 뛰어날지……."

만사나는 씩 입꼬리에 미소를 지으며 말했다.

"후후후, 지지 않을 거예요. 절대로."

미아는 만사나와 힐데브란트를 번갈아 바라보며 힘차게 대답했다.

미아픽…… 훗날 평화의 제전이라고 불리게 되는 그 대회가 넘쳐나는 (루비의)사랑과 (연애 소설 같은 신분 차 사랑이 보고 싶은 미아의)정열을 원동력으로 했음을 아는 사람은 얼마 없다. 하지만 다소 타산적인 꿍꿍이가 끼어들었다 할지라도 사랑과 정열이 평화로 이어졌으니 순수하게 훌륭한 축제라고 하지 못할 건 없…… 을 것이다. 아마도…… 분명히.

제3화 개회 선언

그 후 한발 늦게 도착한 아버지의 '아빠라고 부르렴' 공격을 아름다운 스텝으로 회피한 미아에게 막중한 역할이 돌아왔다.

승마대회의 개회식 인사였다.

"그럼 먼저 미아 님, 한 말씀 부탁드립니다."

미아가 있는 관람석 앞에 집합한 일동. 레드문 공작의 사병단과 황녀전속 근위대를 앞에 두고 미아는 기합이 가득 들어갔다.

"흠……."

솔직히 제법 갑작스러운 요구였지만…… 미아는 동요하지 않았다. 이미 이 정도의 상황에 동요할 미아가 아니다.

자리에서 일어난 뒤 천천히 관람석 앞쪽으로 걸어가 병사들을 내려다보았다.

작게 숨을 들이마셨다가 내쉰 후.

"평안하십니까, 여러분. 오늘은 제 어리광을 들어주셔서 감사드립니다."

생글생글 입을 열었다.

──먼저 황녀전속 근위대의 사기를 올릴 필요가 있어요.

그들의 활약은 그 대장인 바노스의 평가로 이어진다.

이미 사기가 충분히 올라간 것처럼 보이기도 했지만, 돌다리도 두들겨 보라고 미아는 조용히 말하기 시작했다.

"특히 이번에는 제 황녀전속 근위대의 라이벌로써 레드문 공작의 기사단이 참가해주셨죠. 뜻밖의 기쁨입니다.”

미아는 생긋 미소 지으며 말을 이어갔다.

“레드문 공작가의 군대는 제국 최고의 정예가 모여있다고 들었습니다. 그런 평판에 걸맞은 활약을 기대하겠습니다.”

숨 쉬듯이, 지극히 매끄러우면서도 자연스러운 아부였다.

그건 만사나의 비위를 맞춘다…… 는 목적도 당연히 있지만, 오히려 미아가 의도한 건…….

──파도가 높을수록 그 파도를 뛰어넘은 사람을 인정해주기 마련이죠.

강력한 레드문 공작의 군대와 호각으로 겨루었다면 자연스레 황녀전속 친위대의 평판도 좋아진다. 당연히 그 대장은 얼마나 뛰어난 사람인 거냐고 관심도 받게 된다.

──작위 문제는 있지만, 우선 만사나 님 마음에 들 필요가 있죠.

따라서 미아는 레드문 공작의 사병단을 먼저 치켜세워준 뒤 황녀전속 근위대로 시선을 옮겼다.

“그리고 황녀전속 친위대 여러분……. 항상 저를 위해 일해주셔서 감사합니다. 특히 최근에는 무척 바쁜 임무를 맡아주고 있었죠. 진심으로 고생이 많았다는 말씀을 드리고 싶네요.”

미아는 온화한 어조로 말했다.

그 말에 거짓은 없었다. 미아는 그들 덕분에 단두대가 멀어지고 있다는 걸 안다. 그렇기에 진심에서 우러난 감사 인사를 건넸다.

그 말을 듣고 몇몇 병사의 눈에 감격에 겨운 듯한 눈물이 맺혔다.

여제파 못지않게 미아에게 강력한 충성을 바치는 황녀전속 근위대였다.

"그렇게 바쁜 와중에 이런 대회를 열어서 면목이 없지만……
부디 편안하게, 즐기는 마음으로…… 같은 말을 할 수는 없죠."

미아는 여기서 표정을 단호하게 굳혔다.

"여러분은 제 자랑스러운 검이자 방패. 아직 그 명성은 레드문
공작의 군대에 미치지 못한다고 하더라도 실력은 절대 뒤떨어지
지 않는다고 저는 믿습니다."

그러고는 관람석으로 시선을 던지며…….

"오늘은 이곳에 제 아버지이신 황제 폐하와 레드문 공작께서
와 주셨습니다. 여러분의 진정한 힘을 보여드릴 절호의 기회. 화
려한 승리를 기대하겠습니다."

거기까지 말한 미아는 표정을 확 바꿔서 부드러운 미소를 지
었다.

"이쯤에서 마무리를 지을까 하는데, 지금부터 대결한다고 해
도 양쪽 모두 영광스러운 우리 티어문 제국의 군대입니다. 아군
끼리 적대시하지 말고, 승부가 끝나면 서로의 건투에 찬사를 보
내주세요."

이번 대회를 계기로 레드문 공작의 군대와 관계가 나빠지는 건
미아가 바라는 바가 아니다. 여차할 때는 양군이 협력해서 자신
들을 지켜주길 바라는 미아였다.

따라서 어디까지나 경쟁심을 불태우는 건 이 경기로 한정하라
고 명확히 말했다.

"그러기 위해서는 다치지 않도록, 무리하지 말고 경기에 임할

것을 꼭 명심하기 바랍니다."

누군가가 피를 흘리면 화근이 남는다…… 는 측면도 당연히 있지만, 그 이상으로 황녀전속 근위대 사람이 다치면 물자 수송에 지장이 생길지도 모른다. 그것 또한 미아가 바라는 바가 아니다. 따라서 다치지 말고! 무리하지 말고! 하고 강조했다.

그리고 마지막으로…….

"그럼 즐겨주세요."

이건 즐기기 위한 대회라는 인상도 덧씌워주었다.

발언을 마친 뒤 미아는 우아하게 발걸음을 돌려 자리에 앉았다.

"그럼 양 진영은 원래의 위치로. 전원이 돌아가면 제1경기부터 순서대로 시작한다. 참가자는 코스에 나오도록. 그리고 심판은 지정된 위치에……."

또랑또랑한 루드비히의 지시가 날아가는 가운데 자리로 돌아온 미아에게 황제가 말을 걸었다.

"미아가 나가는 건 마지막에 있는 호스 댄스라는 경기가 맞느냐?"

"네, 맞아요……. 어머, 아바마마. 무척 졸려 보이시네요."

"후후후, 미아가 이런 행사에 불러주다니……. 너무 기뻐서 어젯밤에 잠이 오지 않더구나."

옆에서 듣고 있던 만사나가 부드러운 미소를 지었다.

"아아, 폐하도 그러셨습니까. 저도 요즘 루비가 쌀쌀맞은 태도를 보여서 사소한 일이라도 말을 걸어주면 그렇게나 기쁘더군요."

"하하하, 그렇군. 어느 집도 마찬가지인 모양이야."

그렇게 화기애애하게 웃는 두 아버지를 미아와 루비, 더불어 슈트리나까지 뭐라 말할 수 없는 표정으로 쳐다보았다.

제4화 사기가 올라가는 사람들……

솔직히…… 황녀전속 근위대 내에서는 이번 승마대회에 약간 위화감을 느끼고 있었다.

여태까지 제국의 예지가 보인 행동에는 전부 확고한 이유가 존재했다.

최근 그들을 바쁘게 만드는 식량 호위가 대표적인 사례로, 자신들의 임무에 지극히 중대한 의의를 느낄 수 있었다. 그렇기에 바쁘다고 해도 아무런 문제도 없었지만…….

이번 승마대회는 그것과는 다소 느낌이 달랐다.

어떤 자들은 격려하기 위해, 어깨에서 힘을 뺄 수 있는 즐거운 이벤트를 마련해 준 거라고 했지만…….

"확실히 항상 긴장감이 강한 임무만 하면 숨이 막히겠지. 이즘에서 한숨 돌릴 수 있도록 소소한 레크리에이션을 마련해주시려는 그 마음이 기쁘긴 해……."

그 정도의 감각이었다.

경기에 참가하는 사람도 마찬가지였고…… 굳이 따지라면 미아가 끝에 가서 말했던, '다치지 말고 즐기자!' 하는 마음가짐이 더 강했다. 하지만…….

"……다들 들었지? 미아 황녀 전하의 말씀."

"그래……. 똑똑히…… 제대로 들었어."

황녀전속 근위대 대원들은 자신의 진영으로 돌아오자마자 작은 목소리로 수군거렸다.

"미아 님께선 우리를 자랑스럽다고 하셨어. 당신의, 제국의 예지의 검이자 방패라고…… 말씀해주셨어……."

그 말에 뿌듯하게 가슴을 펴는 사람들은 본래부터 근위대였던 자들이었다.

충성심 강한 그들에게 미아의 말은 무엇보다도 자랑스러운 말이었다.

반면 디온 부대에 있던 자들의 반응은 달랐다.

"레드문 공작의 군대를 이기라니. 그래, 역시 미아 황녀 전하야. 수준이 다르시지."

백전연마의 디온 부대 대원들 눈에도 레드문 공작의 군대는 틀림없는 정예부대다. 검술이나 궁술 실력만이 아니라 기마술도 초일류……. 하지만 미아 황녀는 그런 강적에게 맞서서 이기라고 했다.

당신들이라면 이길 수 있다고…… 당당하게 말했다.

그 디온 알라이아가 단련한 병사가…… 지금은 사라진 미래에서 늙은 몸으로도 성녀군에게 한 방 먹였던 남자들이…… 그런 말을 들으면 어떻게 되는지…….

"역시 미아 황녀 전하야. 참 유쾌한 말씀을 하시네. 그렇다면 그 명령을 달성할 수밖에 없겠는데……."

"당연하지. 굳이 입 밖으로 꺼낼 필요도 없어."

히죽 사나운 미소를 짓는 남자들. 사기는 하늘 높은 줄 모르고 치솟았다.

"우리에게 이런 무대를 마련해주셨잖아. 미아 님의 배려에 보답하기 위해서도 이 악물고 하라고."

대표로 선발된 기수들에게 그런 격려가 날아갔다.

"그래! 맡겨줘."

동료들의 응원을 짊어진 기수들은 자신이 탈 말을 향해 달려갔다.

한편으로 레드문 공작의 사병단도 사기가 올라갔다.

황녀전속 근위대는 소중한 루비 아가씨를 필두로 많은 여성 병사를 데려갔다.

그렇기에 아무리 미아 황녀의 친위대라고 해도 은근한 답답함과 위화감을 느끼던 그들이었다.

"이건 갚아주기 딱 좋은 기회야. 차마 정면으로 싸움을 걸 수도 없었던 참에…… 설마 저쪽에서 이런 자리를 마련해줄 줄은 몰랐어. 미아 황녀 전하 앞에서 놈들의 체면을 구겨버려야지."

"맞습니다. 조금 전 황녀 전하의 연설도 다소 흘려들을 수 없는 내용이었죠. 기마술로 우리를 이기라니……."

레드문 공작가의 병사들은 자신들의 부대를 자랑스럽게 여긴다. 미아가 입에 담은 제국 최강이라는 아부도 그들은 지극히 자연스럽게 받아들였다.

그렇다. 자신들이야말로 제국의 최정예. 황녀가 거느리는 근위대에게 질 리가 없다.

그런데도 조금 전 미아는 말했다.

황녀전속 근위대에게, 자신들을 이기라고…….

그 탓에 그들의 자존심은 크게 상처받았다.

"우리는 제국의 신민으로서 미아 황녀 전하를 경애한다. 따라서…… 황녀 전하의 잘못된 식견을 내버려 둘 수는 없지. 이대로 내버려 두면 장차 황녀 전하께서 부끄러움을 겪게 되실 거다. 그 인식을 정정하실 수 있도록 기합을 넣고 가자. 알겠지? 제군들."

리더격인 남자의 목소리에 '오오오!' 하는 힘찬 대답을 돌려주는 병사들이었다.

사기가 올라간 양 진영을 멀리서 본 미아는 만족스럽게 고개를 주억거렸다.

──쌍방 모두 의욕은 충분하군요. 저만큼 기합이 들어갔으니 분명 레드문 공도 만족할 거예요. 박력이 다르니까요…….

그렇게 기다리기를 잠시.

제1시합이 시작되었다. 처음은 단순한 속도 겨루기다.

"참고로 레드문 가에서는 어떤 말을 갖추고 있죠?"

문득 궁금해서 물어보자…….

"대부분 테르토르튀 종입니다. 그 외엔 피가 섞인 혼혈도 있지만…… 거의 테르토르튀로 통일하고 있죠."

제국이 자랑하는 말 품종, 테르토르튀. 속도는 월토마에게 양보했지만, 절대적인 안정감과 터프함으로 유명한 말이다.

"오호, 테르토르튀…… 동풍과 같은 품종이군요……. 그렇다면 말의 차이는 거의 없고 순수히 기수의 실력에 좌우되겠네요."

마치 해설가라도 된 것처럼 잘난 체를 한 뒤 미아는 팔짱을 턱 졌다.

제5화 영애들의 어필, 직격!

승마대회의 개막을 장식하는 건 순수한 속도를 겨루며 대회 경기장을 몇 바퀴 도는 경주였다.

참고로 지극히 아무래도 상관없는 정보지만, 승마대회의 폐막을 장식하는 건 황녀님의 화려한 승마 댄스…… 로 예정되어 있다. 그런고로 상당히 대단한 공연을 볼 수 있을 거라며 다들 그만큼 크게 기대하고 있는데……. 괜찮은 걸까?

뭐, 그건 됐고…….

"흠, 이거 제법 볼만한데요?"

미아는 태평한 태도로 치열한 경주를 보며 감탄을 흘렸다.

"황람을 탈 때는 지면이 더 거칠었는데, 이렇게 제대로 정비된 장소에서 펼쳐지는 경주는 순수한 속도 승부가 되어서 이건 이거대로 박력이 대단해요."

무심코 열중해서 응원하는 미아.

"그때는 호되게 당했습니다."

그런 미아를 보며 쓴웃음을 짓는 루비였다. 하지만 직후 무언가를 떠올렸다는 듯 고개를 기울였다.

"그런데 미아 님. 만약 그때 지면이 멀쩡한 상태였다면 저와 어떻게 승부하실 생각이셨죠?"

"네? 그건…… 당연히 비밀이죠."

그렇게 말하며 의미심장…… 해 보이게 미소 짓는 미아였다.

굳이 설명할 필요도 없겠지만 무언가 좋은 아이디어가 있는 건 아니고…… 아니, 애초에 코스가 질퍽거리는 걸 이용한 건 미아가 아니라 황람……. 미아에게 작전 같은 건 처음부터 없었으니…….

따라서 미소로 얼버무리며 화제를 전환하는 미아였다.

"아, ……그래요. 말씀드리는 걸 잊고 있었군요. 루비 공녀, 저는 이번 승마대회에서 만사나 님께 바노스 씨를 어필할 예정입니다."

"……네?"

갑작스러운 기습에 멍하니 입을 벌리는 루비. 그건 영애로서 기피해야 할 조금 그런 표정이었다── 미아는 자주 짓는 표정이지만…….

"아니, 어, 그게, 네?"

"쉿, 목소리가 커요. 루비 공녀."

미아는 제 입술에 검지를 살며시 댄 뒤 부드럽게 미소 지었다.

"잘 들으세요. 제 계획이 잘 풀린다면 이번 약혼은 취소될 겁니다. 하지만 그건 당신의 혼담을 나중으로 미루는 것뿐이에요. 그렇다면 이번에는 하나 더…… 공격적인 수를 둬야 하죠."

"그, 그게, 아버지에게 바노스 대장을 어필하는…… 것입니까?"

오묘한 얼굴로 물어보는 루비를 향해 미아는 살그머니 고개를 끄덕였다.

"맞아요. 혼담 상대에서 힐데브란트를 제외하는 것만으로는 안 됩니다. 그 자리에 바노스 씨가 자리 잡을 수 있도록 조장해야 해요."

지극히 진지한 얼굴로 설득, 또 설득! 열심히 루비를 설득하는 미아였다.

아무튼 '힐데브란트보다 더 괜찮은 상대가 있을지도?' 같은 생각이 들지 않는다면 미아의 인상이 나빠지는 건 피할 수 없으니까…….

군사 방면에 해박한 만사나와는 아무쪼록 친하게 지내고 싶은 미아로서는 진지해질 수밖에 없는 사안이었다.

"먼저 만사나 님에게 바노스 씨를 어필하기. 제대로 그 존재를 인식하게 하고, 가능하면 '제법 괜찮은 남자군!' 정도는 생각하게 만들어야 해요."

미아의 힘이 담긴 속삭임에 루비는 진지한 얼굴로 고개를 끄덕였다.

"그런 거라면, 문제없을 겁니다……. 바노스 대장은 무척 멋진 분이니까요……. 봐주시기만 해도 매력이 전해질 겁니다. 특히 그 근육이…… 후후후."

그렇게…… 두 영애가 살짝 그런 대화를 하는 사이에도 경기는 진행되었다.

"흐음……. 지금까지는 레드문 공의 군대와 호각이라고 보면 될까요."

전반의 속도 승부는 거의 비등비등했다.

역시 안정감과 터프함이 장점인 테르토르튀다웠다. 어느 쪽도 말의 상태에는 큰 변화 없이 숨 막히는 접전을 펼쳤다.

첫 번째인 5바퀴 대결에서는 레드문 공의 사병이, 두 번째인 3

바퀴 대결에서는 황녀전속 근위대가, 세 번째인 1바퀴 대결에서는 미세한 차이로 황녀전속 근위대가 승리를 거두었다.

"흐음, 저분은…… 토니 씨라고 했던가요……. 제법인데요."

접전 끝에 승리하여 세리머니를 선보이는 중인 기병을 바라보며 미아는 중얼거렸다.

참고로 당연하다고 해야 할까, 설명할 것도 아니긴 하지만…… 미아는 오늘 대회에 참가하는 황녀전속 근위대 대원의 이름과 얼굴을 전부 기억하고 있다.

아무튼 황녀전속 근위대는 미아의 검이자 방패. 목숨을 걸고 혁명의 불꽃에서 미아를 지켜줄 사람들이다. 그런 그들에게 '누구였죠?' 같은 소릴 해버렸다간 사기가 추락할 것이다. 깜빡 방패를 내리고는 '끝까지 지키지 못했습니다!' 하는 사태가 일어날지도 모른다.

그런 곤경을 회피하기 위해서도 미아는 밤낮으로 노력해서 뇌를 혹사했다. 그렇게 그날 섭취한 당분을 제대로 소모하려고 한다. 따라서 단것을 조금 많이 먹어버리는 건 뇌를 적절하게 사용한다는 증거다. ……아마도.

"하지만 이건 역시 바노스 대장의 가르침이 구석구석 닿아있다는 뜻일까요……. 그렇죠? 루비 공녀."

힐끗 루비에게 시선을 보낸 뒤 이어서 만사나 쪽을 살피는 미아. 갑자기 화제가 넘어온 루비는 의기양양한 얼굴로 대답했다.

"네, 맞습니다. 바노스 대장이 항상 열성적으로 지도해주죠. 무척 뛰어난 분으로, 특히 그 근육이 훌륭하며…… 부하들도 단련시키고 있습니다.”

“어머, 참 훌륭한 분이군요. 역시 근육이 두꺼우면 안심감이 느껴지니까요…….”

그런 미아와 루비의 대화를 슈트리나가 옆에서 듣고 있었다.

작게 고개를 갸웃거리던 슈트리나였지만 직후에 무언가 이해했다는 얼굴로 고개를 끄덕이고는,

“그렇네요. 미아 님의 그 커다란 대장님은 무척 의지할 수 있어 보이는 사람이었죠. 그 곰 같은 몸이며……, 호위로서 리나도 무척 든든함을 느꼈습니다.”

즉석에서 편승했다! 참으로 감이 좋은 슈트리나였다.

그런 영애들의 바노스 칭찬을 듣고 관심을 보인 사람은 레드문 공작 만사나………… 가 아니라, 그 옆에서 관전하던 황제 폐하였다!

“흠……. 근육……. 의지할 수 있는 아빠…… 그렇군.”

그 중얼거림을 들은 미아는 부르르 떨었다!

“아, 아뇨…… 아바마마, 그게…… 아바마마께선 딱히, 단련하실 필요는…….”

곰처럼 거대해진 아버지가 ‘아빠라고 부르렴’ 하며 강요하는 모습이 뇌리를 스쳤다.

미아는 허둥지둥 아버지를 달래면서 레드문 공작 만사나 쪽을 샤샥 살폈다. 그러자…….

“뭘 하는 거냐! 우리 레드문 가의 기병이 그리 쉽게 져서 되겠나! 마지막까지 포기하지 말고 버티란 말이다!”

만사나는 전혀 듣지 않았다!

주먹을 불끈 쥐고 크게 소리치고 있다.

평소 그는 굳이 따지라면 침착한 인상이었지만……. 말은…… 사람을 열광시키는 죄 많은 생물이다.

"그나저나 제법 대단하군요. 미아 황녀 전하의 병사들은……. 하지만 전장의 기술은 말을 타는 것만이 아닙니다. 아직 승부는 지금부터죠."

번뜩. 열이 오른 시선을 보내는 레드문 공작 만사나. 그 시선을 받은 미아는,

"후후후. 받아들이겠습니다. 제 황녀전속 근위대의 대장은 아주아주 뛰어난 사람이니까요! 특히 그…… 아빠 호칭을 강요하지 않는 점이 아주 좋아요!"

……어필 방향이 살짝 삐끗할 뻔했다.

제6화 영애들, 움직이다

    세 번의 스피드 경주와 장애물 경주가 끝나자 전반 경기는 종료. 일단 잠시 휴식 시간을 갖기로 했다.

    "흐음, 저 장애물을 점프하는 방법은 제법 훌륭했어요……. 배울 점이 있네요."

    호스 댄스를 대비해 장애물을 뛰어넘는 연습을 거듭해온 미아였다. 비슷한 움직임이 많은 장애물 경주는 참고할 부분이 참 많았다.

    기본적으로 기마왕국 백성들의 승마 기술도 보았기 때문에 기준점이 높은 미아였지만…… 병사들은 그런 미아도 감탄하게 만드는 실력을 보여주었다.

    "특히 마지막의 그 점프는 대단했어요. 물 흐르는 듯한 움직임이었죠."

    "그래. 무척 볼만했어."

    그렇게 옆에서 관전하는 아벨과 미소를 나누며…….

    "아아, 정말 행복해요……."

    그 상황에 취할 뻔한 미아였지만…… 문득 움직임을 멈췄다.

    ──잠깐, 바노스 씨를 어필하는 걸 완전히 잊고 있었어요!

    그렇다. 미아가 시리어스 모드를 유지하기에는 아벨 옆자리라는 장소는 불리했다.

    ──아니, 이렇게 멋진 승부로 분위기가 달아오르는 건 좋지

만…… 만사나 님을 감탄하게 만든다는 의미로는…… 영 부족해요.

시선을 옮기자 만사나는 확실히 경주에 집중한 모습이었지만, 딱히 황녀전속 근위대를 보며 감탄하는 건 아니었다.

조금 전까지 루비와 미아가 열심히 들이밀려고 했지만(저 기병은 대장이 손수 단련한 인물이라거나, 좋은 기수지만 대장보다는 조금 부족하다 등 제법 노골적으로 어필했지만……) 도통 반응이 없었다.

경기에 너무 푹 빠져있는 만사나였다.

──역시 바노스 씨 본인의 실력으로 주목하게 만들 수밖에 없군요. 뭐, 원래 그럴 생각이었으니까요……. 그렇다면 여기선 살짝 기합을 넣어주러 가는 게 좋을까요…….

그때였다.

"미아 님, 죄송합니다. 잠시 자리를 비우겠습니다."

"어머나, 리나 양. 어디 가는 거죠?"

미아의 질문에 슈트리나는 참으로 가련한 미소를 지으며 귓속말했다.

"아이들이 조금 신경 쓰여서 보러 가려고 하는데요……."

아이들=벨로 머릿속에서 번역한 미아는 고개를 끄덕였다.

──전반은 아바마마 앞에서 함께 관전했으니…… 그 후에 몰래 빠져나가서 친구와 같이 보려는 거군요.

별을 지닌 공작 영애로서 의무를 다하면서도 친구와 노는 시간도 포기하지 않는 그 자세!

미아는 그 모습에서 슈트리나의 긍지를 본 느낌이 들었다.

……뭐, 그건 그렇고.

"그렇다면 저도 같이 가겠어요. 자리를 바꿔야만 하니까요……."

중간에 안느와 합류해서 바노스를 격려하러 가려고 마음먹은 미아였다. 하지만 그 목소리를 듣고,

"뭣?! 벌써 가는 건가? 조금 더 여기에 있어도 괜찮지 않으냐?"

떼를 쓰기 시작한 황제였다.

살짝 귀찮음을 느낀 미아였지만 그걸 입 밖에 내진 않았다.

아무튼 올해 겨울이면 미아도 16살. 벌써 어엿한 숙녀다. 이 정도는 어른스러운 태도로 가볍게 넘길 수 있다.

……아니, 하지만 잠깐만.

미아는 과거로 돌아왔을 때 이미 20살……. 어엿한 숙녀였던 느낌이 안 드는 것도 아니지만…….

뭐, 그런 사소한 건 넘기기로 하고. 미아는 천연덕스러운 얼굴로 대답했다.

"어머나, 아바마마. 준비하지 않으면 저는 호스 댄스에 나갈 수 없게 되는데 그래도 괜찮으신가요?"

"으윽…… 아니, 하, 하지만…… 그건, 너무 아쉽고…… 으으윽……."

황제는 억울한 듯 신음한 뒤……. 짝 손뼉을 쳤다.

"오오, 그러고 보면 그 아이들이 같이 와 있지 않았던가?"

"그 아이들, 이라면……? 음, 벨과 패티와 친구들이라면 아래에 있는데요……."

"이럴 수가! 그렇다면 어쩔 수 없지. 아이들을 여기에 불러오너라."

"아니…… 하지만 괜찮으신 겁니까? 아바마마."

일단은 대국의 황제다.

그렇게 경솔하게 정체를 알 수 없는 사람을 불러와도 되는 거냐고…… 물어보자…….

"정체를 알 수 없다니. 미아가 후견인으로 봐주고 있는 아이들이 아니더냐. 그렇다면 그것만으로 충분하지."

"아바마마……."

아버지의 말에서 느껴지는 자신을 향한 신뢰에 미아는 본의 아니게도 살짝 감동할 뻔했으나…….

"애초에 미아와 얼굴이 비슷하다면 그것만으로도 더는 말할 것이 없지!"

이어지는 말에 살짝 진저리를 쳤다.

──그랬죠. 아바마마는 벨의 얼굴에 저와 닮은 구석이 있다는 이유만으로 관대해지는 분이셨어요.

그런데다 지금은 어머니를 닮은 소녀 패티(본인이지만……)도 있다.

여기에 부르는 걸 주저할 이유는 전혀 없다.

"황제와 어린아이는 높은 곳을 좋아한다고 하지. 분명 여기에 오면 기뻐할 게다."

그렇게 말하며 순수하게 웃는 아버지.

미아는 그 옆에 있는 또 한 명의 중진, 레드문 공작에게 시선을

주었다. 하지만 그도 온화한 미소를 짓고는,

"폐하께서 허락하신 일을 제가 끼어들어서 간섭할 수는 없죠. 게다가…… 역시 말은 다 함께 즐겨야 하지 않겠습니까!"

나중에 가서는 어쩐지 열광 모드에 들어간 말 애호가였다.

말 애호가는 여기저기 널려 있구나…… 하고 감회에 젖은 미아였다.

'흠' 하고 콧방귀를 뀐 뒤 이번에는 슈트리나에게 시선을 주었다.

어쩌면 이런 긴장되는 장소가 아니라 더 편한 장소에서 친구들과 관전하고 싶었던 게 아닌가 염려했는데…….

"그럼 이 리나가 즉시 다녀오겠습니다."

뻔뻔한 얼굴로 그렇게 대답했다.

──그렇죠. 잘 생각해보면 리나 양은 황제 앞이라고 해도 전혀 긴장하지 않을 테니까요…….

이해했다는 표정으로 고개를 끄덕인 뒤,

"그럼 다녀오겠습니다. 아바마마."

미아는 조용히 발걸음을 돌렸다. 그때였다.

"기다려주십시오. 미아 님. 저도 함께 가겠습니다."

유유히 일어난 루비가 늠름한 얼굴로 말했다.

"음? 무슨 일이지? 루비."

아버지의 질문에 시원스럽게 돌아본 루비가 대답했다.

"네. 부대장으로서 출장하는 기수들을 격려하고 올 생각입니다."

"출장하는 기수……."

그 대답을 듣고 만사나는 이해했다는 듯 고개를 끄덕였다.

"그렇군. 그건 중요한 일이지. 다녀오거라. '그'에게 인사 전해주고."

'그'가 바노스를 가리키는 대명사가 아니라는 건 명확했다.

아마 만사나는 루비가 약혼자가 될 예정인 청년, 힐데브란트를 응원하러 간다고 생각한 모양이다.

그걸 알아차린 건지 루비의 얼굴이 살짝 어두워졌지만.

"알겠습니다. 아버지도 부디 계속해서 기대해주십시오. 저희 황녀전속 근위대의 위용을."

그렇게 말한 후 루비는 조용히 그 자리를 떠났다.

제7화 후방에 있는 남자들

"주변에 이상은 없나……?"

승마대회 경기장 내부, 황녀전속 근위대 진영과 조금 떨어진 장소에서 두 명의 남자가 대화하고 있었다.

한 명은 얼핏 봐도 눈에 띄는 거구의 남자. 다름 아닌 황녀전속 근위대의 대장 바노스였다.

"네. 현재 이상은 없습니다. 관람석으로 접근하는 자도 없었고, 활로 겨냥할 수 있을 법한 장소도 전부 확인을 마쳤습니다."

질문에 대답한 사람은 마찬가지로 황녀전속 근위대 소속인 오이겐이라는 이름의 기사였다.

오늘 승마대회는 기본적으로 그들의 휴식을 위해 개최된 행사다. 하지만 오이겐을 비롯한 일부 병사들은 오늘도 변함없이 미아를 호위한다고 주장했다.

오이겐은 검술만 따진다면 바노스보다 못해도, 충성심에서는 그를 능가할 사람이 없는 남자였다.

설령 황녀전속 근위대가 오이겐 말고는 전멸한다고 해도 홀로 끝까지 싸울 것이라고……. 그런 확신을 느끼게 하는 충성스러운 인물이었다.

따라서 바노스는 그에게 전폭적인 신뢰를 주었다.

"근위대도 잘 경비해주고 있습니다."

더불어 이전부터 근위대였다는 점도 마침 좋았다. 현재 경기장

경비를 맡은 사람들과 원활하게 연계할 수 있기 때문이다.

바노스였다면 이렇게까지 원활하지는 못할 것이다.

"그렇군. 뭐, 황제 폐하께서도 관람하고 계시니 녀석들도 방심할 수 없겠지. 이 경비 속에서 미아 황녀 전하를 노리는 건 무리인가……."

마지막은 스스로에게 들려주는 듯한 말투로 중얼거렸다가, 그걸 부정하듯 바노스는 고개를 저었다.

"아니, 역시 방심은 금물이야. 우리 쪽에서도 소대 하나는 반드시 미아 황녀 전하의 호위로 돌려야겠어. 그리고 주변 친구분들도."

바노스가 봤을 때 이 자리에서 가장 목숨을 노려질 상대는 다름 아닌 미아다.

바노스 안에서 미아 황녀의 중요성은 이미 별을 지닌 공작이나 황제를 뛰어넘었다. 이 제국이 어쨌거나 평화를 유지할 수 있는 건 전부 그녀 덕분이라고 확신하고 있다.

──생각해 보면 처음 만났을 때도 그랬지…….

처음 만난 건 룰루 족과 항쟁하던 도중이었다.

자신을 지키며 영도에 돌아가라고 주장했을 때는 정말 철없는 어린아이라고 황당해하면서도 마침 적절하게 철수할 구실을 손에 넣은 행운을 신께 감사드리기도 했지만…….

──지금 생각해보면 그건 전부 계산된 행동이었던 거야…….무서운 사람이라니까.

그런 제국의 대들보이자 자신들의 대은인이기도 한 미아 호위에 정성을 들이는 건 바노스에게는 지극히 당연한 일이었다.

──본래대로라면 황제 폐하도 신경 써야만 하겠지만…… 그쪽은 근위대에게 맡기자. 우리는 미아 황녀 전하를 철저히 지켜야 해.

제국의 병사로서 가장 먼저 지켜야 할 사람은 황제지만…… 지금은 그런 원리원칙은 무시한다.

──뭐, '황녀전속' 근위대니까. 미아 황녀 전하의 호위에 전념해도 문제없다…… 고 주장할 수 있지. 황제 폐하도 미아 황녀 전하를 극진히 아끼시는 것 같고…….

"오, 일하고 있네……."

갑작스러운 목소리. 순간적으로 검에 손을 올리려고 했던 바노스는 상대를 보고 한숨을 쉬었다.

"아, 디온 대장. 기척을 지우고 접근하지 말라니까요……."

"미안. 습관이라."

가볍게 손을 든 디온이었으나 바로 쓴웃음을 짓고 말했다.

"하지만 지금 대장은 너잖아?"

"하하하. 그랬죠. 아니, 저도 영 습관이 덜 빠져서."

머리를 긁적인 뒤 바노스는 말했다.

"그런데 대장…… 디온 님도 미아 황녀 전하를 호위하러 오셨수?"

"음, 그래. 조금 신경 쓰이는 적이 제국에 왔다는 것 같아서……."

팔짱을 낀 디온이 문득 황녀전속 근위대 쪽으로 시선을 돌리고 눈을 가늘게 떴다.

"그나저나 부대를 잘 통솔하고 있나 보네."

"하하하. 디온 대장이 단련해준 백인대니까요. 그야 어디에 가도 차고 넘치는 전과를 거두……."

"절반은 근위대잖아. 게다가 레드문 공의 병사도 섞여 있고. 임무도 그냥 싸우면 그만인 게 아니라 그 자유분방한 황녀님 호위. 아니, 요즘은 수송부대 호위도 한다고 했던가……."

디온은 고개를 절레절레 내저으며 어깨를 으쓱했다.

"되게 귀찮겠네. 나라면 사양하고 내뺐겠지만……. 참 잘하고 있어. 바노스 대장."

그러고는 씩 미소 지었다.

"으음, 당신이 인정해주는 건 좀 쑥스러운데요. 솔직히 실무 부분은 루비 아가씨…… 레드문 공작 영애가 열심히 해주고 있거든요."

"그래? 부대장이 레드문 공작의 딸이라니 불편하기 짝이 없을 거라고 생각했는데……."

의외라는 얼굴인 디온을 보며 바노스가 작게 어깨를 으쓱했다.

"동감입니다. 아니, 기쁜 오산이었다니까요. 하하하."

농담하듯이 웃은 후 문득 바노스가 부드러운 표정이 되어 말했다.

"뭐, 실제로 그 아가씨는 잘해주고 있어요. 평민인 제 명령도 잘 듣고, 그 의도를 제대로 파악하고 움직여주니까. 많이 도움받고 있죠."

그 말에 디온은 의외라는 표정을 지었다.

"그래. 그런 여자가 네 취향일 줄은 몰랐는데."

"하하하. 그래요. 제가 딱 스무 살만 더 젊었다면 그런 동화를 꿈꿨을지도 모르죠."

호쾌하게 웃어넘기는 바노스를 보며 디온도 쓴웃음을 지었다.

"그래. 확실히 동화지. 평민 출신 기사와 대귀족가의 영애의 결혼이라니. 너무 황당무계해서 낯 뜨거울 정도지만……."

문득 생각났다는 듯이 그는 말했다.

"하지만 황녀님은 아무래도 그런 이야기를 좋아하시는 모양이니 너무 무시하지 않는 게 나아."

"그래요?"

눈썹을 찡그리는 바노스를 향해 디온은 고개를 크게 끄덕였다.

"뭐라고 해야 하지……. 친구인 영애와 그런 책을 읽는 것 같던데. 황녀전속 근위대라면 황녀님의 심심풀이에 함께할 일도 있을 테지. 기회가 되면 물어봐."

그렇게 미아 이야기를 하고 있었더니 마침 타이밍을 노리기라도 한 건지 당사자가 다가오는 게 보였다. 그 옆에는 루비와 슈트리나, 더불어 후이마의 모습도 있었다.

디온의 모습을 보고 의외라는 표정을 짓는 미아. 다음 순간, 옆에 있던 후이마가 소리 없이 미아의 등 뒤로 스스슥 숨었다.

"하하하, 친해지셨네요? ……디온 님."

"나 참, 처음 만났을 때의 황녀님이 생각나서 추억에 잠길 정도라니까."

반면 디온은 쓴웃음을 지었다.

제8화 역시나!

미아는 루비, 슈트리나라는 별을 지닌 공작 영애들을 데리고 관람석에서 내려왔다.

"흐음, 바노스 씨에게 가기 전에 안느와 합류해서 옷을 갈아입어야 할까요……? 하지만 갈아입는 도중에 바노스 씨의 경기가 시작해버려도 재미가 없고…… 어떻게 할까요……. 어머?"

그렇게 중얼거리고 있을 때, 마침 형뢰를 빗질해주고 있는 후이마의 모습이 보였다.

"아, 미아 황녀인가……."

천천히 돌아본 후이마는 무척이나 잔뜩 풀어진 얼굴이었다.

"어머, 무슨 일이신가요? 후이마 양. 어쩐지 무척 즐거워 보이는 얼굴인데……."

"당연하지. 이렇게 즐거운 날에 즐거워하지 말라는 게 무리한 요구다."

기쁘다는 듯 들뜬 목소리로 후이마가 말했다.

"아아, 어쩐지 오랜만에 가슴이 두근거려. 내 안에 있는 피가 끓어오르는 것 같다. 생각해보면 우리 일족의 명운이 달렸던 말 판결 때 나는 승부에 임하지 못했으니……."

아득한 눈빛으로 후이마가 말했다.

"그때 이 가슴에 쌓여있던 답답한 응어리를…… 오늘 여기서 해소하도록 하지. 후후후, 지금의 나는 무엇도 두려워하지 않는다! 나와 형뢰는 달리기에 굶주려있다고."

용맹하게 외치는 후이마. 참으로 든든한 모습에 미아는 고개를 끄덕였다.

"아무래도 힐데브란트 쪽은 어떻게든 될 것 같군요…… 남은 건 바노스 씨 쪽인데……."

황녀전속 근위대를 향해 시선을 돌린 미아는 원하던 인물의 모습을 발견했다. 가설 벤치에 저마다 앉아있는 병사들. 그 앞쪽에서 경기장과 관객석을 구분하는 가설 울타리에 기대다시피 서 있는 바노스의 커다란 몸이 보였다.

"아아…… 저기에 있었군요. 바노스 씨. 후후후, 멀리서 봐도 무척 눈에 띈단 말이죠."

"음? 제국의 기수를 보러 가는 거군. 그럼 나도 함께 가지."

그렇게 룰루랄라 따라온 후이마였으나…… 바노스 옆에서 디온의 모습을 보더니,

"히익……!"

펄쩍 뛰어오르고는 미아의 뒤로 스스슥 물러났다. 여전히 디온이 무서운 모양이다.

──뭐, 잘 생각해보면 후이마 양은 늑대술사라는 대단한 오라버니가 있으니까요……. 그렇게 강한 오라버니를 훨씬 능가하는 검사가 있다면 무서워하는 것도 어쩔 수 없는 일인지도 몰라요.

미아는 후이마를 등 뒤로 감사며 생긋 미소지었다.

"평안하셨나요, 바노스 씨. 그리고 디온 씨도 와 있었군요."

"아, 황녀님…… 아니지. 미아 황녀 전하. 너무하신데요, 이렇

게 재미있어 보이는 대회에 안 불러주시다니."

"후후후, 검술 대회였다면 그 실력을 마음껏 발휘해달라고 했겠지만…… 아니, 디온 씨가 나가면 재미없어지려나요?"

"그렇죠. 그건 앞으로 5년 정도 뒤에 개최해주십쇼. 아마 황녀님의 친애하는 왕자 전하가 괜찮은 느낌으로 성장하셨을 테니까요."

그런 대화를 하고 있을 때 문득 디온이 미아의 옆으로 시선을 던졌다.

그 시선 끝에 있는 건 슈트리나였는데…….

"아, 으, 디, 디온 알라이아……."

어째서일까. 슈트리나는 묘하게 불편한 듯 몸을 꿈틀거렸다.

——어머……? 후이마 양만이 아니라 리나 양도 디온 씨가 불편한 건가요? 뭐, 잘 생각해보면 리나 양은 뱀 관계자……. 한 번은 디온 씨와 적대했던 몸으로서는 두려움이 좀처럼 흐려지지 않는 건지도 모르지만요…….

살짝 걱정이 됐다.

가능하다면 아군끼리 사이좋게 지내길 바라는 미아였다.

"오, 옐로문 공작 영애. 제법 오랜만인데. 기마왕국 때 이후로 처음인가?"

디온은 예를 갖춰 인사했지만 슈트리나는 어째서인지 뺨이 살짝 붉어져 있었다.

"리나 양, 왜 그러시나요?"

"네? 어…… 네. 아뇨, 아무것도……."

그러더니 슈트리나는 큼, 크흠, 하고 헛기침을 한 뒤 평소처럼 가련한 미소를 지었다.

"오랜만이야, 디온 알라이아. 여전히 뒤숭숭한 살기를 뿌리고 다니네. 불쌍하게도 기마왕국의 아가씨가 겁먹었잖아. 그런 식으로 배려심이 부족하면 여성에게 미움받을 거야."

후이마를 힐긋 쳐다보며 말하는 슈트리나.

"하하하. 또 그렇게 웃을 수 있게 되었으니 다행이지. 옐로문 공작 영애."

반면 디온은 씩 웃으면서 받아쳤다.

"어라? 리나의 미소에 관심이 있어? 스물 이하의 여자에겐 관심이 없다고 들었는데, 혹시 변덕스럽게 바꿔버린 건가?"

슈트리나가 가련한 미소에 살짝 놀리는 분위기를 실어서 말했다.

그러자 디온은…….

"물론 관심 없지. 하지만 굳이 따지라면 질리냐 안 질리냐의 문제거든. 묘령의 귀부인이 우는 얼굴이라면 보면서 안 질릴지도 모르지만……."

슈트리나의 얼굴을 보며 고개를 절레절레 흔들고는…….

"울보 어린이의 우는 얼굴 같은 건 질리게 봤고, 감상할 맛도 안 나. 기왕 볼 거면 미아 황녀 전하처럼 유쾌하게 당황하는 모습은 안 질려서 좋은데……."

"무슨!"

저도 모르게 발끈하는 표정을 짓는 슈트리나였다.

그런 두 사람의 대화를 보면서 미아는 만족스럽게 고개를 끄덕였다.

──흠, 사이가 나쁜 건 아닌 것 같아서 안심…… 응? 어라? 지금 살짝 제 험담을 한 건가요……? 아니, 하지만 유쾌하다는 건 칭찬?

생각지도 못한 유탄에 미아는 팔짱을 끼고 생각에 잠겼다가…….

──음, 뭐 그래도 디온 씨가 불쾌하다고 느끼는 것보다는 유쾌하다고 생각해주는 게 낫죠. 아무렴요.

그런 결론을 내렸다.

아무튼 미아는 '미아 구이' 같은 서민 과자를 발견해도 맛있기만 하면 '뭐 됐어!' 하고 넘길 수 있을 만큼은 배포가 크다. 이 정도는 별것 아니다.

그러는 동안에도 두 사람의 대화는 이어졌다.

반격으로 전환하기 위해 슈트리나는 잠시 숙고. 그 후 무언가를 떠올린 건지 살짝 득의양양한 미소를 지으며 말을 뱉기 위해 숨을 들이마셨다가…….

"아하, 이게 리나의 청춘 연애 사정인 거군요……."

직후, 뒤에서 들린 목소리에 '힉!' 하고 비명을 질렀다.

"무슨, 베, 벨? 어, 어째서? 언제부터?"

허둥거리는 슈트리나를 보며 벨은 살짝 가슴을 펴고…….

"휴식 시간이 되어서 미아 언니네가 내려온 걸 보고 다 함께 따라왔어요. 하지만……."

그러고는 무척 기쁘다는 얼굴로 말했다.

"다행이다. 저 안심했어요. 역시 리나는 디온 장군님이랑……."

"아, 아니야. 아니라고, 벨. 리나는…… 그러니까……."

당황하며 무언가를 말하려는 슈트리나를 향해 벨은 손을 가볍게 흔들었다.

"우후후, 됐어요. 리나. 괜찮아요. 저는 다 아니까……."

슈트리나의 어깨를 탁탁 두드리며 벨은 상냥한 미소를 지었다.

그런 벨의 얼굴을 보고 슈트리나는 소리 없는 비명을 질렀다.

제9화 연애 대장군 미아, 설파하다!

"그런데 바노스 씨. 이번에는 당신의 실력을 꼭 보여주었으면 합니다."

벨과 슈트리나의 가슴 따뜻해지는 친목을 뒤로 미아는 바노스를 향해 몸을 돌렸다.

"잘 생각해보면 저는 당신의 승마 실력을 본 적이 없었네요. 디온 씨의 비상식적으로 무적인 모습은 수도 없이 봤지만요……."

바노스는 디온에게 충고하는 역할. 미아에게는 중요한 인물이었다. 하지만 그의 검술이나 승마술, 진심이 되었을 때의 모습을 본 적은 없었다.

"하하하. 듣고 보니 그렇네요. 그렇다면 미아 황녀 전하의 기대에 부응할 수 있도록 열심히 해보겠습니다."

그늘 없는 호쾌한 미소를 짓는 바노스를 보며 미아는 문득 감회에 젖었다.

"생각해보면…… 당신과도 룰루 족과의 항쟁 이후로 꽤 오랫동안 알고 지냈군요."

바노스가 그 숲에서 죽을 운명이었던 걸 생각하면 감회도 한층 컸다.

"그렇네요. 그때 이후로 덕분에 영광스러운 길을 걷고 있습니다."

바노스는 문득 진지한 얼굴로 말했다.

"가능하다면 앞으로도 황녀 전하의 호위라는 명예로운 직무를 완수하고 싶습니다. 그러기 위해서도 오늘은 좋은 기회⋯⋯. 부디 황녀님의 기사의 실력을 즐겨주십시오."

"후후후, 기대하겠습니다. 바노스 대장."

그때⋯⋯.

"바노스 대장⋯⋯."

미아 옆에서 가만히 침묵을 지키던 루비가 한 걸음 앞으로 나섰다.

"무운을 빌겠습니다. 대장의 승리를 믿습니다."

가슴 앞에서 손을 모아, 마치 기도를 바치는 듯한 자세로 루비가 말했다.

"하하하, 신뢰해주는 건 고맙지만⋯⋯. 부대장 앞에서도 기마전투는 그리 보여주지 않았던 것 같은데요?"

의아한 얼굴로 갸웃거리는 바노스의 말에 루비는 조용히 고개를 저었다. 고개를 젓고── 어째서인지 단단히 각오한 얼굴로!

"아뇨. 잘 알고 있습니다. 왜냐하면, 저는⋯⋯ 당신을⋯⋯ 조."

──자자잠깐만요! 루, 루비 공녀, 설마 이 타이밍에 고백할 생각인 건가요?!

갑작스러운 루비의 흉행에 당황하는 미아. 아무런 전조도 없는 고백은 아무리 미아라고 해도 예상하지 못했다. 하지만 이제와서 막을 수도 없으니⋯⋯. 미아는 그저 침을 꼴깍 삼킬 뿐⋯⋯.

"조⋯⋯ 조⋯⋯."

루비는 입술을 뻐끔뻐끔 더듬은 뒤⋯⋯.

"존경스러운 기수가 아니라면…… 당신의 부하인 제 명예에도 흠집이 생기니까요!"

엄숙하게 표정을 굳히고 말했다.

"아하. 확실히 지금 저는 레드문 가의 영애를 부하로 둔 몸이죠. 하하하, 확실히 쉽게 질 수는 없겠는데요."

호쾌하게 웃는 바노스의 반응에 루비는 지쳐버린 한숨을 쉬고는…… 다시금 표정을 가다듬었다.

"대장이 경기에 임하는 동안 미아 황녀 전하의 호위는 제대로 완수하겠습니다. 부디 안심하고 경기에 전념해주세요."

미아의 단순한 응원과는 다르게……. 그건 후환을 끊어주는 말. 바노스의 등을 힘껏 밀어주는 말. 대장을 보좌하는 부대장의 말이고…… 그와 함께 중책을 짊어진 사람의 말이었다.

바노스는 루비의 응원에 조금 놀란 듯 눈을 깜빡였지만.

"레드문 가 출신인 부대장이 그렇게까지 말해주면 열심히 하지 않을 수가 없겠네."

"네. 지금의 저는 황녀전속 근위대 부대장 루비니까요. 부디 안심하고 이겨주세요. 바노스 대장."

'그럼 이만……' 하고 발걸음을 돌리는 루비. 그 어깨는 어쩐지 조금 쓸쓸하게 처진 것처럼 보였고…….

——흠…… 이건…….

미아는 새롭게 심각한 위기를 발견했다.

재빠르게 루비에게 걸어가 살며시 귓속말.

"루비 공녀……. 당신, 지금 고백하려고 했었죠?"

"으⋯⋯."

루비의 어깨가 흠칫 떨리더니⋯⋯. 미아 쪽을 바라보고는⋯⋯ 참으로 한심한 표정을 지었다.

"⋯⋯으으⋯⋯. 저는 이렇게나 용기가 없었던 건지⋯⋯ 실망했습니다. 계속, 계속 하고 싶었던 말인데⋯⋯ 언제든 할 수 있는 말이었는데 어째서 못한 건지⋯⋯."

애절한 표정으로 말하는 루비⋯⋯ 였으나, 미아는 그 말속에서 부정할 수 없는 오류를 발견했다! 그건⋯⋯.

"그렇군요⋯⋯. 확실히 루비 공녀는 용기가 부족한 건지도 모르겠어요. 하지만 만약 당신이 행동했었다면⋯⋯ 그건 용기가 아니라 만용⋯⋯. 무모한 행동으로 전락해버렸을지도 모르죠."

"네⋯⋯?"

어리둥절한 듯 눈을 깜빡이는 루비에게 미아는⋯⋯ 짐짓 이 세상의 확고한 진실을 설파하는 듯한 어조로 말했다.

"당신에겐⋯⋯ 중요한 게 부족합니다, 루비 공녀."

"그 말씀은⋯⋯?"

루비는 표정을 단호하게 굳히고 자세를 바로잡았다.

그런 루비 앞에서 미아는 참으로 거만하게 가슴을 펴고⋯⋯.

"뻔하죠. 타이밍이에요!"

마치 역전의 명장처럼 말했다.

"타, 타이밍⋯⋯?"

충격을 받은 듯 루비가 몸을 뒤로 젖혔다. 그런 루비에게 미아는 부드러운 어조로 말을 이었다.

"흠, 승산이라고 바꿔 말할 수 있을지도 모르지만요······. 어쨌거나 언제든 마음을 전할 수 있다는 인식은 고쳐야 합니다. 씨앗을 뿌리고, 꽃이 피고, 열매가 맺혔을 때 비로소 수확하는 법. 씨앗을 뿌려야 할 때 뿌리고 키워야 할 때 키우고 수확할 때 수확한다. 전쟁도 비슷하지 않나요? 공격해야 할 때 공격하고, 수비해야 할 때는 수비하죠."

연애 대장군 미아는 팔짱을 끼고 고개를 주억거렸다.

"모든 일에는 시기가 있습니다. 마음을 전하는 것도 적절한 시기가 있어요. 언제든 말할 수 있다는 건 잘못된 생각이죠."

그 타이밍에 고백한다는 건 아무리 생각해도 실책이다.

그동안 축적된 미아의······ 연애 소설 지식이 그렇게 외치고 있었다!

그 타이밍만큼은 아웃이라고!

"언제든 말할 수 있다는 건, 잘못된 생각······."

꿀꺽 침을 삼키는 루비에게 미아는 작게 고개를 저었다.

"저런······ 어쩔 수 없죠. 설마 당신이 이렇게까지 연애에 서툰 사람인 줄은 몰랐어요. 그런 기초적인 부분도 함께 가르쳐드릴 필요가 있겠군요."

미아는 자신의 충실한 메이드를 불렀다.

"안느. 안느······."

"네. 미아 님."

스사삭 앞으로 걸어 나온 안느가 담담한 얼굴로 머리를 숙였다.

"미안하지만 루비 공녀에게도 연애의 기초를 배울 수 있는 책을 마련해주시겠어요? 어디 보자…… 에리스가 쓴 '왕녀 전하의 성대한 연애!' 정도가 괜찮을 것 같은데요."

"알겠습니다. 그럼 가까운 시일 내로 가져오겠습니다."

"교과서를 읽으면서 진행하죠. 괜찮습니다. 연애쯤이야 저한테는 말 모양 샌드위치를 만드는 것보다 더 간단하니까요."

그렇게……. 연애 대장군 미아와 군사 안느가 루비의 연애 교육을 진행하기로 했다. ……괜찮은 걸까?

제10화 제국의 예지는 승마에 해박하다

　루비에게 잘난 척 설교를 늘어놓은 후, 미아는 서둘러 가설 막
사로 향했다. 그곳에서 승마복으로 갈아입기 위해서다.

　그건 호스 댄스에 맞춰서 새로 주문한 조금 화려한 의상이었다.

　푹신한 깃털이 달린 반달 모양의 모자를 쓰고 렘노 왕국의 군
복을 닮은 파란색의 재킷을 걸쳤다. 그 위에 두른 붉은 망토는 한
때 선거에서 사용했던 자신의 컬러이기 때문인지, 혹은 레드문
공작을 위함인지.

　마지막으로 아벨이 사준 신발을 꼼꼼히 신은 뒤 거울로 확인.

　"흠, 괜찮은데요!"

　만족스럽게 고개를 끄덕인 후 경기장으로 돌아왔다.

　돌아온 미아의 모습을 확인한 루드비히가 경기 재개를 알렸다.

　다음 경기는 단체전. 네 마리의 말을 릴레이 형식으로 달리게
하여 전령을 전달하는 경주였다.

　첫 번째 주자가 한 바퀴, 두 번째가 두 바퀴, 세 번째가 세 바퀴
로 점점 긴 거리를 달려 명령서를 전달한다. 네 번째 주자가 마지
막 주자로 경기장을 네 바퀴나 돌아야 한다.

　참고로 코스를 한 바퀴 돌면 1,500m. 네 바퀴면 6,000m이므
로…… 미아가 전력을 다해 달려도 반나절은 걸릴 법한 거리다.

　아니, 애초에 그렇게 먼 거리를 달리는 건 미아에겐 불가능하
다…….

——그만한 장거리를 계속 달릴 수 있는 말이라는 건 역시 대단한 존재예요. 소중히 아껴줘야겠네요. 음…….

애마정신을 새롭게 다진 미아였다. 페가수스 프린세스는 날개가 없는 평범한 말도 널리 사랑한다.

——하지만 몇 번째로 달리냐에 따라 난이도가 달라지다니. 저걸 보고 있으면 그 좀…… 자꾸만 제 일 같다는 생각이 드는군요.

티어문 제국의 오랜 역사……. 그 안에서 몇 명의 황녀가 평안한 인생을 보냈을까?

딱 2세대나 3세대 전에 태어났다면 이런 고생을 하지 않고 살 수 있었을 텐데……. 그런 생각을 하면 억울함도 치밀었다.

——으으윽, 태어난 시대가 문제였어요. 가능하다면 저 첫 번째 말로 태어나고 싶었는데. 가장 거리가 짧아서 편한 말로…….

그랬다면 이렇게 고생하지도 않고 유유자적 침대 위에서 지낼 수 있었을 것이다. 손뼉을 치면 케이크가 나오고, 그리고…….

"미아 님, 왜 그러세요?"

문득 시선을 돌리자 안느가 걱정하는 얼굴로 바라보고 있었다. 그 얼굴을 본 미아는 퍼뜩 정신을 차렸다.

——케이크가 나와서…… 그, 렇죠. 제가 더 일찍 태어났다면 안느가 케이크를 허공에 던져버리는 일도 없었을 거예요.

미아는 무심코 쓴웃음을 지었다.

——아아, 그래요……. 이 시대에 태어나지 않았다면 안느나 루드비히를 만나지 못했을지도 모르고…… 어쩌면 더 고생했을 가능성도 있겠군요.

그야말로 과거 시대에도 뱀은 있었으니…… 그런 시대에 아군도 없이 태어났다면 어떻게 되었을지…….

──그렇게 생각하면 패티는 고생했겠군요, 분명…….

미아와는 다르게 누구를 믿을 수 있는지 패티는 모르니까.

문득 시선을 움직이자 마침 패티와 눈이 마주쳤다. 미아의 시선에 담긴 의미를 모르는 건지 의아한 듯 고개를 갸우뚱 기울이고 있다.

"저기, 미아 님……?"

재차 들린 안느의 목소리. 미아는 미소 지었다.

"네. 아무것도 아니에요. 안느. 갈아입는 걸 도와줘서 고마워요. 저는 복이 참 많은 사람이네요…….

믿을 수 있는 충신이 있다는 게 얼마나 든든한지…… 미아는 새삼 실감했다.

──역시 저는 이 시대에 태어나길 잘했어요!

그렇게 미아가 말이 달리는 모습에서 인생을 고찰하는 사이에도 경기는 계속 이어졌다.

첫 주자에게서 두 번째 주자에게로. 승부는 거의 호각.

"흠……. 이 경기는 거리를 바꿔놓은 게 재미의 핵심이라고 봐야 할까요?"

미아의 중얼거림에 대답한 사람은…….

"그런 모양입니다. 저도 승마에 대해서는 그리 밝진 않습니다만……."

안경이 반짝 빛나는 루드비히였다.

"달려야 하는 구간의 길이와 경기의 전개를 고려하면서 페이스를 분배하는 것. 상황 판단력이 아주 중요한 경기가 될 거라고 말 관리자인 고르카가 말했습니다. 예를 들어 종반까지는 상대방의 뒤에 붙어서 바람을 피하거나, 차이가 너무 벌어진다면 처음부터 속도를 내서 거리를 좁히거나……. 전략은 다양하다더군요……."

"흠. 그렇군요. 상황 판단…… 음, 확실히 그건 아주 중요한 부분이에요."

미아는 새삼 생각했다. 역시 승마에도 상황 판단이 중요하다. 따라서 제대로 상황을 판단할 수 있는 '말'을 타야만 한다!

"……하지만, 그래요. 말의 능력만이 아니죠. 그런 요지를 말에게 제대로 전달하는 것도 중요해요."

지금 놓인 상황을 말에게 잘 전달해서 그 정보를 기반으로 판단할 수 있게 해줘야 한다.

누가? 당연히 말이다!

하지만 판단을 말에게 맡긴다고 해도 판단의 근거는 제대로, 알기 쉽게 전달할 필요가 있으니…….

"말과의 의사소통에 좌우된다는 거군요……. 참으로 심오해요……. 무척 고도의 경기예요."

그렇게 말하며 미소 짓는 미아였다.

그런 미아의 중얼거림은…… 루드비히에게는 이렇게 들렸다.

"기수가 말의 능력을 제대로 파악하고 올바르게 상황을 판단해서 페이스를 분배할 것. 그 의도를 말에게 제대로 전달하는 능력도 중요한 아주 심오한 경기다."

라고…….

──미아 님께서는 역시 말에 조예가 깊은 분이시구나. 그런 미아 님게 인정받았으니 경기를 고안한 고르카도 어깨에 힘이 들어가겠지…….

나중에 고르카에게도 말해줘야겠다고 결심하는 루드비히였다.

제11화 슬픈 죄책감

한편 미아와 헤어진 벨과 아이들은 슈트리나의 인솔을 따라 관람석으로 올라갔다.

올라온 아이들을 보고 황제는 참으로…… 자상한 미소를 지었다.

만사나도 벨…… 이 아니라 패티를 보고는 흥미롭다는 듯 눈을 가늘게 떴다.

"오호라……. 확실히 선대 황후님을 닮았군요. 게다가 저 소녀는 어딘가 미아 황녀 전하를 닮았고……."

"하하하. 역시 그렇지? 물론 실제로는 미아가 훨씬 귀엽긴 하다만……."

흡족하게 웃는 황제. 그가 권유하는 대로 일행은 자리에 앉았다.

그런 와중에 야나는 낯선 긴장감에 몸이 딱딱해졌다. 한 번 인사는 했다지만 제국의 황제와 대귀족이 앉는 자리다. 긴장하지 말라는 게 무리였다.

한편으로 키릴은 자리에 앉지 않고 전방 울타리에 매달려서 경기를 보고 있었다.

"대단해라……."

높은 곳에서 보는 승마는 또 조금 다른 박력이 느껴졌다.

"이렇게 말이 많이 있다니, 제국은 대단해."

말들이 펼치는 치열한 경기를 보며 환호성을 터트리는 키릴.

그 말을 들은 벨이 히죽 웃으며…… 입을 열었다.

"후후후, 키릴에게 좋은 걸 알려드릴게요. 사실 기마왕국이라고 해서, 다들 말을 타는 나라가 있답니다."

"기마왕국……?"

작게 고개를 갸웃거리는 키릴을 향해 벨은 몹시 뻐기는 어조로 대답했다.

"네. 아주 굉장한 나라죠. 넓은 초원이 끝없이 펼쳐져 있고……. 그 위로 말들이 마구 달려요. 거기 사는 사람들도 말과 함께 생활하는데. 후후후. 저도 많이 타 봤답니다. 그리워라."

벨은 고개를 돌렸다. 저 멀리 아득한 곳에서 기마왕국의 풍경을 떠올리듯 살며시 눈을 휘며…….

"이러고 있으면 그 초원의 풍경이 보이는 것 같아요. 아, 저기, 저쪽에……."

"벨……. 기마 왕국은 저쪽……."

슈트리나의 조심스러운 지적을 받은 벨은 자연스러움을 가장하며 얼굴 방향을 돌리고는…….

"……그리워라!"

언제나 대충대충 뻔뻔한 벨이었다.

살짝 삐끗해버린 벨 누나의 발언이었음에도 키릴은 눈을 반짝반짝 빛내며 말했다.

"언젠가 우리도 가 보고 싶다, 야나 누나."

기뻐하는 동생의 반응에 야나도 얼굴이 조금 풀어져서 키릴의 머리를 쓰다듬었다.

"응. 언젠가 그곳에서 사는 것도 괜찮을지도 몰라."

자신이 한 그 말에…… 야나는 문득 신기함을 느꼈다.

──얼마 전까진 상상도 못 했어…….

가누도스 항만국에서 겪었던 괴로운 나날이 머리를 스쳤다.

먹을 것을 훔치고, 자신들과 같은 가난한 아이들과 싸우고, 맞아서 앓고……. 그래도 필사적으로 살았다.

전부 키릴을 지키기 위해서. 그리고 둘이 함께 살아남기 위해서였다. 하지만 지금은…….

──무언가를 하고 싶다, 어디에서 살고 싶다…… 그런 걸 생각하고 있잖아…….

"누나……?"

문득 정신을 차리자 키릴이 걱정하는 얼굴로 바라보고 있었다. 안심시켜주듯 그 머리를 쓰다듬은 뒤 야나는 패티에게 시선을 주었다.

패티는 여전히 아무런 표정도 짓지 않은 채 경주를 지켜보고 있다.

하지만 야나는 어쩐지…… 그 표정에서 그늘을 느꼈다.

──그렇구나……. 패티의 동생은 지금…….

야나는 지금 보내는 나날을 즐거워하는 것에 죄책감을 느꼈다.

그건 아마도 패티가 느끼는 것과 같은 종류의 죄책감.

그건…… 자신만 마음 편하게 행복 속에서 살고 있다는 죄책감.

──자세한 건 모르지만, 패티는 동생을 만나지 못해. 그리고 동생은 별로 행복하지 않은 곳에 있어…….

그걸 알고 있는데 자신은 행복을 만끽한다……. 그 사실이 야나의 가슴에 가시처럼 박혔다.

『패티의 좋은 친구로 지내줬으면 해요…….』

머릿속에 대은인인 미아가 한 말이 울렸다.

지금 친구로서 패티에게 무슨 말을 해줄 수 있을까……?

망설인 끝에…… 야나는 입을 열었다.

"저기, 패티……. 패티의 동생을 데리고 우리와 같이 갈 수 없을까?"

"……어?"

패티가 놀라서 눈이 휘둥그레졌다.

"기마왕국, 같이 가면 분명 아주 즐거울 거야. 키릴도 좋아하고……. 어, 물론 나는 패티에 대해서 잘 몰라. 패티의 동생이 지금 어떻게 지내는지도 모르고. 하지만 분명 미아 님이라면……어떻게든 해주실 거야."

야나가 하고 싶은 말. 그건 미아라면 분명 구해주리라는 것.

그것은 작은 희망.

미아에게 도와달라고 하면 분명 도와준다고……. 지금이 아무리 절망적이어도 내일은, 모레는 행복이 찾아온다.

야나가 친구에게 전하고 싶은 말은 그런 희망이었다. 하지만…….

"그러니까…… 전부 끝나면, 우리와 같이……."

하지만 용기를 쥐어짠 말은 닿지 않았다.

패티는…… 말없이 작게 고개를 저었다.

"······그건, 못 해······. 미안해."

돌아온 건 거절의 말.

야나는 이유를 물어볼 수 없었다.

왜냐하면 패티의 그 얼굴은······ 어쩐지 눈물을 흘릴 것 같은, 그런 얼굴로 보였기 때문에······.

그런 모습을 가만히 지켜보는 사람이 있었다.

아무도 눈치채지 못하도록 두 사람의 상황을 몰래 관찰하는 그 사람은 슈트리나였다.

패티의 얼굴······ 그 심리를 지극히 정확하게 포착한 슈트리나는 거기에서 과거 자신의 모습을 보았다.

"역시 저 아이는······."

제12화 폐하, 무언가를 깨닫다……

옛 디온 부대 부대장 바노스. 그는 주변 사람들을 잘 챙기는 남자다.

무신처럼 강한 디온 대장과 정예이긴 해도 상식적인 수준을 벗어나지 않는 병사들. 그 사이에서 중재하는 게 바노스의 역할이었다. 그리고 그 수완을 다들 인정했다.

하지만 일개 병사로서는 어느 정도의 실력인지 미아는 잘 몰랐다.

어쩌면 대장으로서는 평범한 거 아닌지 불안했던 적도 있었지만…….

바노스의 활약은 그런 미아의 불안을 불식해주고도 남았다.

"오오! 훌륭해요."

미아는 현대 5종 중 첫 번째, 궁술에 임하는 바노스의 위용을 보고 저도 모르게 환호했다.

현대 5종이란 궁술, 검술, 마상 궁술, 마상 검술, 승마술로 이루어진 복합 경기다. 병사 훈련을 참고로 만든 그 경기는 완전히 바노스의 특기 분야였다.

곧게 뻗은 등, 하늘을 향해 우뚝 선 그 거대한 몸은 마치 대지에 뿌리내린 거목처럼 어떤 자세를 취하고 있어도 든든했다.

그런 늠름한 자세에서 날아간 화살 세 개.

피융! 소리가 들릴 정도로 약간의 오차도 없이 과녁을 적확하게 뚫었다.

심지어 첫 번째에서 두 번째, 세 번째 화살의 발사 간격이 빠르다.

피융, 피융, 피융. 리듬 좋게 세 번의 소리가 울리더니 과녁이 순식간에 꿰뚫렸다.

명사수 룰루족에 미치진 못할 테지만, 그래도 전문가인 궁병에게 밀리지 않는 실력이었다.

대전 상대도 그걸 보고 조급해진 건지 속도를 우선한 나머지 조준이 산만해졌다. 첫 번째, 두 번째까지는 괜찮았지만 세 번째 때는 살짝 빗나갔다.

하지만 바로 냉정함을 되찾은 모양이었다. 한 번 크게 숨을 내쉬고는 다시 발사. 선을 그리듯 날아간 화살은 과녁의 정중앙을 꿰뚫었다.

──역시 레드문 가의 병사. 냉정하군요…….

흠흠 고개를 연신 끄덕이며 감탄하는 미아였다.

이어서 마상 궁술.

바노스는 그 커다란 몸으로 애마에 가볍게 올라타더니 말을 가속했다. 그리고 과녁 옆을 지나가면서 발사, 발사, 발사!

"오오오!"

미아가 환호성을 지를 만큼 훌륭한 솜씨였다.

"대단해요! 어쩜 저렇게 잘 맞추는군요. 게다가 말을 타면서…….""

열렬히 칭찬하는 미아. 그 옆에서는 루비가 자랑스러운 듯 가슴을 펴고 있었다. 어쩐지 아주 우쭐한 듯한 얼굴이다.

"말 위에서 화살을 쏘는 건, 그러고 보니 안느와 티오나 양도 한 적이 있었죠?"

"네. 하지만 그때는 제가 말을 몰고 티오나 님께서 활을 쏘는 것으로 역할을 분담했습니다."

그렇게 말하며 손을 내젓는 안느에게 미아는 살며시 부드러운 미소를 지었다.

"후후후, 덕분에 저는 살았으니 겸손해할 필요 없답니다. 게다가 당신은 메이드니까요. 본래대로는 그런 전투를 할 필요가 전혀 없어요."

"하지만 부대장인 저는 다소 할 줄 아는 게 좋겠죠……."

옆에서 걱정 어린 표정을 짓는 루비. 조금 전의 득의양양한 얼굴과는 다르게 참으로 불안하다는 듯 '나도 할 수 있을까?' 하고 중얼거렸다.

"음, 할 수 있어서 나쁠 건 없다고 보지만요……. 당신이 전선에서 싸우는 일은 일어나지 않을 테니까요……."

슬쩍 두둔해주는 미아. 거기에,

"후후후, 뭐 나는 할 줄 안다만……."

분위기를 파악하지 않고 참으로 거만하게 끼어드는 후이마였다.

참고로 지금은 근처에 디온이 없다.

디온과의 거리에 비례해 태도가 거만해지는 후이마였다.

그렇게 떠들썩한 영애들을 두고 경기는 계속 이어진다.

말의 속도를 겨루는 승마 대결은 레드문 가의 병사가 승리. 지상 검술은 바노스의 승리로 끝났고, 마지막에 기다리는 건 마상 검술이었다.

"상대방도 상당한 실력자인 것 같지만, 바노스 씨만큼은 아니군요. 후후후, 역시 제 황녀전속 근위대의 대장이에요."

만족스러워하며 웃는 미아. 그러다 문득 옆을 보자…… 조금 전까지 즐거워 보이던 후이마의 얼굴이 살짝 파랗게 질려 있었다.

"어머? 후이마 양. 왜 그러시는 거죠?"

그 시선을 쫓아가자 디온…… 이 아니라 바노스의 모습이 있었다.

"어라, 후이마 양. 혹시 바노스 씨가 무서운 건가요? 괜찮습니다. 저리 보여도 그는 디온 씨에 비해 훨씬 상식적이고 온화한 사람이에요."

"아니, 딱히 무서워하는 건 아니다. 다만…… 저런 남자를, 한 손으로…… 쉽게 상대할 수 있는 디온 알라이아는 상식을 초월한…… 터무니없이 무시무시한 존재가 아니냐는, 생각이 들어서……."

부르르 몸을 떠는 후이마. 미아는 잠시 생각에 잠기고는…….

"……그렇군요…… 듣고 보면……."

저도 모르게 동의했다.

참고로 딱히 디온이 바노스를 쉽게 상대할 수 있다…… 같은 말은 아무도 한 적이 없다……. 뭐, 못 한다고도 단언할 수 없지만…….

"아니! 안 돼요, 후이마 양. 그렇게 무서운 상상에 빠져있다간 잠시 후 경기에 지장이 생길 거예요."

그렇게 말하며 미아는 후이마의 어깨를 팡 때렸다.

"괜찮습니다. 만약 디온 씨가 그…… 늑대라던가 동료를 베고 싶어 하는 표정을 지을 때는 제가 전력으로 막을 테니까요."

"미아 황녀는 디온 알라이아가 무섭지 않은 건가?"

후이마의 질문에 미아는 여유가 넘치는 표정으로…….

"당연히 무섭지 않다, 고 하면 거짓말이 되지만요……. 적어도 앞을 막은 정도로는 베거나 하지 않을 테니까요. ……아마도."

미아의 마음을 뒤받쳐주는 말이 있었다. 그건…….

──저는 그에게 '유쾌'한 인간. 그렇다면 그리 쉽게 베어버리지 않을 거예요. 사람은 불쾌한 건 사소한 계기로도 베어버리고 싶어지지만, 유쾌한 상대라면 아니니까요.

그러더니 미아는 후이마를 향해 웃었다.

"자, 이제 곧 당신 차례입니다. 그 전에 바노스 씨의 위용을 보면서 기분을 북돋우죠. 오늘은 말들의 경연을 즐기는 날이잖아요."

"그런가……. 그랬지……."

후이마는 살짝 밝아진 얼굴로 미아를 보며 고개를 끄덕였다.

그렇게 미아와 후이마는 바노스에게 응원을 보냈다.

자 그럼…… 장소를 바꿔서 관람석.

이쪽도 영애들이 떠들썩하게 대화하고 있었다.

"우와, 대단해라! 대단해요. 역시 미아 언니의 근위대장!"

폴짝폴짝 뛰는 벨과 벨을 흉내 내며 까르륵 웃는 키릴.

표정은 변하지 않았지만 패티 또한 경기의 행방을 지긋이 지켜보았다.

그 광경을 조용히 바라보는 사람이 있었다…….

티어문 제국의 황제, 마티아스 루나 티어문은 눈을 반짝반짝 빛내는 벨을 보고……. 가만히 시선을 떼지 않는 패티를 보고……. 그리고 아래쪽에서 응원의 함성을 외치는 미아를 보고…….

그 환호성이 향하는 장소, 대전 상대와 검을 나누는 거구의 남자 바노스를 보고…….

"그렇군…….'

무겁게 고개를 끄덕인 뒤 작게 중얼거렸다.

"……근육이라. 저 자에게 가르침을 청하는 것도…… 흠."

그 순간.

조금 떨어진 곳에서 응원하던 미아의 등을 타고 정체불명의 오한이 올라왔지만, 미아가 그 원인을 알아차리는 일은 없었다.

제13화 드디어 시작되는 메인 경주

──흐음, 무언가 오한이 느껴졌는데요…….

미아는 주위를 두리번거린 뒤 관람석 쪽으로 시선을 주었다. 그곳에선 황제 마티아스와 레드문 공작 만사나가 즐겁게 담소하고 있었다.

뭔가…… 팔꿈치를 굽혀서 알통을 만들고는, 그걸 손가락질했다가 이번에는 바노스 쪽을 가리킨다.

아마도 바노스의 강인한 육체와 힘을 둘이 함께 칭찬하고 있는 모양이다.

그건 미아가 원하는 전개…… 일 터인데, 어째서일까. 미아에겐 뭐라 말할 수 없는 불길한 예감이 맴돌았다.

──아뇨, 뭐. 지나친 생각이겠죠. 음.

결국 경기는 바노스의 압승으로 끝났다. 마상 검술에서도 타의 추종을 불허하는 능력을 발휘한 바노스는 레드문 사병단의 대표를 압도. 황녀전속 근위대 대장이라는 지위에 걸맞은 활약을 훌륭히 보여준 셈이었다.

"설마 바노스 씨가 저렇게나 강할 줄은……. 이거 의외의 오산이었네요."

"후후훗, 오산이 아닙니다. 미아 님."

루비가 득의양양하게 콧대가 높아져 있었다.

"바노스 대장이라면 저 정도는 쉽게 이길 수 있죠. 한 손으로도 간단히 이겼을 겁니다.”

한 손으로 말을 몰면서 검을 휘두르는 건 불가능하지 않냐는 생각이 든 미아였지만, 입 밖으로 내는 눈치 없는 짓은 하지 않는다. 사랑에 빠진 소녀에게 찬물을 끼얹는 건 참으로 센스 없는 행위가 아닌가.

미이는 생긋 웃으며 말했다.

“그건 무척 마음이 든든하군요. 어쨌거나 레드문 공작에게 충분히 눈도장을 찍었겠죠…….”

그렇게 만족스러운 듯 고개를 끄덕였다.

“이제는 힐데브란트가 적절히 미끼에 낚여준다면 제 계략대로 흘러갈 겁니다. 후이마 양, 부탁드려요.”

시선을 굴린 방향에서는 마침 타이밍 좋게 후이마와 힐데브란트가 등장했다.

두 사람이 탄 훌륭한 월토마를 보자 경기장 내의 분위기가 바뀌었다.

“오오, 저건…….”

“저게 레드문 공작님이 자랑하시는 월토마 ‘석토’인가……. 털에서 윤기가 흐르는군.”

“아니, 하지만 미아 황녀 전하의 친구분이 탄 말도 훌륭한 말이잖아. 저 탄력 있는 뒷다리를 보라고. 정말 아름다워…….”

침을 꿀꺽 삼키는 양 진영의 병사들.

그 모습을 보고 미아는 알아차렸다.

──그렇군요. 기마왕국만이 아니라 우리 제국에도 말에 관심

이 있는 사람이 제법 되는 모양이에요……. 고르카 씨 같은 일부 뿐인 줄 알았는데요…….

잠재적 말 애호가의 존재를 발견하는 미아였다.

——흠……. 이거 혹시 미아 학원에서 말 연구를 시작하면 관심을 보이는 사람이 있는 게 아닐까요? 게다가 경우에 따라서는 협력하겠다고 나서는 귀족도 있을지도 모르겠어요…….

아무튼 학교 경영에는 돈이 들어간다. 그리고 살짝 개선되었다고는 하나 아직도 제국의 재정은 빠듯하다. 그런데도 여전히 낭비를 저지르는 귀족이 제법 있으니…….

——어차피 쓰는 돈이라면 미아 학원을 위해 쓰게 만드는 게 좋죠. 그때 본인이 기꺼이 내게 만드는 게 더욱 좋고요. 흠…….

거기서 나오는 게 말이다.

말 연구라면 여러모로 도움이 되고, 장기적으로는 장사로 이어질지도 모른다.

——말을 매매하는 건 기마왕국 사람들이 좋아하지 않겠지만…… 말의 치료법 연구나 마유주처럼 말젖을 사용한 음식을 만드는 거라면……. 무엇보다 좋은 말을 키워내는 기술이라면 오히려 관심을 보일 거예요……. 그렇다면…… 수출도 시야에 넣고…….

미아는 히죽 웃었다.

"그렇군요. 괜찮을지도 모르겠어요. 기마대 강화로도 이어질 테고, 수송에도 말은 필요하니까요. 무엇보다 무슨 일이 있을 때도 말을 타고 도망치니까……. 좋네요, 말 연구!"

"미아 님? 왜 그러십니까?"

의아한 얼굴로 물어보는 루드비히의 질문에 미아는 작게 고개를 저었다.

"아뇨. 아무것도 아닙니다. 음, 참고로 저 두 사람의 승부는 몇 바퀴를 도는 거죠?"

"한 바퀴입니다. 월토마의 속도가 가장 두드러지는 거리가 한 바퀴라고……."

"그래요. 순수한 속도 대결이라는 거군요."

확실히 그건 월토마 승부에 적절하다. 미아가 기마왕국에서 말 판결에 이길 수 있었던 건 그게 지구력 대결인 장거리 경주였기 때문이다. 산 부족이 자랑하는 월토마 '낙로'와 순수한 속도로 대결했다면 미아는 분명 졌을 것이다.

──동풍은 좋은 말이지만 적성이라는 게 있으니까요…….

그리고 월토마의 진가가 나타나는 건 역시 이 단거리 경주.

자랑스러운 말을 보여주기 위해서인 건지, 후이마와 힐데브란트는 나란히 관람석 앞으로 갔다가 양 진영 앞을 천천히 걸었다.

참고로 두 사람은 어느 진영에도 속하지 않는다. 말하자면 특별 게스트다.

그렇기에 양 진영 사람들은 어떤 편애도 없이 응원할 수 있었다.

두 사람이 가까워지자 미아는 소리 높여 응원했다.

"후이마 양! 열심히 하세요! 힐데브란트도 무리하지 마시고!"

진심에서 나온 응원을 후이마에게, 형식상의 응원을 힐데브란트에게 던지는 미아.

그 목소리에 기수 두 명이 웃으며 손을 흔들었다.

──흠, 저 얼굴……. 후이마 양도 의욕이 넘쳐나고 있군요. 이거 안심해도 되겠어요.

디온 앞에서 벌벌 떨던 모습도 지금은 먼 옛날.

승부에 집중하는 후이마를 보고 한숨 돌린 미아였지만…….

그녀는 눈치채지 못했다. 이미 위험한 씨앗이 뿌려졌다는 사실을…….

후이마의 승마, 그 속에서 보이는 징조. 그걸 미아가 느낀 건 시작 신호가 울리고 조금 지난 뒤였다.

제14화 오산…… 미아, 후이마의 승마 실력을 성대하게 착각하다!

두 마리의 말이 시작 지점에 섰다.

승부의 기운에 흥분한 말도 있는 가운데, 석토와 형뢰는 둘 다 차분한 태도를 보이고 있었다. 하지만 그 질은 약간 차이가 나는 모양이었다.

귀공자처럼 어딘가 점잖은 태도인 석토. 귀족의 말다운 기품있는 태도를 주변에 보여주기 위함이었다.

반면 형뢰는 그저 조용히 눈앞에 있는 코스에 집중하고 있었다. 전투에 집중하는 전사의 얼굴이었다.

역시 불꽃 부족이 자랑하는 최고의 월토마라고 해야 할까.

실제로 전장에 나간 적이 있는 말과 없는 말의 차이가 나타난 것 같다고 미아는 느꼈다.

──흠, 아마도 형뢰가 더 다양한 상황에서 달리는 데 익숙할 테지만……. 하지만 석토도 제대로 달리면 무척 빠른 말일 테죠.

미아가 보았을 때 달려야 하는 코스에 문제점은 없다. 석토를 동요하게 만드는 돌발사태의 씨앗도 없다. 즉 순수한 속도 승부가 될 것이다…….

──제가 승부했을 때는 작전이 잘 들어맞았지만…… 이 상황에서는 좀 어렵겠어요. 후이마 양은 어떻게 생각하고 있을까요?

괜찮다고는 생각하면서도 살짝 불안해지는 미아였다.

참고로 작전이란 물론 '황람'이 생각한 작전이다.

말이 달리고 말이 생각한다. 그리고 미아는 머리를 텅 비우고 그저 달리기 편하도록 말에게 맞추는 것에만 집중한다. 그것이야말로 이상적인 역할분담이라 할 수 있다. ……정말 그럴까?

점점 고조되는 긴장감 속에서 심판이 깃발을 들어 올렸다가……. 내리면서 소리쳤다.

"시작!"

시작 신호와 동시에 두 마리의 말이 뛰쳐나갔다.

앞서나간 건── 후이마가 탄 형뢰였다!

쭉쭉 순식간에 가속하며 석토를 뿌리쳤다. 석토도 따라잡으려 했지만, 그 차이는 점점 벌어지더니, 첫 번째 코너를 돌았을 때 둘 사이에는 말 한 마리만큼의 거리가 벌어졌다.

석토가…… 완전히 밀렸다!

"오오! 대단한데요!"

그렇게 쾌재를 부르는 미아. 지켜보는 관객들 사이에서도 성대한 환호성이 터졌다.

──우후후, 지금까지 치른 경기 중 가장 분위기가 달아올랐어요. 이만큼 분위기가 뜨거우면 레드문 공작도 만족하지 않을까요?

그렇게 대만족한 미아였으나, 그 미소는 바로 얼어붙었다.

쭉쭉 가속하는 형뢰.

"오오! 힘내세요, 후이마 양!"

미아는 환호성을 질렀다.

쭉쭉, 쭉쭉 가속하는 형뢰. 그건 마치 하늘을 나는 것처럼…….

"그나저나 대단한 속도로군요……."

미아는 감탄하며 중얼거렸다.

쭉쭉, 쭉쭉, 쭉쭉 가속한다!

미아는 여기서 문득 생각했다.

──어라? 좀 너무 빠른 거 아닌가요?

그렇다. 이때 미아가 느낀 위기감은 페이스 분배를 생각해야 한다거나 하는 차원이 아니었다.

후이마는 기마왕국 사람. 불꽃 부족을 대표하는 기수다. 후반에 가서 말의 체력이 소진되는 꼴사나운 실수는 저지르지 않을 것이다.

또한 후반에 가서 체력이 소진될 기색도 없다. 물 만난 고기처럼 달리는 형뢰는 즐겁고 상쾌해 보였다. 필사적으로 따라잡으려는 석토와 힐데브란트가 오히려 힘들어 보일 정도로…….

그 정도로 후이마와 형뢰의 질주는 압권이었다.

압도적으로 강하고, 무엇보다 아름다웠다.

그것은 일종의 달인이 지닌 아름다움이었다.

검의 달인 디온 알라이아의 검술이 사람을 매료할 정도로 아름다운 것처럼.

혹은 명사수 룰루족의 전사들이 쏘는 화살이 숨을 삼킬 만큼 아름다운 것처럼.

후이마와 형뢰의 질주는 박진감이 넘치는 아름다움이었다.

다들 넋을 놓고 쳐다보게 되는 훌륭한 질주였다.

──아, 이거 큰일이에요.

미아의 직감이 호소했다.

영락없이 후이마는 샤오리와 비슷한 수준의 실력이라고 오해했다.

힐데브란트에게 여유롭게 이기고 적당히 매료시켜서 그를 기마왕국으로 유인하는…… 그 정도의 실력을 기대했었다. 하지만!

——이건 너무…… 너무 지나치게 압도적이에요!

두 번째 코너를 돌 때 그 차이는 점점 벌어져서 말 세 마리만큼의 거리가 되었다.

순간 힐데브란트가 마지막 순간에 따라잡아서 이기는 걸 노리는 게 아니냐고 의심한 미아였지만…… 그의 얼굴을 보고 아니라는 것을 깨달았다.

초조한 얼굴로 석토에게 필사적으로 지시하는 힐데브란트. 하지만 후이마는…… 애초에 형뢰에게 지시를 내리지도 않았다. 그저 말에게 몸을 맡기고…… 아니, 마치 말과 마음이 통하는 것처럼 인마일체가 되어 코스를 달렸다.

그건 앞서 치렀던 모든 경기가 흐릿해질 만큼 인상적인 질주였다.

그토록 분위기를 띄웠던 바노스의 경기조차 이미 사람들의 기억 속에서 사라져버리지 않았을까……?

미아는 관람석 쪽을 올려다보고 만사나의 얼굴을 살폈다. 보아하니…… 후이마와 형뢰에게서 눈을 떼지 못하고 있다! 입을 떡 벌리고 쓸데없는 움직임이 하나도 없는 멋진 질주를 지켜보고 있다.

아마 조금 전 대활약을 보여준 바노스의 존재는 진작에 기억 저편으로 날아갔을 것이다.

참고로 황제 폐하는 멋지게 팔짱을 끼고선 근육을 살펴보는 것 같았다. 이쪽은 아직 바노스의 경기를 기억하는 것 같아서 다행이긴 한데…….

──아뇨, 아바마마는 중요하지 않아요. 그보다 레드문 공작의 머리에서 바노스 씨의 인상이 흐릿해지는 건 곤란한데요. 큭, 오산이었어요!

모처럼 바노스가 분전했어도 이렇게 근사한 승마술을 보고 나면 잊어버릴 게 틀림없다.

──샤오리 양과는 비교가 되지 않는 승마술이에요. 저조차 상대가 될 수 있을지…….

꿀꺽 침을 삼키는 미아…….

자연스럽게 샤오리보다 자기가 더 승마를 잘한다고 확신하는 미아였다.

확실히 미아는 말 판결에서 이겼다는 실적이 있다.

그것만 놓고 본다면 미아의 승마술이 샤오리보다 뛰어나다고 할 수 있다. 할 수 있을지도…… 모르지만!

어째서일까. 묘하게 수긍할 수 없는 기분이 치민다. 신기한 일이다.

뭐, 그건 그렇다 치고…….

──으으. 힐데브란트를 매료하는 건 좋지만…… 지나쳐요. 이래서는 다른 사람들도 강렬하게 매료해버릴 거예요.

미아는 이를 악물며 경기장으로 시선을 주었다.

조금 전까지 펄펄 끓어오르던 경기장은 정반대로 쥐 죽은 듯 고요해져 있었다.

무심코 숨을 삼키게 될 만큼 아름다운, 넋을 잃고 보게 되는 승마술. 그건 제국의 페가수스 프린세스(?)와는 차원이 다른 진짜배기 실력자의 승마술이었다.

──으윽, 다들 넋을 놓고 있잖아요. 설마 후이마 양이 이렇게까지 마성의 여자였다니…….

까득까득 이를 가는 미아. 그러거나 말거나 후이마를 태운 형뢰는 세 번째 코너를 돌았다.

그 차이는 한층 벌어져서 말 네 마리 거리.

힐데브란트가 열심히 채찍질했지만…… 석토의 속도는 빨라지지 않았다.

대조적으로 후이마와 형뢰는 더욱 리듬을 탔다. 경쾌한 발놀림에 관객이 열광했다.

그때였다.

미아는 퍼뜩 깨달았다.

──어, 어라? 잠깐만요, 저 이 다음에 말을 타야만 하는…… 어? 이 어마어마한 분위기 속에서 제가, 타야 한다고요……?

마음이 초조해지는 미아였으나 미아를 한층 더 몰아세우는 사태가 코앞까지 다가와 있었다.

그건…….

제15화 미아의 오산 ~결사의 호스 댄스!

그렇게 경기는 아무런 파란도 없이 끝났다.

——후반 역전이나 기적 같은 건 전혀 없었어요.

그런 생각을 하는 미아였지만, 애초에 그걸 기대하는 사람도 없고 예상한 사람도 없었지 않았을까.

그 정도로 압도적인 경기였다.

골인한 직후 후이마는 관람석 앞으로.

말에서 내려 황제와 레드문 공작에게 우아하게 인사한 뒤 미아에게 다가왔다.

"후후후, 어떻지? 미아 황녀. 기마왕국의 힘을 제국에 보여줄 수 있었을까?"

우쭐거리는 얼굴로 말하는 후이마에게 미아는 쾌활한 미소를 지었다.

"훌륭한 솜씨였습니다. 후이마 양. 역시 불꽃 일족 최고의 기수예요."

짝짝 박수를 보내면서도…….

——기왕이면 좀 더 살살 해줬어도 좋았는데 말이죠…….

같은 말을 하고 싶은 미아였지만…… 그 말을 꾹 삼켰다.

기마왕국 백성들은 말로 겨루는 승부를 신성시한다. 그렇다면 어떤 승부라고 해도 살살 봐주는 건 생각할 수 없는 일이다.

——뭐, 후이마 양에게 불평하는 건 도리가 아니죠. 여기선 진

심으로 찬사를 보내야 해요. 힐데브란트도 후이마 양의 실력을 똑똑히 보았을 테니 분명 기마왕국에 관심이 생겼을 거예요.

너무 많은 걸 요구하는 것도 좋지 않다. 지금은 당초의 목적대로 루비와 힐데브란트의 혼담을 어떻게든 해결하는 걸 생각해야 할 것이다.

그때 타이밍 좋게 힐데브란트가 다가오는 게 보였다.

아마도 후이마의 승마술을 칭찬하고 서로 건투를 축하할 생각일 것이다. 아니면 후이마의 애마, 형뢰를 가까이서 보여달라고할 생각이거나.

어쨌거나 관심이 생겼다는 건 좋은 일이라며 만족스럽게 고개를 끄덕이는 미아.

가까이 다가온 힐데브란트는 후이마를 똑바로 바라보며 미소지었다.

"이야, 후이마 양. 당신의 승마술은 참으로 훌륭했습니다. 이 힐데브란트, 감탄했습니다."

"그런가. 나의 친구, 형뢰의 힘을 보여주었다면 다행이군."

후이마는 눈을 감고 뻐기는 얼굴로 말했다.

"오호. 말을 친구라 부른다……. 그것이 기마왕국 기수의 사고 방식입니까. 그렇지 않으면 그런 훌륭한 승마술은 불가능하다는……."

"맞다. 말을 일회용 도구처럼 대하면 말의 힘을 온전히 끌어낼 수 없지. 전장에서 말은 가장 신뢰하는 전우니까."

후이마는 팔짱을 끼고…… 거만하게 고개를 끄덕였다. 그 대답을 듣는 힐데브란트는 참으로 눈이 반짝반짝 빛났다.

——흠, 제법 괜찮은 느낌인데요? 남은 건 레드문 공이 바노스 씨의 활약을 어떻게 떠올리게 할지…….

그렇게 생각에 잠기려던 미아였으나…… 그런 여유는 없었다.

왜냐하면…… 힐데브란트가 별안간 한쪽 무릎을 꿇었기 때문이다.

"…………흐어?"

그 행동에 미아는 놀라서 눈을 깜빡였다. 힐데브란트는 후이마를 올려다보며 조용한 목소리로 말했다.

"후이마 님, 부디 당신의 승마술을 가르쳐주십시오. 제 스승이 되어주실 수 없으신지……?"

그 말에 미아는 바로 침착함을 되찾았다.

——아, 아아, 뭐, 그렇군요. 단순한 힐데브란트라면 그런 소릴 할 법도 해요.

아무튼 그는 맛있는 과자를 만나면 장래에 과자가 되겠다고 하는 남자다. 본래가 단순하다.

어쨌거나 이건 계획대로 갔다고 할 수 있다. 후이마에게 직접 가르침을 받고 싶다고 하지만 그건 그거고. 후이마에게 배우기 전에 먼저 기마왕국에서 더 기초적인 부분을 배우라는 식으로 적당히 유도해준다면 그는 제국을 떠날 것이다.

거기서 승마술이 뛰어난 기마왕국 여성에게 관심을 가진다면 더욱 좋다. 후이마와 사랑에 빠지거나 하진 않을지도 모르지만, 기마왕국에는 승마술이 뛰어난 여성이 넘쳐난다. 누군가와 사랑에 빠진다면 루비와의 혼담도 백지로 돌아갈 터……

——아뇨, 후이마 양과 혼인하게 된다면 그건 그거대로 괜찮을지도 모르겠네요. 후이마 양과 친척이 되는 것도 조금 즐거울 것 같고, 기마왕국과도 인맥이 생기는 건 좋은 일이니……. 후후후, 뭐 힐데브란트가 후이마 양의 마음을 잡을 수 있을지는 모르는 일이지만요…….

어쨌거나 그건 찬찬히 친해진 뒤의 일이라며 미아는 완전히 방심했었다. 힐데브란트의 단순한 성격을…… 제대로 파악하지 못했다.

그대로 후이마의 한쪽 손을 잡은 힐데브란트가 이어서 말했다.

"아니, 이게 아니지. 얼버무리지 않겠어. 가능하면 내 평생의 반려가 되어줄 수는 없을까?"

"………………흐어?"

놀라서 소리낸 사람은 후이마——가 아니었다. 미아였다!

갑작스러운 전개에 미아는 눈을 깜빡이고는…… 다음 순간, 서둘러 시선을 굴렸다. 도착지점은 관람석. 아버지 옆에 앉아있는 남자, 제국 사대공작 중 한 명인 만사나 에트와 레드문에게…….

그 얼굴을 본 순간 미아는 저도 모르게 히이익 비명을 지를 뻔했다.

만사나가…… 어지간한 상황에서 온화한 미소를 짓던 그 남자가…….

이를 뿌득뿌득 갈면서 이마에 혈관이 도드라져있기 때문이었다.

『내가 참고 또 참아서 귀여운 딸을 주려고 했는데 이 자식은 제

멋대로 무슨 짓을 저지르는 거냐!』

뭐 이런, 다소 공작에겐 걸맞지 않은 품위 없는 말이 얼굴에 적혀있는 게 미아 눈에는 똑똑히 보였다.

뭐, 애초에 신사적으로 행동하고는 있으나 레드문 공작은 본래 무투파다. 그렇지 않다면 강력한 사병단을 만들지 않을 것이다.

——어, 어째서, 이런…….

미아는 저도 모르게 신음했다.

모든 건 후이마의 승마술이 너무나 훌륭했기 때문이었다.

후이마가 그렇게 훌륭하게 말을 타지 않았다면 힐데브란트가 너무 매료된 나머지 갑작스럽게 고백하지도 않았을 것이다.

후이마가 그렇게 훌륭하게 말을 타지 않았다면 만사나의 뇌리에는 바노스라는 뛰어난 병사가 남았을 것이다. 그걸 징검다리 삼아 루비의 파트너 후보로 유도할 수 있었을지도 모르는데.

모든 건 너무나 압도적이었던 후이마의 승마술 때문이다.

"크윽, 이렇게 된 이상 어쩔 수 없죠. 이대로 아무 일도 없었다는 듯 다음 경기로 넘어가서 어떻게든 얼버무릴 수밖에……."

요컨대 다음 경기의 기수가 후이마보다 더 훌륭한 승마술을 보여주면 된다. 그걸로 관객들을 고조시켜 경기장의 분위기가 바뀐다면 그사이에 레드문 공작의 마음도 안정될지도 모른다…….

그렇게 희망적 관측에 매달리려고 한 미아는 반사적으로 태클을 걸었다.

"아니, 다음 경기는 제 호스 댄스잖아요!"

이리하여 미아의 결사적인 호스 댄스가 시작된다!

제16화 포니 프린세스 미아! 달리다!

아무튼 서두르는 게 좋았다. 상황은 절박했다.

미아는 동풍에게 달려갔다.

"미아 님……."

도중에 다가온 루드비히에게,

"바로 호스 댄스를 하겠어요. 장애물 설비를 부탁드려요."

그렇게 짧은 지시를 내리며 황녀전속 근위대와 레드문 공작의 사병단 쪽을 살폈다.

소란스러운 병사들을 보며 미아는 무심코 으으극 신음했다.

"부, 분위기가 말이 아니잖아요! 으으윽…… 힐데브란트. 조금 더 분위기를 파악할 줄 아는 녀석인 줄 알았는데……."

어릴 적 맛있는 과자가 되고 싶어 했던 남자 힐데브란트의 단순함은 시간이 지나 개선되기는커녕 한층 단순해진 모양이었다.

"정말 자기 욕망에 충실한 남자라니까요. 저 만용이 루비 공녀에게도 있었다면 좀 더…… 더?"

그 순간 떠올렸다.

조금 전 갑작스러우면서도 자연스럽게 고백 공격을 저지르려했던 루비의 모습을 떠올렸다.

"……완전히 잘못된 타이밍에 고백했다는 건 의심할 여지가 없군요. 흠, 역시 무모한 용기는 백해무익이에요."

아무튼, 대기 상태였던 동풍은 미아를 보자 작게 푸르릉거렸다.

어딘가 살기마저 느껴지는 경기장 분위기와는 반대로 몹시 침착한 모습이었다. 맹한 얼굴로 주변을 둘러보고 있었다.

제국이 자랑하는 마종 테르토르튀는 어떤 상황에서도 침착하다.

"흠, 역시 동풍. 대단한 담력이군요."

동풍의 목덜미를 가볍게 쓰다듬은 뒤 미아는 바로 옆에서 대기하던 고르카를 보았다.

"준비는 이미 되어있나요?"

보아하니 동풍은 고삐와 안장이 장착되어 이젠 타기만 하면 되는 것 같지만······.

"네. 언제든지······."

고르카는 무겁게 고개를 끄덕이더니······.

"조금 전 두 마리는 확실히 둘 다 대단한 월토마였지만······ 저희 동풍도 지지 않습니다. 부디 이 녀석의 힘을 사람들에게 보여주십시오."

기합이 들어간 응원을 듣고 힘차게 고개를 끄덕인 미아는 위풍당당····· 위풍당당? 하게 '끙차' 하고 우렁찬 소리를 내며 동풍에 탔다.

"뭐, 솔직히 이 상황을 타개할 수 있으리라는 생각은 안 들지만요······. 아무튼 조금이라도 분위기를 바꿀 필요가 있어요. 부탁드려요, 동풍."

미아는 한 번 더 동풍의 목덜미를 쓰다듬은 뒤,

"하이 호, 실····· 동풍!"

실동풍이라는 미지의 바람 이름을 외치며 출발했다.

코스에는 아직 장애물이 설치되지 않았다. 루드비히의 지휘에 따라 급속도로 작업을 진행하고 있지만 아직 완성된 상태는 아니었다.

하지만 그건 미아도 익히 알고 있었다.

지금은 오히려 이 분위기를 바꾸는 게 중요하다.

최대한 사람들의 시선이 모이도록 천천히 코스 안을 한 바퀴. 한 손을 크게 흔들면서 사람들 앞을 달렸다. 이 상태로 시작했다간 아무도 보지 않을 가능성도 있었다. 그래서는 의미가 없고, 단순히 쓸쓸하기도 했다.

——해 봤자 별 의미는 없을지도 모르지만요…….

그 후 이마의 완벽한 승마술을 본 뒤다. 심지어 힐데브란트가 사고를 친 뒤다.

——제 호스 댄스에 관심이 있는 사람이 있을까요?

그렇게 불안해지는 미아였으나…….

"오오오! 미아!"

그 환호성에 미아는 깜짝 놀랐다.

목소리가 들린 곳은 관람석. 어느새 자리에서 일어난 황제 마티아스 루나 티어문이 두 팔을 흔들며 응원을 보내고 있었다. 후이마의 경기 같은 건 없었다는 양, 그저 미아의 경기만을 기대했던 남자의 모습이 그곳에 있었다.

더불어 그 옆에서는 아벨과 벨, 슈트리나, 아이들도 환호성을 지르고 있다.

——후후후, 평소에는 아바마마의 저런 태도가 조금 귀찮을 정

도지만 이럴 때는 감사하군요.

아무튼 저래 봬도 이 나라의 넘버 원이다. 그런 황제가 관심을 보이며 응원하는 사람에게 부하 병사들이 아무 반응도 보이지 않을 수는 없으니…….

더불어 미아는 잊고 있었다. 자신이 누구인지…….

집요할 정도로 확인하지 않으면 어째서인지 다들 잊어버리는 사실이긴 하지만, 미아는 놀랍게도 이 제국의 황녀다. 공주님이다.

그리고 기나긴 제국의 역사상 승마를 즐긴 황녀는 거의 없다. 절대 없는지는 역사서를 자세히 뜯어보지 않으면 안 되지만, 아무튼 바로 떠오르지 않을 정도로는 없다.

심지어 미아의 승마술은 사실 그리 나쁘지 않다. 의외이긴 하지만.

일반적인 귀족 영애의 취미 수준은 진작에 넘어섰고, 세인트 노엘에서도 비교적 상위권의 실력자라 할 수 있다.

그렇다. 어느새 미아는 페가수스 프린세스라고는 말할 수 없어도 포니 프린세스 정도의 수준까진 올라갔다.

포니 프린세스 미아다. ……절대로 포동 프린세스가 아니다. 혹시나 해서.

그러는 사이에 코스 위에 장애물 설치가 끝났다.

그건 거듭 연습했던 것과 완전히 똑같은 배치였다.

"흠, 완벽한 일처리로군요. 루드비히……. 그럼 갈까요. 동풍."

미아의 목소리와 동풍의 힘찬 투레질.

그리고………… 마치 그 목소리에 응답하듯 바람이 불기 시작
했다.

제17화 미아 황녀는 춤을 잘 춘다!

크게 숨을 내쉬었다가 힘껏 들이마시고…….

미아는 동풍에게 지시를 내렸다.

"화려하게 가자고요, 동풍. 형뢰와 후이마 양에게 지지 않도록 부탁드려요."

미아의 목소리에 동풍은 푸르릉 울어서 대답했다. 미아가 고삐를 짧게 쥔 순간 동풍이 조용히 달려 나갔다.

그리 서두를 필요도 없다. 미아는 동풍이 만드는 기분 좋은 삼박자에 몸을 맞추면서 경기장에 시선을 주었다.

──흠, 아무래도 이쪽으로 시선을 유도하는 건 성공한 것 같은데…….

문제는 이 다음……. 제대로 공연을 마칠 수 있을까. 시선을 끌어놓고 실패해서 중간에 중지하게 되는 건 너무나 큰 망신이다.

아벨 앞에서 꼴사나운 몰골은 보일 수 없다고 기합이 잔뜩 들어간 미아였다.

그렇게 먼저 향한 곳은 레드문 공작의 사병단 바로 앞에 설치된 장애물이다. 숫자는 둘. 연속 점프를 하는 구간이다.

불현듯 동풍의 페이스가 바뀌었다. 깔끔한 사박자. 거기에 맞춰서 미아는 팔과 무릎을 사용해 리듬을 실었다.

이렇게 보면 장애물은 제법 높다. 하지만 미아의 마음에 두려움은 없었다.

──괜히 겁을 먹으면 그게 말에게 전해지니까요……. 애초에 말이 다치지 않도록 쉽게 쓰러지는 가벼운 장애물이고요…….

실제로 연습할 때 들어 봤는데, 미아의 힘으로도 들 수 있을 만큼 가벼웠고 또 약한 구조였다. 만약 미아가 머리를 박는다고 해도 다칠 만한 장애물은 아니었다.

따라서 미아는 그저 동풍의 움직임에만 집중했다.

──집중이에요. 집중. 어차피 뛰는 건 제가 아니니까요. 여기선 동풍이 기분 좋게 뛸 수 있도록 방해하지 말아야 해요.

보폭 변화에 맞춰서 몸을 흔든다. 그것은 마치 물결을 타고 흔들리는 해파리처럼…… 자연스럽게 동풍에게 몸을 맡긴다.

다가오는 장애물을 앞에 두고 미아는 등자를 꽉 밟으며 몸을 앞으로 굽혔다. 엉덩이가 살짝 뜬 순간 동풍의 몸이 부웅 날았다.

동풍의 중심과 자신의 중심을 완벽하게 일치시키며 착지. 무릎과 허리를 사용해 충격을 죽이며 다음 장애물로.

또다시 점프!

그 두 번의 점프는 의외로 교본처럼 아름다운 동작이었다. 정말 의외로!

그렇다. 현재 미아의 승마술은 상당한 레벨에 도달해 있었다.

이미 포니 프린세스라는 어린아이 취급을 할 수 없다. 미아는 이미 포니 프린세스를 넘어선 기수, 소위 초월급 포니 프린세스라고 해도 과언이 아닌 실력을 지니고 있다. 슈퍼 포니 프린세스 미아다.

……슈퍼 포동 프린세스 미아가 아니다. 혹시나 해서.

그렇게 두 번째 장애물을 넘은 시점에서 놀라운 일이 일어났다.

미아가…… 그 해파리 승마술의 권위자인 그 미아가…… 놀랍게도.

"동풍, 저기서 빙글 도세요!"

스스로 지시를 내렸다! 참으로 획기적인 광경이었다.

그렇다. 승마에 관해서는 말에게 모든 걸 맡기는 미아이긴 했으나, 춤이라면 상황이 달라진다. 아무튼 미아의 유일하다고 해도 되는 특기가 춤이기 때문이다.

미아는 댄스 파트너가 기분 좋게 춤추게 만드는 능력은 물론이요, 자신과 파트너의 춤을 주변에 아름답게 보여주는 요령도 대충 감각으로 이해하고 있다.

레드문 사병단 병사들에게 제 애마를 소개하듯 작은 원을 그리며 한 바퀴 회전. 그 후 천천히 그들 앞을 가로질렀다.

그걸 보고 레드문 사병단 내에서도 '오오!' 하는 감탄사가 튀어나왔다.

다음으로 미아와 동풍이 향한 곳은 황녀전속 근위대 쪽이었다.

미아가 다가오자 '오오오!' 하고 환호성 같은 게 들끓었다. 황녀전속 근위대 내에서 미아는 인기가 많다.

"동풍, 저기서…….."

미아가 지시하자 동풍의 귀가 쫑긋쫑긋 움직였다. 미아가 고삐를 다시 짧게 쥐고 자세를 잡자 동풍은 히히히힝! 하고 울더니 앞다리를 높이 들어 올렸다.

"오오오!"

환호성을 지르는 황녀전속 근위대 대원들. 그런 그들에게 미아가 한쪽 손을 들어 대답했다.

"갑니다. 하이 호! 동풍!"

미아의 목소리에 맞춰 동풍이 다시 가속. 장애물 앞에서 높이 점프. 착지. 점프!

'흐급!' 하고 기합을 넣으면서 두 다리와 허리로 균형을 잡은 미아가 아름다운 자세를 유지했다.

춤이라는 이름이 붙은 종목에서 추한 모습은 보일 수 없다.

미아에게도 자존심이 없는 건 아니다. 일단.

무사히 착지한 동풍에게 그 자리에서 한 번 더 한 바퀴 돌게 한 후 미아는 손을 들었다.

"오오오오!"

또다시 환호성.

그걸 들은 미아는 그제야 자신의 오해를 깨달았다.

그렇다. 미아는 딱히 자신의 힘으로 후이마를 뛰어넘는 흐름을 만들 필요가 없었다.

──그래요. 저는…… 후이마 양이 만든 흐름을 잘 타서 적당히 버티기만 하면 되는 거였어요!

지금 관객은 후이마 덕분에 무척 흥이 오른 상태였다. 그렇게 마음이 활짝 열린 관객을 열광시키는 것쯤은 어렵지 않다!

"그럼 마무리하죠. 동풍. 레드문 공작의 시선을 단단히 끌어드리겠어요."

말머리를 돌려서 향하는 곳은 관람석 앞에 설치된 장애물.

지금까지 그랬던 것처럼 장애물을 향해 똑바로 달려갔다.

그런 미아와 동풍의 뒤를 밀어주듯 바람이…… 조금씩 강해지
고 있었다.

제18화 사작

"자, 클라이맥스로 가죠. 동풍."

미아의 목소리에 동풍이 다시 울부짖었다.

그대로 단숨에 가속해서 장애물을 향해 달렸다.

이번 장애물은 조금 전보다 하나 더 늘어나 세 개가 설치되어 있다. 하지만 미아는 두려워하지 않는다.

"오오오오오! 미아! 힘내라!"

그런 아버지의 목소리가 들려서 좀 많이 부끄럽지만…… 그것도 신경 쓰지 않기로 했다.

──마지막을 장식하기에 적절한 삼연속 점프. 루드비히의 지시인 건지 아니면 고르카의 아이디어인 건지는 모르지만, 마지막을 성공시켜서 성대하게 분위기를 띄우겠어요! 그리고 뭔가…… 그럴싸한 연설로 어떻게든 얼버무려 수습하는 거예요!

그런 생각을 하며 미아는 기분 좋게 첫 번째 장애물을 뛰어넘었다.

아무 문제 없이 멋지게 착지한 뒤 두 번째 점프. 슈웅 힘차게 뛰어오르는 동풍. 호흡을 맞춰서 중심을 이동시키는 데 집중하는 미아는 성공을 확신했다.

"다음이 마지막이에요!"

참으로 순탄하게, 흐르는 물처럼…… 흘러가는 해파리처럼 두 번째 점프를 마치고. 마지막 하나.

——자, 이게 끝나면 다음은…….

그렇게 미아는…… 나중 일을 생각하고 말았다.

그건 해서는 안 되는 일……. 치명적인 방심이 되었다.

세 번째 점프. 장애물을 뛰어넘으려고 동풍이 지면을 박찬……

바로 그때! 한층 큰 바람이 쌩 불어왔다.

"으헉?!"

마치 아래에서 위로 부는 듯한 바람을 받은 동풍은 날개가 달린 말처럼 날아올랐다.

갑작스러운 일에 순간 균형이 무너질 뻔한 미아였지만…….

"흐급!"

다소 귀한 아가씨답지 않은 기합을 지르며 버텼다! 고삐를 쥐고 안장 위에서 균형을 잡았다.

그렇게 미아는 지금까지 겪은 것 중 가장 긴 부유감을 느끼며 마지막 점프가 대성공을 거두었음을 확신했다.

——설마 마지막 순간에 이런 멋진 점프라니! 우후후, 저도 참 대단하다니까요!

그렇게 자화자찬하는 미아였지만……. 이때…… 완전히 방심했다.

그래서…… 직후에 들린 목소리를 영락없이 칭찬하는 환호성으로 착각하고 말았다.

화려하게 착지한 미아가 환하게 웃으며 환호성에 답하기 위해 손을 들어 올리려고 한 그때……!

"미아 황녀 전하! 위험!"

전방에서 루비가 달려오는 게 보이고……. 그 뒤에서 한발 늦게 바노스가 달려오는 게 보이고…….

──어라? 무슨 일이 일어난 거죠……?

태평하게 돌아본 미아는…… 직후!

강한 바람에 허공으로 올라간 장애물이 이쪽을 향해 날아오는 것을 보았다!

"미아 님, 이쪽으로!"

루비가 동풍의 고삐로 손을 뻗었지만…… 틀렸다. 늦는다!

옆으로 넓은 장애물은 미아만이 아니라 미아에게 달려온 루비마저 휘말릴 것 같았고…….

"히, 히이이이익!"

딱딱한 비명을 지르는 미아와 얼어버린 루비. 그때!

"위험해!"

두 사람을 지키며 당당히 가로막은 바노스의 거구. 순간적으로 미아와 루비를 지키듯 한 걸음 앞으로 나선 그는 몸에 힘을 주었다.

강렬한 기세로 날아온 장애물에도 위축되지 않고 힘껏 어깨로 부딪쳤다!

"바노스 대장!"

루비의 비명과 동시에 '빠각!' 하고 무언가가 부러지는 듯한 무시무시한 소리가 주변에 울렸고……! 미아는 반사적으로 눈을 감…… 을 뻔했지만, 직후 어마어마한 속도로 장애물이 날아가는 게 보여서 히익 비명을 질렀다.

다행히 장애물은 미아와 루비를 피하듯 두 조각으로 갈라진 상태웠기에 살았지만…….

──어라? 지금 어째서 둘로 갈라졌던 거죠?

"다친 곳은 없습니까? 미아 황녀 전하."

조심조심 시선을 돌린 곳에서 바노스가 빠르게 다가왔다.

"바, 바노스 씨……. 아뇨, 저는 괜찮은데요……. 다, 당신이야 말로 괜찮은 건가요? 지금 저 장애물과 힘껏 부딪쳤는데요……."

"응? 하하하, 에이. 저 정도는 디온 대장이 굴렸던 거에 비하면 간지럽지도 않죠."

웃으며 대답하는 바노스를 보고 루비가 힘없이 자리에 주저앉 았다.

"아…… 아아, 다…… 다행이다……."

토하듯이 중얼거린 뒤,

"무, 무모한 짓은 하지 마십시오! 바노스 대장!"

살짝 떨리는 목소리로 항의했다.

"아니, 뭐, 별거 아니니까……."

머리를 긁적이며 난처해하는 바노스였지만, 다음 순간 한층 난 처한 사태에 휘말리게 되었다. 그건…….

"훌륭하군! 그대의 활약, 이 황제 마티아스 루나 티어문이 똑똑 히 보았다!"

관람석에서 들린 커다란 목소리였다.

황제가 관람석 전방으로 걸어 나와 이쪽을 내려다보고 있었다.

그는 감동해서 촉촉해진 눈으로 바노스를 바라보았다.

"정말…… 나의 딸, 미아를 정말 잘 지켜주었다. 그대의 활약은

참으로 황녀의 방패에 걸맞은 행위라 할 수 있을 테지!"

감격에 겨운 어조로 말한 뒤 엄숙하게 말했다.

"지금 이 자리에서 그대의 활약에 걸맞은 보상을 내리겠다. 짐은 황제 마티아스의 이름으로 이 자를 사작(士爵)의 작위에 봉한다."

"⋯⋯⋯⋯흐어?"

너무나도⋯⋯ 정말 너무나도 갑작스러운 전개에 미아는 눈을 깜빡였다. 그건 다른 사람들도 마찬가지였다. 바노스 본인은 물론이고 주변 근위병들도, 그리고 루비도 경악한 나머지 입을 멍하니 벌리고 말았다.

그런 가운데 가장 먼저 정신을 차린 사람은⋯⋯ 놀랍게도 미아였다!

이전 시간축도 포함해서 아버지의 막무가내와 변덕에 휘둘리는 것에는 익숙했기 때문이다.

냉정함을 되찾은 그녀는 재빠르게 지금 사태를 분석했다.

"사작⋯⋯."

작게 중얼거린 미아는 고개를 중얼거렸다.

티어문 제국에서 사작이란 영지가 없는 작위다. 비세습 작위이며 일부 귀족으로서 특권은 인정받지만, 사실상 명예 말고는 의미가 없다.

일단은 귀족이라고 할 수 있는 수준으로, 다른 제국 귀족에게 귀족의 일원으로서 대우받게 되는 정도⋯⋯.

이 정도라면 황제의 즉흥적 판단으로 밀어붙여도 딱히 문제는 없다.

또한 이번 사건은 인상도 강렬했다.

사실 그 장애물은 말이 부딪쳐도 다치지 않도록 가볍게, 또 쪼개지기 쉽게 만들어졌기 때문에…… 겉보기만큼 굉장한 파괴력이 있었던 건 아니지만……. 사실이 어떻든 지금 중요한 건 화려함이다.

어마어마한 기세로 날아온 물건으로부터 몸을 날려 미아를, 그리고 루비를 지켰다는 공적…….

그건 강력한 설득력을 지니고 있었다.

"게다가 그 남자는 미아의 황녀전속 근위대 대장이라고 하지 않는가. 그렇다면 작위가 없는 것이 되려 도리에 안 맞을 테지."

그것 또한 사실이었다.

지금 미아는 아직 일개 황녀에 불과하다. 하지만 루드비히와 동료들의 노력이 결실을 맺어 미아가 황제가 되고 나면……. 황제의 수족인 황제전속 근위대의 대장이 평민이라는 건 다소 문제가 있을지도 모른다.

명예 작위라고 해도 귀족이라면 그 부분의 균형을 맞출 수 있는 셈…….

이런 복잡한 분석을 미아가 해낸 거냐면, 당연히 그렇지 않다.

미아가 생각한 건 딱 하나뿐이었다. 즉…….

──평민 병사가 공적을 거둬서 사작이 되고…… 별을 지닌 공작 영애와 맺어진다……. 정말 드라마틱해요!

이것이다.

연애 소설에 중독된 미아는 핑크빛 뇌세포가 부추기는 대로 고

개를 크게 끄덕이고는,

"그렇군요. 그건 아주 좋은 일이에요."

만족스럽게 웃었다.

제19화 신들린 회피, 직격

"미아 님!"

경기장 내가 소란스러운 가운데 안느가 빠른 걸음으로 달려왔다.

"어머, 안느. 우후후, 어땠나요? 제 호스 댄스는."

동풍에서 내린 미아는 생긋 웃으며 물었지만…….

"그보다 다친 곳은 정말 없으십니까?"

안느는 걱정하는 얼굴로 미아의 몸을 살펴보았다.

"네. 아무 문제 없습니다."

"그렇군요…… 다행이다. 아, 여기요."

그렇게 말하며 안느가 내민 건 월적(月滴) 레몬티가 담긴 물통이었다.

"어라, 고마워요."

바로 물통에 입을 댄 미아는 입속에서 퍼지는 상큼함에 저도 모르게 후우 숨을 뱉었다.

혀 위에서 느껴지는 과일의 새콤한 맛과 홍차의 좋은 냄새가 참으로 기분 좋다. 목을 축이는 감각은 너무 뜨겁지도 차갑지도 않고 딱 좋았다.

"후후후, 역시 안느예요. 아주 맛있군요."

미소 짓는 미아. 안느는 기쁘다는 듯 마주 웃은 뒤 불쑥 조용해지고는…….

"정말로 무사하셔서 안심했습니다. 저기…… 그런데 미아 님? 갑작스러운 질문이지만…… 이번 바람은 의도하신 건 아닌 거죠?"

"네……? 의도…… 라뇨?"

어리둥절해서 의아한 듯 고개를 갸웃거리는 미아에게 안느는 아주 진지한 얼굴로 말했다.

"그 바람은 미아 님께서 일으키신 거였다거나, 그런 건 아닌 거죠? 혹은 그 바람이 불 것을 예상하셨다거나……."

"……어, 어째서 그런 생각을 한 거죠?"

순간 혼란스러워지는 미아였다.

"미아 님께서는 하늘을 조종한다고 기마왕국 사람들이 말했습니다."

"아……."

확실히 몇몇 사람들이 그런 말을 했을 법하다며 수긍하면서도 미아는 무심코 눈썹을 찌푸리고는…….

"저에게 그런 힘은 없습니다. 그 바람도 전혀 예상하지 못한 일이었어요."

제대로 부정해놓았다. 안느의 동생은 에리스다. 그 미아 황녀전을 이 세상에 내놓은 에리스다.

이런 이야기를 들었다간 어떤 사태가 일어날지…… 상상만으로도 오한이 드는 미아였다.

"정말이죠……?"

"네! 물론이죠. 저에겐 그런 힘이 없습니다."

그렇게 단언하자 안느는 안도하며 가슴에 손을 올렸다.

"그렇…… 군요……. 다행이다."

"으음? 다행이라니…… 무슨 뜻인가요?"

그 질문에 안느는 지극히 진지한 얼굴로 대답했다.

"만약 의도적으로 하신 것이었다면 항의할 생각이었습니다. 위험하잖습니까! 걱정 끼치지 마세요! 하고……."

"어머, 안느. 그런 바람을 일으키는 힘을 지닌 저에게 쓴소리라니…… 제법 목숨 아까운 줄 모르는 만용인걸요?"

농담을 던지는 미아에게 안느는 작게 고개를 저었다.

"설령 미아 님께서 하늘을 조종하는 마법을 쓰실 줄 안다고 하셔도 그걸 악용하지 않는다고 믿습니다. 제가 무서운 건 미아 님께서 그 힘을 사용해 스스로를 위험에 빠트리는 무모한 작전을 실행하시는 것뿐이에요. 그러니까 미아 님께 간언하는 걸 망설일 이유는 없습니다."

"안느……."

충신의 흔들림 없는 신뢰에 저도 모르게 감동하는 미아였다.

"미아!"

안느에 이어 아벨이 다가왔다. 달려온 건지 그 얼굴은 살짝 상기되어 있었다.

"어라, 아벨. 무슨 일인가요? 그렇게 당황하고……."

"아니, 그게……."

아벨은 미아의 얼굴을 보고는 순간 안도의 미소를 지었다.

"다치지 않았는지 걱정돼서……. 살짝 빠져나와서 살펴보러 왔어."

"어머나, 당신도요?"

우후후 재미있다는 듯 웃은 뒤 미아는 그 자리에서 한 바퀴 턴을 돌았다.

"자, 보시다시피 아무 문제 없습니다. 바노스 씨가 지켜주었으니까요……."

"그래……. 아니, 보면 문제가 없다는 건 알았지만……."

아벨은 작게 한숨을 쉬고는,

"영 안 되겠어……. 네 일이면 괜찮다는 걸 알아도 냉정하게 행동하지 못해……."

자조하듯 웃었다.

"어머! 아벨……."

조금 어른스러워진 아벨이 아주아주 진지하게 자신을 걱정해준다……. 그 생각만으로도 뺨이 살짝 뜨거워졌다. 목도 바싹 말라붙어서 말이 잘 나오지 않았다.

영락없이 사랑에 빠진 소녀 모드인 미아였다.

두 사람의 대화가 끝나는 걸 기다렸다는 듯 이번에는 루드비히가 다가왔다. 대회의 진행을 담당하는 그는 지극히 진지한 어조로 말했다.

"실례합니다. 미아 님, 이후 폐회식 인사를 부탁드리고 싶습니다만……."

"아아, 그랬었죠."

미아는 하늘을 보았다.

"바람도 강해지기 시작한 모양이니 일찌감치 끝내야겠어요."

관람석 쪽으로 향하려던 미아는 문득 생각했다.

──레드문 공의 분노는…… 진정되었을까요?

눈에 힘을 줘 봐도 여기서는 잘 보이지 않지만……. 조금 전, 만사나는 얼굴이 시뻘게질 정도로 화를 냈다. 미아에게 화가 난 게 아니라 해도…… 지금 가까이 다가가는 건 조금 내키지 않아서…….

"……흠, 그래요. 그럼 오늘 대회에 걸맞게 말을 타고 경기장을 달리면서 마무리 인사를 하기로 할까요……."

그 순간 미아는 좋은 아이디어를 떠올렸다.

──아, 그래요. 레드문 공의 비위를 맞추기 위해 마무리 인사는 석토를 타면서 한다는 건 어떨까요…….

어쩔 수 없었다고는 하나 레드문 가의 명마를 철저하게 꺾어버리고 말았다. 살짝 수습할 필요가 있을지도 모른다.

──게다가 그 아이도 형뢰에게 져서 풀이 죽어있을지도 모르니까요. 명예를 만회하기 위해 눈에 띌 기회를 마련해주는 게…….

"말을……? 그건…… 조금 전 사고로 다친 곳이 없다는 것을 사람들에게 명백히 보여주기 위해서입니까?"

"네? 아…… 네. 뭐…… 그것도 있죠. 음."

안느와 아벨이 걱정해서 달려왔을 정도다. 그 외에도 걱정하는 사람이 있을지도 모른다.

팔짱을 끼고 고개를 주억거리는 미아에게 루드비히가 불쑥 머리를 숙였다.

"죄송합니다. 미아 님……. 그 장애물을 만들게 한 제 실수입니다."

"어머? 억지로 책임을 짊어지려고 하다니, 당신답지 않은데요. 루드비히."

살짝 기운이 없어 보이는 루드비히를 향해 미아는 온화한 미소를 건넸다.

"그건 누구의 잘못도 아닙니다."

확실하게 말해두었다.

만약 루드비히가 이번 일을 계기로 지나치게 자중하게 된다면 여러모로 지장이 생긴다.

그는 항상 씩씩하게, 넘치는 의욕으로 직무를 수행하게 해야만 한다.

"이렇게 갑자기 바람이 불어올 줄은 아무도 예상하지 못했으니까요⋯⋯. 저도 예상하지 못했고요."

자기도 모르는 일이었다는 걸 슬쩍 덧붙여놓았다.

루드비히는 그렇지 않을 거라고는 생각하지만, 만에 하나 안느 같은 의혹을 품으면 큰일이다.

그 바람을 미아가 불게 했다거나 미아는 예상하고 있었다고 착각한다면, 최악의 경우 미아 때문에 루드비히가 실책을 저지르게 된 셈이다.

따라서 제대로 부정할 필요가 있었다.

"미아 님께서도⋯⋯ 알지 못하는 일이었다는⋯⋯?"

"네. 물론이죠."

말은 그렇게 하면서도 루드비히는 아직 생각에 잠긴 얼굴이었다.

따라서 신신당부하듯 말했다.

"저희 인간은…… 바람이 언제 불지 정말로 알 쑤 엄……."

'알 수 없지 않을까요?'라고 말하려 한 미아였으나…… 오랜만에 혀가 꼬였다.

안느와 대화하면서 긴장하는 바람에 입이 바싹 말라버린 게 원인이다. 안느의 레몬티를 덜 마셨기 때문이다!

이대로 '없지 않을까요?'를 이어갔을 경우 '엄찌 아늘까요?' 같은 좀 우스꽝스러운 문장이 완성될 것 같은 느낌이 들었다.

신신당부…… 확실하게 못을 박아야 하는 상황에서 실수하는 걸 피하고 싶었던 미아는 머릿속으로 순식간에 궤도를 수정. 혀가 꼬이지 않도록 문장을 생략했다. 즉!

"……을까요?"

문장을 끝마치는 것에만 집중해서 단숨에 점프! 다행히 발음을 잘 마무리할 수 있었지만…….

──큭, 중요한 부분에서 혀가 꼬이다니, 저도 참!

약간 떨떠름한 표정을 지으면서도 잘 수습했는지 루드비히의 얼굴을 확인했다.

루드비히는 미아의 말을 가만히 듣고 있었으나…… 이윽고 무언가를 느낀 듯 고개를 끄덕이고는…….

"미아 님의 마음, 잘…… 알았습니다."

짧게 대답한 뒤 깊이 허리를 숙였다.

아무래도 받아들인 듯한 루드비히를 보고 안도한 미아는 석토에게 걸어갔다.

"저희 인간은…… 바람이 언제 불지 정말로 알 수 없…… 을까요?"

루드비히는 미아가 던진 말에 전율을 느꼈다.

"정말로 알 수 없을까요?"

이 질문은 단순한 질문이 아니다. 그건 수사 표현이 들어간 의문문…… 즉 반어법이라고 생각했기 때문이다.

"정말로 알 수 없을까요?"

그 뒤에는 분명 이런 말이 이어졌던 게 아닐까.

"정말로 알 수 없을까요? 아니, 그럴 리 없죠……."

라고.

확실히 미아는 이번 루드비히의 실수를 지적하지 않는다. 루드비히가 바람이 부는 걸 예상하지 못한 건 어쩔 수 없다고 생각하기 때문이다.

하지만…… 그럼에도 미아는 물었다.

정말로 알 수 없다고 생각하냐고.

그리고 언제까지 이대로 있을 것이냐고.

──그래……. 애초에 최근 밀 흉작도 한파 때문에 벌어지는 일이지. 우리 인간은 내일 날씨조차 알지 못해. 어쩔 수 없이 그렇게 생각했어……. 하지만…….

미아는 예견하지 않았는가.

몇 년 뒤에 오는 시원한 여름을. 그에 따른 밀 흉작과 기근 발생을.

그렇기에 대비할 수 있지 않았는가.

──미아 님께서 계실 때는 괜찮아. 하지만 미아 님께서 돌아가신 뒤의 제국, 미래의 제국을 살아가는 사람들이 하늘의 변덕에 휘둘려서 기근에 고통스러워하는 일이 없도록 하라는…… 그런 말씀을 하신 게 아닐까?

언제 바람이 부는지, 내일 날씨는 어떨지.

그것을 완벽하게 예측할 수는 없다고 해도, 한없이 정밀도를 높이는 건 가능하지 않을까?

그러기 위해서 어떻게 해야 할지……. 팔짱을 끼고 진지한 얼굴로 생각에 잠기는 루드비히였다.

뭐…… 이건 전혀 상관없는 딴소리이긴 하지만…….

몇 년 뒤, 성 미아 학원에 두 개의 학과가 신설되었다.

하나는 미아가 아이디어를 낸, 말 관련 지식을 배우는 종합마류연구학과. 그리고 다른 하나는 기상을 연구하는 학과다.

이 두 개의 학과는 각자 미아넷 수송부문과 농업기술개발부문에 막대한 공헌을 하게 되지만…….

뭐, 그건 완전히 여담이다.

제20화 뒤처리

루드비히의 옆에서 벗어난 미아는 석토를 매어둔 장소로 서둘렀다. 그곳에는 마침 루비의 모습도 있었다.

"아아, 마침 잘 됐군요. 루비 공녀, 잠시 괜찮을까요?"

"아, 미아 황녀 전하……. 무슨 일 있으십니까?"

의아한 얼굴인 루비에게 미아는 바로 부탁했다.

"실은 석토를 빌릴 수 없을까 해서요."

"석토를 빌리신다고요?"

"네. 지금부터 오늘 대회의 폐회식 인사를 해야 하는데, 석토를 타고 경기장을 걸으면서 하려고…… 하는데요……."

미아의 고개가 갸우뚱 기울어졌다.

루비 옆에 있는 석토에게서는 여느 때의 패기가 없었기 때문이다.

"어라, 어쩐지 완전히 기운이 없는 것 같은데요……."

"네. 세인트 노엘의 대회 이후 명예를 만회할 기회라며 의욕이 넘치던 모양이었으니……."

루비 옆에서 석토는 참 서글픈 얼굴로 한숨을 쉬었다.

"어라, 딱히 신경 쓸 필요는 없는데 말이죠. 석토도 충분히 좋은 말이잖아요."

그렇게 말해도 석토는 풀이 죽어서 고개를 축 떨굴 뿐이었다.

하지만…….

"그래. 나와 형뢰에는 미치지 못한다 해도 좋은 말임은 틀림없지. 아니, 기수가 반대였다면 결과는 달랐을지도 모른다."

또랑또랑한 목소리에 돌아보자 후이마가 천천히 걸어오는 중이었다.

석토 옆으로 다가온 후이마는 석토의 엉덩이를 가볍게 때렸다.

"음. 탄력 있고 좋은 몸이군. 괜찮다면 이번에는 나도 태워줬으면 하는데. 이 말은 좋은 말이야."

석토는 마치 기분이 풀린 것처럼 푸르릉 울었다.

아무래도 골수 말 마이스터인 기마왕국의 후이마에게 인정받은 게 기뻤던 모양이다. 제법 타산적인 말이다.

"그런데 후이마 양, 힐데브란트는요?"

"음? 아아. 그 남자 말인가……. 그런 일은 처음이었기에 답변에 잠시 시간이 필요했지만……."

그렇게 대답하던 후이마가 단호한 얼굴로 마저 말을 이었다.

"나는 불꽃 일족의 족장 대리다. 그리고 불꽃 일족의 전사이기도 하지. 당연히 나와 혼인하려는 자는 나보다 승마술이 뛰어나며 내 오라버니만큼 전사로서도 우수한 자여야만 한다. 그러니 수행하고 오라고 말해두었다."

가슴을 쫙 펴고 말하는 후이마의 대답에 미아는 작게 고개를 갸웃거렸다.

"으음……? 후이마 양보다 승마술이 뛰어나고 그 마취 씨만큼 검술이 강한 사람…… 이라면, 디온 씨 같은 분이 될 텐데요. 괜찮은 건가요……?"

미아가 뺨을 손으로 감싸며 걱정스레 묻자,

"…………허?"

후이마는 저도 모르게 눈이 동그래져서 고개를 갸웃거렸다.

"아뇨, 뭐. 승마술은 후이마 양이 더 뛰어날지도 모르지만요……. 전사로서 오라버니만큼 강해야 한다면 제법 한정적이잖아요? 디온 씨를 비롯해 검귀 같은 분이 될 듯한 느낌이 드는데…… 그런 분이 좋은 건가요?"

그 말을 들은 후이마의 얼굴이 순식간에 파랗게 질리더니…….

"거, 검술은 그 정도로 강하지 않아도 괜찮, 겠지? 그래, 승마! 음, 역시 승마술로 나를 가뿐히 능가할 수 있는 남자여야 나와 평생을 함께 할 수 있겠지……. 음음."

허둥지둥 수습하는 후이마였다.

'그런 인간이 있겠냐!' 하는 생각이 안 드는 것도 아닌 미아였지만, 뭐 넘어가기로 했다.

우선 힐데브란트는 후이마의 조건을 충족하기 위해 기마왕국에서 수행할 필요가 있을 테고, 거기서 멋진 사람과 만난다면 그건 그거대로 좋은 일이니까.

──이로써 힐데브란트 문제는 처리됐군요. 남은 건…….

미아는 조용히 관람석을 올려다보며 작게 심호흡했다.

미아가 다시 말을 타고 나오자 주변은 재차 웅성거리기 시작했다.

하지만 그 살짝 흐트러진 분위기가 중요했다.

──잔잔한 바람으로는 파도에 타기 어렵죠. 다소 거친 정도가 오히려 파도타기에 딱 좋아요.

그렇다. 분위기는 어수선했지만…… 결코 과한 수준은 아니었다.

그 분위기를 억제해주는 것이야말로 미아가 탄 말, 석토였다.

준마 승부에서는 한발 뒤처졌던 석토지만, 의연한 자세와 전신에서 흐르는 훌륭한 기품은 건재했다.

더불어 미아가 레드문 공의 말을 타고 있다는 사실은 양측의 관계가 양호하다는 걸 주변에 보여주는 신호이기도 했다.

미아는 황녀전속 근위대와 레드문 공의 사병단, 더불어 황제가 있는 관객석과 일정한 간격을 유지한 채 걸으면서 낭랑하게 목소리를 높였다.

"오늘 승마대회는 어떠셨나요? 평소 쌓였던 여러분의 스트레스를 해소하는 즐거운 대회가 되었다면 좋았을 텐데요……."

미아는 양 진영에게 순서대로 시선을 보냈다.

"말할 필요도 없는 일이지만, 오늘의 승부는 어디까지나 제국 병사 간의 승부. 동료 간에 실력을 경쟁했을 뿐입니다. 따라서 승부가 끝난 지금은 서로의 건투를 칭송해야겠죠."

그렇게 말하며 미아는 솔선하여 박수를 보냈다. 그에 따라 양 진영의 여기저기에서 조심스레 짝짝 박수 소리가 들렸다.

미아는 그 소리를 확인한 뒤 입을 열었다.

"후후후, 그 반응은 당연합니다. 승부인 이상 승자가 있고 패자가 있기 마련. 응어리를 완전히 풀라는 건 무척 어려운 일이죠.

하지만 저는 굳이 말하겠습니다. 오늘의 분함은 오늘 실컷 맛보라고……."

실컷 곱씹었으면 다음 날로 끌고 가지 말라고 주장하는 미아였다.

"그리고 그 즐거움과 분함을 마음껏 음미했다면…… 맛있는 식사를 하고, 맛있는 술을 마시고, 푹 자고, 내일이면 깨끗하게 잊어버리는 거예요."

즉 오늘 있었던 일은 전부 오늘 털어버리고 가자고 주장하는 미아였다.

……그리고 그 김에 힐데브란트가 저지른 짓도 가능하면 오늘 털어버리고 잊어줬으면 하는데요! 라고 주장하는 미아였다!

"승부가 끝난 지금은 많은 감정이 있어도 전부 시합 종료. 저는 이렇게 주장합니다. 왜냐하면 여러분은 다들 이 대륙에 함께 사는 백성들. 여러분 모두가 저의 사랑하는 백성인걸요."

그렇게 미아는 양 진영 사이에 균열이 가는 걸 미리 막았다.

레드문 공의 사병단과 황녀전속 근위대는 둘 다 소중한 전력이다. 여차할 때는 힘을 합쳐서 지켜달라고 하고 싶으니…….

그래서 오늘 일은 전부 오늘 한정. 맛있는 것을 먹고 잊어버리라고 드높이 소리쳤다.

그리고…… 미아의 그 말은 신기하게도 양 진영의 병사들 마음속 깊이 스며들었다.

조금 전까지는 서로 치열한 응원전을 벌이고, 때로는 분해서 상대가 밉살맞게 느껴지기도 했지만…… 어느새 남은 건 오늘을 즐겁게 보냈다는 추억이었기 때문이다.

그건 순전히 절묘한 순서 덕분이었다.

힘을 모조리 쏟아부은 경기 뒤에는 다들 시선을 빼앗겨버릴 만큼 대단한 월토마 두 마리의 경기가 있었다.

승부의 만족감에 젖은 후 마지막에는 승리도 패배도 없는 미아의 호스 댄스를 보았다.

조금 훈훈하면서도 훌륭한 포니 프린세스 댄스를 보며 병사들은 생각했다.

아, 뭔가 많은 일이 있었지만 이러니저러니 해도 즐거웠다고…….

중간에 갑작스러운 고백이 터지기도 하고 미아가 위기에 처하기도 하는 등 각종 사고가 발생했던 것 같기도 하지만, 돌이켜 보니 전부 즐거웠다고…….

이윽고 누가 시킨 것도 아닌데 양 진영의 병사들이 서로에게 걸어가 악수하고 상대의 건투를 칭찬했다.

게다가 타이밍 좋게 루드비히가 수배한 술통이 운반되자 경기장은 성대하게 끓어올랐다.

사력을 다하고 경쟁한 사람들이 승부가 끝난 뒤에는 서로 술잔을 부딪친다. 이것이야말로 훗날 미아픽이 평화의 제전이라고 불리게 된 까닭이다.

그렇게 술을 나눈 사람들은 함께 맹세했다.

또 하자.

이 즐겁고 피가 들끓는 대회를 또 하고 싶다…….

그러니까 그때까지 건강해라.

이렇게 후환을 차단한 뒤 미아는 레드문 공에게 말머리를 돌렸다.

드디어 최종 마무리의 순간이 찾아오려 하고 있었다.

제21화 새로운 것을 낡은 방식으로

미아는 석토를 재촉했다.

목적지는 관람석 앞……. 드디어 레드문 공작 앞에 맞서는 순간이 왔다.

"레드문 공, 오늘의 대회는 즐거우셨을까요?"

미아가 관람석을 올려다보며 말했다.

"아아…… 미아 황녀 전하. 네…… 그렇습니다. 말끼리 치열하게 경쟁하는 광경을 보며 확실히 피가 끓어오르는 것을 느꼈습니다. 그런 의미로는, 네, 즐거웠습니다."

레드문 공작 만사나는 떨떠름한 얼굴로 고개를 끄덕였다. 미아는 그 표정을 보고 파악했다.

──역시 오늘 일을 전부 잊지는 못할 것 같군요……. 딸의 결혼 상대로 생각하던 힐데브란트가 그런 짓을 저질렀으니……. 아바마마였다면 오히려 경을 치셨을 거예요.

그런 의미에선 만사나는 자제심이 있는 사람이라고 할 수 있겠지만…… 여기서 어떻게든 하지 않으면 미아와 레드문 가의 관계가 악화할지도 모른다. 그건 곤란하다.

배려가 필요하다고 판단한 미아는 고개를 크게 끄덕이고…….

"그건 참 다행이군요. 중간에 놀라운 고백도 있었지만요……."

그렇게 말하며 미아는 바로 만사나의 안색을 살폈다. 그의 뺨이 순간 꿈틀거리는 걸 보고 반사적으로 도망치고 싶어졌지만……. 아쉽게도 지금 미아는 석토를 타고 있다.

등 위에서 움직인 미아에게 왜 그러냐며 고개를 갸웃거리고 있다. 몰래 도망치는 건 왕에 걸맞지 않다는 듯 가만히 서서 움직이려 하지 않는, 참으로 분위기를 파악할 줄 모르는 말이었다.

"뭐, 음, 그게…… 젊음이란 충동적이기 마련이니까요."

어쩔 수 없이 미아는 말을 이었다. 다행히 이미 작전은 세워두었다.

먼저 오늘 일은 깨끗하게 잊어버리자고 당부한다. 오늘 있었던 이런 일 저런 일은 대충 잊고, 아무에게도 책임을 묻지 않고 넘어가면 정말 좋겠다고 절실히 바라는 미아였다.

……하지만 그걸로 밀어붙이지 못할 때는 다른 논리도 끌어와서 만사나의 마음을 달랠 생각이었다.

키워드는 '젊음'이다.

"가슴 속 정열에 저항하지 못하는 건 젊음의 특징이라고 하니까요."

그렇다. 미아는 힐데브란트의 돌발행동을 전부 젊음 때문인 걸로 치려고 했다! 더불어…….

"하지만 저항하기 힘든 그 젊음의 정열이 나라의 미래를 개척하는 것 또한 사실 아닐까요."

'젊음'이란 그렇게 나쁜 게 아니지? 라는 방향으로 대화를 끌어가려고 했다.

미아는 만사나의 얼굴을 빤히 관찰했다. 그의 얼굴에서 분노의 기색을 발견하면 즉시 철수할 생각으로…… 아슬아슬한 라인까지 파고들었다!

"그래서 저는 제 사촌, 힐데브란트의 사랑과 정열을 응원하고 싶습니다."

"무슨!"

만사나의 얼굴에 경악이 번졌다. 하지만 미아는 일부러 말을 이었다.

"그의 그 감정은 기마왕국과 제국 사이에 새로운 관계를 만들어줄지도 모르죠. 젊은 정열은 어떠한 곤란에도 굴하지 않고 새로운 길을 개척하는…… 그런 힘이 있으니까요."

그렇게 단언한 뒤 미아는 한층 공격했다!

"그것만이 아니라 저는…… 루비 공녀도 응원하고 있답니다."

여기서 똑바로 말해두는 것이다. 루비의 사랑을 자신이 지지하고 응원한다는 사실을……

물론 대놓고 루비가 바노스를 사랑한다고 밝혀버리진 않는다. 그러진 않지만…… 살짝 힌트는 흘리는 거다.

루비도 지금 한창 사랑에 빠져있는 상태라고. 그러면…….

──힐데브란트가 저지른 사고는 뭐, 사고이긴 하지만요. 루비 공녀도 그 혼담이 내키지 않았거든요? 그러니까 힐데브란트의 문제 행동은 쌍방에게 이득이 된답니다? 따님에게 미움받지 않아서 다행이네요!

은연중에 이런 주장이 들어가는 것이다.

힐데브란트의 행동은 오히려 루비에게도 좋은 일이었다고. 솔직히 큰 소리로 외치고 싶은 미아였다.

"루비를 응원……."

"네. 그녀의 젊은 정열 또한 무척 귀중하니까요. 낡은 관습으로 짓눌려버리면 안 되지 않을까요……."

대귀족에 걸맞은 결혼 상대 어쩌고 하는 부분은 미뤄두고, 여기선 루비의 사랑을 응원해주자고 말하고 싶었다.

루비는 바노스를 너무 좋아해서 이대로 어중간하게 다른 귀족과 붙여줬다간 명백하게 악영향이 나올 것 같다. 게다가…….

"루비 공녀는 한발 먼저 행동하여 저를 지지한다 표명해주셨으니까요."

사대공작가의 자녀 중 루비의 공적은 크다. 황녀전속 근위대를 이용한 식량수송부대 호위 계획 입안, 그 운용에서 루비의 역할은 절대 작지 않다.

"게다가 루비 공녀는 제가 하려는 새로운 일에도 찬동해주셨답니다."

새 맹약……. 별을 지닌 공작 영애와 공작 영식이 비밀리에 맺은 맹약은 공표할 수 없다. 하지만 루비는 분명히 그날, 미아의 협력자가 되었다. 그렇다면 미아도 어떻게든 협력해주고 싶었다.

──게다가 평민에서 이례적인 출세를 이룬 병사와 대귀족 영애의 결혼……. 너무 로맨틱하잖아요……. 꼭 보고 싶어요.

그렇게 본인의 욕망에도 살짝 충실한 미아였다.

"미아 님께서 하시려는 새로운 일……. 루비가 행동으로 지지했다……."

만사나는 생각했다. 미아가 무슨 말을 하려는 건지…….

제국의 예지라고 불리는 미아다. 분명 그 발언에는 의미가 있을 것이다.

──코티야르 가와 레드문 가의 혼인은 미아 님 마음에 들지 않았다는…… 뜻인가. 하지만 어째서……?

하나는 물론 미아가 말한 대로 기마왕국과의 관계다.

──젊음이라…….

힐데브란트 코티야르가 말에 보이는 정열은 제국 내에서 충족될 수 없다. 명마 한 마리를 줘 봤자 그 갈망은 채워지지 않는다. 아니, 그래서는 그의 정열을 살릴 수 없다.

──넘쳐나는 젊은 정열을 진정으로 살릴 수 있는 환경은 기마왕국에 있다……. 미아 황녀 전하는 그렇게 보시는 거겠지. 황녀 전하는 그 사람이 지닌 자질이 발휘되지 않고 사라지는 걸 싫어하는…… 그런 분인 모양이다.

그건 황녀전속 근위대에도 잘 드러나 있다. 말 관리를 담당하는 사람도, 저 거구의 대장도 미아가 준 역할을 즐겁게 수행하고 있지 않은가.

──그것이야말로 제국의 예지의 본질이라는 건가!

눈을 부릅뜨고 그런 결론에 도달하는 만사나.

……참고로 만사나의 추측은 절묘하게도 모 나라의 고생 많은 충신과 일치했다. 앞으로 만사나가 위염에 시달리는 건 아닐지 걱정된다.

그건 그렇다 치고…….

──하지만 미아 님의 말씀은 그것만이 아닐 거다. 내 방식은 틀린 거야. 미아 님께서 하시려는 건 '새로운' 일. 하지만 나는 낡은 방식으로 지지를 표명하려고 했어. 그건 적절하지 않다고⋯⋯ 말씀하시는 게 아닐까.

무심코 만사나는 깊은 한숨을 쉬었다.

──그래⋯⋯ 생각해보면 대귀족 간에 결혼으로 관계를 강화하고 지지를 표명하는 방식은 참 낡았지. 고색창연한 행위였어. 반면 미아 님께서 하시려는 건 제국 최초의 여자 황제가 되어 티어문 제국에 군림한다는, 여태껏 아무도 이룩하지 못한 일. 더없이 새로운 목적에 낡은 방식으로 지지를 표명하는 건 확실히 모순적이군.

루비를 지원한다는 측면에서도 이번 방식은 낡은 방식이었던 건지도 모른다.

군 내부의 영달을 지원하기 위해 유망한 청년 귀족 힐데브란트와 결혼시켜 힘을 실어주려고 했으니.

──그 아이는⋯⋯ 루비는 미아 황녀 전하의 황녀전속 근위대에서 활약하며⋯⋯ 자신의 힘으로 길을 개척하려고 있었는데⋯⋯. 그리고 미아 님께선 그 방식이야말로 당신의 진영에 걸맞다고 인정하셨는데⋯⋯.

그렇다면⋯⋯ 미아를 지지한다고 표명하기 위해서는 어떻게 해야 좋을까?

──생각해야 한다. 하하, 정말이지 게으름을 피울 수가 없군⋯⋯. 이것이 미아 님을 지지한다는 건가⋯⋯.

저도 모르게 쓴웃음을 흘리는 만사나였다.

"그렇군요······. 잘 알겠습니다. 코티야르 가와의 혼담은 다소 성급했던 모양입니다. 루비와 조금 더 대화해보려고 합니다."

"네. 잘 생각하셨습니다."

그런 만사나의 대답에 미아는 생긋 미소 지었다.

만사나가 성 미아 학원에 종합마류연구학과가 개설된다는 소식을 들은 건 이로부터 몇 개월이 지난 뒤였다.

말 연구라는 '새롭고' 매력적인 연구에 그는 바로 지지를 표명.

레드문 파의 귀족과 흑월청의 협력도 얻은 마류연구학과는 순조롭게 출발할 수 있었다.

제22화 승기…… 캄캄!

그날 밤.

저녁을 먹은 뒤 갑작스레 호출을 받은 루비는 아버지의 서재로 향했다.

실질강건(實質剛健), 견고한 성 같은 레드문 저택의 복도를 걷는 루비. 등을 곧게 펴고 당당하게 걷는 그 모습은 참으로 늠름하여 루비와 마주친 메이드들이 무심코 한숨을 흘릴 정도로 아름다웠다. 그러나…….

아버지의 서재 문 앞에 선 루비는 작게 한숨을 쉬고는…….

"으으…… 미아 님의 계획이 잘 풀린다면 좋겠는데……."

약한 소리를 흘렸다.

"바노스 대장, 제게 힘을 주세요……."

그렇게 중얼거리는 루비는 영락없이, 틀림없이 사랑에 빠진 소녀였다.

그 후 정신을 다잡듯 심호흡한 뒤…….

"실례합니다. 부르셨습니까, 아버지."

천천히 문을 열어 서재로 들어갔다.

안으로 들어가자 아버지는 편안한 모습으로 의자에 앉아 있었다.

"아아, 루비. 왔구나. 피곤할 텐데 불러서 미안하다."

"아뇨, 문제없습니다. 그보다 무슨 일 있습니까?"

시키는 대로 소파에 앉으려고 한 루비였으나…….

"힐데브란트 코티야르와의 혼담을 취소하기로 했다."

갑작스러운 소식에 루비는 순간 움직임을 멈췄다가…….

"그렇습니까."

평정을 가장하면서도 내심 '만세!' 하고 쾌재를 불렀다.

뭐, 반쯤 알고 있었던 일이긴 하다. 많은 사람이 지켜보는 앞에서 사고를 친 힐데브란트를 이제 와 정식 약혼자로 삼기는 어려울 테니…….

하지만 루비는 바로 마음을 다잡았다.

아무튼 아버지 만사나는 전략에 탁월한 인물이다. 혼담도 루비에게 반론의 기회를 주지 않고 기습을 걸어 받아들이게 만들었다.

이번 혼담 취소도 루비에게는 갑작스러운 통보다. 이쪽이 혼란에서 정신을 차리기 전에 무언가 공격이 들어올지도 모른다.

그렇게 바로 냉정을 되찾은 루비는 우선 필요한 일을 해두기로 했다. 그건…….

"아버지, 힐데브란트 님에게…… 과도한 벌은 내리지 않으셨으면 합니다. 코티야르 가와 관계가 나빠지지 않도록 중재해주신다면 좋겠는데요……."

"흐음?"

"그분도 악의가 있었던 건 아닐 테고……. 사랑이란 저항하기 어려운 감정일 테니까요."

뒷문장은 다소 실감을 담아 말했다.

"게다가 미아 황녀 전하와의 관계가 나빠지는 건 본래의 목적과는 정반대의 결과입니다. 여기서는 부디 분노를 거두시기를……."

"안다. 정식으로 약혼했던 것도 아니니. 온건하게 넘어갈 생각이지……. 하지만."

거기서 말을 끊은 만사나는 조용히 루비를 바라보았다.

"그리 아쉬워 보이지 않는군. 게다가 화가 나지도 않았고……. 역시 힐데브란트 코티야르는 눈에 차지 않았던 거냐?"

"네? 아. 아뇨. 눈에 차지 않았다거나 하는 게 아니라……."

당황하며 손을 내젓는 루비였으나…… 불현듯 미아의 말이 떠올랐다.

『모든 일에는 시기가 있습니다…….』

──어쩌면 내 마음을 아버지에게 알리는 건…… 지금일지도 몰라.

불쑥 생각했다.

여기서 자신에게 좋아하는 사람이 있다는 걸 알리면 앞으로는 혼담을 가져오는 일이 사라질지도 모른다.

여기서 선수를 쳐 아버지를 견제하는 것이야말로 전황을 적절히 읽은 행동이 아닐까?

루비의 뇌리에 지휘용 부채를 든 미니 미아가 '가라! 가라!' 하고 폴짝거렸다.

크게 숨을 들이마셨다가 내쉬고, 한 번 더 들이마시고…… 루비는 말을 전하려 입을 열었다가…….

"역시 스스로 힘을 시험하고 싶은 거냐……."

아버지의 예상치 못한 발언에 루비는 무심코……,

"……허?"

맥없는 소리가 나왔다.

"아니, 다 말하지 않아도 안다. 잘 알고 있어. 약혼자의 힘도, 레드문 가의 힘도 빌리지 않고……. 그저 혼자만의 힘으로 군 내부에서 영달을 이룩하려는 것……. 그것이야말로 네 바람이지?"

만사나는 어딘가 먼 속을 바라보는 듯한 눈빛으로 말을 이었다.

"나는 아무래도 널 도와주려는 마음에 괜한 짓을 해버린 모양이구나. 네 재능도 패기도 잘 알고 있다 생각했는데……."

자조적인 미소를 지은 아버지가 고개를 저었다.

"젊음이라……. 나는 완전히 잊어버리고 있었다. 내 힘만으로 어디까지 갈 수 있을지……. 후후후……."

"어, 아뇨, 아버지? 저기, 저는……."

무언가 오해한 듯한 아버지에게 루비가 해명하려고 했을 때였다.

"실례합니다."

불현듯 들린 노크 소리. 레드문 가를 오랫동안 모신 집사가 문을 열고 들어왔다.

"죄송합니다. 루비 아가씨, 황녀전속 근위대분이 오셨습니다. 무언가 문제가 생겼다는 모양입니다만……."

조심스러운 어조의 이유는 루비가 레드문 가의 영애이기 때문일 것이다.

별을 지닌 공작 영애가 야간 소집에 따를 필요가 있는지 아닌지 미묘한 부분이었다. 하지만……

"실례합니다. 아버지, 이 이야기는 다음에 또…….”

루비는 한순간도 망설이지 않고 일어났다.

자신은 황녀전속 근위대의 부대장이다. 대장 바노스의 보좌라는 중요한 직책이 있다.

그의 신뢰를 저버리는 짓은 절대 할 수 없다.

서둘러 준비하기 위해 방으로 돌아가는 루비.

문득…… 어라? 지금 아버지에게 전해야 할 타이밍을 놓친 거 아닌가? 하는 생각이 들기도 했지만…….

──아니, 뭐……. 여기서 아버지에게 내 마음을 밝혀도 그 후에 바노스 대장에게 마음을 고백했다가 거절당하면 비참해질 테니까……. 아버지도 분노하면서 바노스 대장을 위험에 빠트릴지도 몰라……. 그건 본의가 아니니까……. 응, 그래!

그렇게 구구절절 머리를 굴린 끝에 루비는 한 결론에 도달했다.

"게다가 미아 황녀 전하도 만용은 좋지 않다고 말씀하셨어. 그래, 잊어버릴 뻔했군. 역시 아버지는 나중에. 바노스 대장이 먼저야. 음.”

이렇게 사랑에 빠진 붉은 달은 황녀전속 근위대의 대기소로 서둘렀다.

제23화 연애 대장군 미아의 호령! 전군 돌격!!!

"바람이 어마어마하군⋯⋯."

저택에서 나온 순간 불어닥치는 강풍에 루비는 얼굴을 찌푸렸다.

승마대회 도중부터 불기 시작한 바람은 한층 강해진 풍속으로 비명처럼 울부짖고 있었다.

⋯⋯오늘 밤 미아의 수면 시간이 걱정되는 바이다.

"서두르죠. 루비 아가씨."

다가온 세리스에게 고개를 한 번 끄덕인 뒤 루비는 마차에 탔다.

"그래서, 대체 무슨 일이 있었지?"

맞은편에 앉은 세리스는 눈썹을 찌푸리고 말했다.

"실은⋯⋯ 황녀전속 근위대의 말이 몇 마리 도주했습니다⋯⋯."

"⋯⋯응?"

루비는 무심코 눈썹을 찡그렸다.

"이 강풍에 마구간 일부가 무너져서 말이 도망쳤다고 합니다. 그 말들을 데려오기 위해 몇몇 부대가 움직이고 있지만⋯⋯."

밖은 이미 캄캄하다. 포획은 뜻밖의 난항을 겪는 모양이었다.

"오늘은 말과 퍽 인연이 깊은 날이구나⋯⋯."

루비가 쓴웃음을 짓자 세리스가 참으로 면목이 없다는 얼굴이 되어 머리를 숙였다.

"죄송합니다. 본래는 아가씨에게 연락드릴 일도 아니라고 생각했지만 바노스 대장이 소집하셨기에……."

"잘 가르쳐주었다!"

루비는 반사적으로 세리스의 손을 두 손으로 덥썩 붙잡았다가……. 곧바로 퍼뜩 정신을 차리고는…….

"큼, 크흠. 음, 그래. 나는 황녀전속 근위대의 부대장. 바노스 대장을 보좌하는 몸이니 긴급 시에 소집에 응하는 건 당연한 일이지."

근엄한 얼굴로 말하는 루비였다.

그러는 사이에 마차는 황녀전속 근위대 대기소에 도착했다.

건물 내부는 활기로 가득했다.

아무래도 그들은 승마대회 후 연회로 돌입, 한창 즐기던 도중에 말이 도망쳤다는 보고를 받은 모양인 건지……. 대기소 내에는 레드문 가의 사병도 몇 명 섞여 있었다.

"그…… 상황이 어떻습니까?"

루비는 서둘러 바노스에게 걸어갔다.

"아. 부대장. 한밤중에 불러내서 미안합니다. 실은 레드문 가의 사병단 녀석들도 도와준다고 했는데……. 일손이 있는 건 고맙지만, 좀 수습이 안 되는 상황이었거든요……."

"아뇨……. 그건 문제없는데요……."

루비는 일단 말을 끊고 불만 어린 표정을 지었다.

바노스는 평소 느슨한 존댓말을 사용하는데…… 그게 자신과 그 사이에 벽이 되어 가로막는 듯한 느낌이 들었다.

부대장이니까 확 반말이나, 조금 더 강한 어조로 대해도 되는데…… 하고 아쉬워하는 루비였다.

심지어 그는 사작이라는, 어엿한 귀족의 일원이 되었다.

그렇다면 존댓말을 쓰지 않고 더 편하게 말을 건네도 괜찮지 않냐는 생각마저 들었다. 이 기회에 제대로 말해야 한다며 루비는 용기를 쥐어짰다.

"바노스 대장, 당신은 오늘 황제 폐하께 친히 작위를 하사받아 사작이 되었습니다. 그 사실을 자각하십시오."

"응? 아니, 저기, 그건 무슨……."

"저는 별을 지닌 공작 영애라고는 하나 저 개인이 작위를 보유한 건 아닙니다. 그렇다면 바노스 대장이 작위 상으로는 더 윗사람입니다! 존댓말을 쓸 필요는 없습니다."

그럴 수는 없다며 진지하게 말하는 루비였다.

반면 바노스는 묘하게 민망한 얼굴이 되었다.

"아하……, 아니, 사작은……."

"무언가 불만이 있으십니까?"

"아니, 불만인 건 아닌데요……. 이 녀석들이 신나게 놀려댔거든요. 귀족이 되었으니 예쁜 귀족 아가씨와도 연애할 수 있어서 부럽다는 둥 어떻다는 둥……."

그 말에 가슴이 크게 뛰었다. 바노스가 귀족 영애와 연애를 어떻게 생각하는지 궁금했기 때문이다.

만약 그런 건 상상할 수 없다고 한다면 좌절할 테지만, 그렇다고 기뻐하는 반응이라면 라이벌이 단숨에 늘어나 버릴지도 모른다.

루비 안에서 바노스는 절세의 미남이다. 불안해지는 것도 어쩔수 없다.

　"그래그래. 우리 대장은 귀족님이 되셨다고. 이제 다른 놈들이 거들먹거리지 못하겠지!"

　바노스가 작위를 받은 일로 성대하게 신이 난 대원들. 바노스는 그 광경에 쓴웃음을 지으면서 대장실로 루비를 불렀다.

　"저기선 차분하게 대화도 못 할테니까요. 아, 뭔가 마실 거라도……."

　의자를 권하는 바노스에게 루비는 머뭇거리며 물었다.

　"저, 저기, 바노스 대장? 대장은, 그게…… 어, 어떻게 생각하십니까?"

　"엉? 뭘요?"

　의아한 얼굴로 고개를 갸웃거리는 바노스에게 루비는 용기를 쥐어짰다.

　"그, 그게…… 귀족 영애와의 연애를……."

　"아, 음, 어떻냐고 해도……. 그런 건 생각해본 적도 없는뎁쇼. 무슨 동화도 아니고…… 아, 그렇구나."

　그때 무언가 이해했다는 듯 바노스가 작게 끄덕였다.

　"그러고 보면 디온 님이 유행한다고 했었던가. 음, 확실히 나라면 평민 병사가 사작이 되어서 귀족 영애와 연애…… 라는 줄거리는 만들어지겠네……."

　바노스는 어깨를 으쓱했다.

　"뭐, 어쨌거나 저하고는 거리가 먼 이야기죠. 아무튼 그런 건 더 낭만적인 생김새여야 할 테니까요. 아쉽게도 부대장님이 재미있어할 만한 이야기는 해 드릴 게 없습니다."

"그렇…… 습니까."

바노스의 대답에 루비는 안심 반, 낙심 반으로 뭐라 말할 수 없는 표정이 되었다.

"하지만 음, 그래요. 당신에게 연애 이야기를 해달란 말을 들을 줄은 몰랐습니다. 이런 말을 하면 실례일지도 모르지만…… 많이 크셨네요."

"네?"

갑작스러운 말에 루비는 작게 눈을 깜빡였다.

"그건, 무슨……?"

"아…… 그게. 잊어버렸다면 상관없는데요, 당신하고 옛날에 만난 적이 있어서……."

바노스는 그렇게 말하며 추억에 잠기듯 미소지었다.

"그때의 꼬마 아가씨가 훌륭한 숙녀가 되다니……. 심지어 부대장이 되어 같이 일하게 되다니……. 하하하, 인생이란 참 신기하다니까요."

루비는 그 말에 깨달았다.

바노스는 그 만남을 기억하고 있다고……. 기억해주고 있었다고…….

그게 기뻐서…… 그래서일까……?

──어라……? 혹시 지금 아냐……?

불현듯 퍼뜩였다! 자신의 마음을 고백할 기회는…… 지금이 아닐까?

이 흐름을 타고 그때부터 계속 좋아했다고 자연스럽게 말할 수 있는 타이밍이 아닐까?

──그렇죠? 미아 님?

마음속으로 질문하자 '지금입니다! 전군 돌격이에요!' 하고 외치며 지휘용 부채를 휘두르는 연애 대장군 미니 미아의 모습이 나타났다.

루비는 살짝 고개를 끄덕인 뒤 숨을 들이마시고, 내쉰 뒤…….

"저기…… 바노스 대장."

"자, 그럼. 서둘러 말을 잡으러 갑시다. 묘령의 영애를 밤늦게까지 일하게 시킬 수도 없으니까요."

그러더니 바노스는 루비에게 날카로운 시선을 보냈다.

"부대장, 지도를……."

"……네. 바로 가져오겠습니다."

그의 진지한 시선을 받고 순간 아찔해진 루비였지만…… 서둘러 제도의 지도를 마련하며 중얼거렸다.

"조금만 더…… 이대로도 괜찮겠지……."

라고…….

이리하여 루비의 짝사랑은 계속된다.

그 마음이 어떤 엔딩을 맞이하게 될지…… 그건 연애 대장군 미아도 알 수 없는 일이었다.

제24화 미아 황녀의 우아한 아침

"흐아암……."

승마대회 다음 날. 미아는 조금 늦잠을 잤다.

침대 위에서 몸을 쭈우우욱 폈다.

"후우…… 은근히 피로가 남아있네요. 흐암, 아직 졸려요……."

연신 하품하며 눈을 비비는 미아였다.

"이건 어제 호스 댄스로 체력을 다 써버렸기 때문일까요……?"

그렇게 중얼거리는 미아였다.

참고로 굳이 설명할 필요도 없겠지만…… 딱히 어마어마한 바람 소리가 무서워서 제대로 잠을 못 잤다거나 하는 건 아니다. 어디까지나 과도한 운동이 원인이다. 아마도.

"안녕히 주무셨습니까. 미아 님. 여기요."

안느가 가져다준 핫밀크를 한 모금 마신 미아는 작게 숨을 내쉬었다.

"후우…… 역시 눈 뜬 직후의 핫밀크는 맛있어요."

달콤하고 부드러운 향기, 혀 위에 남는 여운, 풍미 있는 맛……. 진한 우유가 미아의 뇌세포를 자극해서 각성시켜준다.

'흠!' 하고 고개를 끄덕인 뒤 재빠르게 드레스로 갈아입은 미아는 식욕이 등을 떠미는 걸 따라 식당으로 향했다.

"앗! 미아 님, 좋은 아침입니다."

식당에는 아이들의 모습이 있었다. 활기차게 일어나 인사한 사

람은 야나였다. 그녀를 따라 키릴도 '조우 아임이니다'라며 허둥
지둥 인사했다.

"후후, 키릴. 딱히 당황할 필요는 없답니다. 목에 걸리겠어요.
천천히 드세요."

그 후 미아는 패티에게 시선을 주었다.

패티는 여느 때처럼 표정이 희박한 얼굴로 작게 고개를 숙였다.

어째서일까⋯⋯. 그 얼굴은 어제보다 한층 기운이 없는 것처럼
보였다.

"저기, 미아 님⋯⋯."

그러자 야나가 불쑥 다가오더니 미아에게 귓속말했다.

"저, 패티는 동생을 두고 자기만 즐겁게 지내는 게 마음이 아픈
것 같아요. 그래서 걱정돼요⋯⋯. 그, 친구로서요."

마지막에 덧붙인 친구로서⋯⋯ 라는 말을 할 때 약간 부끄러운
듯한 얼굴이 되는 야나. 아무래도 자기 입으로 친구라고 말하는
게 쑥스러운 모양이다.

그런 야나를 흐뭇하게 보면서도 미아는 살며시 머리를 쓰다듬
었다.

"그래요, 고마워요. 야나⋯⋯."

그러고는 키릴에게 시선을 돌렸다.

"키릴도 어제는 즐거웠나요?"

"네. 아주 재미있었어요!"

방긋방긋 웃는 키릴을 보고 미아는 만족스럽게 고개를 끄덕이
면서도 머릿속으로는 다른 걸 생각했다.

──역시 패티의 동생은 무언가 가혹한 환경에 놓여있는 것 같군요. 어떻게든 해주고 싶지만 과거 일이니까요……. 그 이전에 대체 패티가 어떤 상황에 놓여있었는지도 아직 모르고……. 지금은 어떻게 해볼 수가 없단 말이죠…….

패티의 본가, 클라우지우스 가의 조사 보고는 아직 올라오지 않았다. 왜 망해버린 건지도, 과거에 어떤 가문이었는지도……. 지금의 미아는 아무것도 모른다.

그래서 루드비히의 보고를 기다리는 중인데…….

──뭐, 조사해달라고 부탁한지 아직 열흘 정도밖에 안 지났으니까요. 보고하러 오는 건 조금 더 시간이 걸리겠죠. 흠, 루비 공녀 일도 잘 수습되었겠다, 제 쪽에서도 무언가 할 수 있는 일이 없을까요……?

여름방학을 느긋하게 빈둥거리면서도…… 조금 정도라면 영양분을 소모할 겸 책을 읽거나 아버지에게서 정보를 캐내는 정도는 괜찮지 않을까……? 같은 생각을 하는 미아였으나…….

그런 미아의 평온은 빠르게 산산조각이 나고 말았다. 그것도 뜻밖의 방향에서…….

"크, 크크, 큰일이에요! 미아 할머니!"

마침 미아가 부드럽고 말랑말랑한 빵을 음미하고 있을 때 손녀 벨이 달려왔다.

"어라, 벨……. 그렇게 허둥거리다니 경망스럽군요. 게다가 저는 언니랍니다."

눈살을 찌푸리면서 지적하는 미아.

정말이지 제국의 황녀로서 자각이 부족한 것 아니냐며 황당해하면서도, 입을 다시 크게 벌려 먹던 빵을 쏙 집어넣었다.

참고로 빵은 반 정도 남아있었다.

미아는 빵을 작게 뜯어서 먹는 것도 좋아하지만, 입안 가득 넣고 우물우물 먹는 것도 아주 좋아한다. 참으로 제국의 황녀로서 자각이 부족한 식사법이었다.

그렇게 우아한 아침 식사를 즐기는 미아에게 벨은 팔을 붕붕 휘두르며 말했다.

"그, 그럴 때가 아니에요. 미아 언니."

급박해 보이는 손녀를 보며 미아는 절레절레 고개를 내젓고 홍차로 입 안에 있던 빵을 전부 넘긴 뒤 물었다.

"무슨 일이 있었나요? 아침부터 그렇게 당황할 만한 일은 아무것도……."

"사, 사피아스 님이 모반을 일으켜요!"

벨은 미래의 재상 루드비히에게서 받은 꿈 일기를 들고 말했다.

"블루문 파의 귀족들을 이끌고…… 미아 언니에게 반기를 든다고, 여, 여기에……."

일기장을 펼치고 말하는 벨. 한편 미아는…….

"…………흐어?"

얼떨떨한 얼굴로 고개를 갸우뚱 기울였다.

제25화 미아 황녀, 긴급회의를 소집하다

——사, 사사, 사피아스 공자가 모, 모반?!

미아는 순간 눈앞에 있던 홍차를 원샷. 그 후 마음을 달래기 위해 하아, 후우, 심호흡한 뒤……. 먼저 주변으로 시선을 굴렸다. 아마 엿듣고 있을 법한 사람은 없지만 만약을 위해서.

"정말이지, 무슨 말인가요 벨. 제국을 무대로 한 소설이라고 해도 그렇게 오해를 부르는 표현을 쓰면 안 되잖아요……. 사피아스 공자가 모델인 악역 사피와 블루문 파가 모델인 블룸문 파인 거죠?"

살짝 목소리 크기를 키워서 말하자 다행히 벨에게도 전해진 모양인지…….

"아, 그랬죠. 죄송합니다. 미아 언니. 소설 얘기였습니다."

살짝 뻣뻣한 연기이긴 해도 맞춰서 대답해주었다.

어떻게든 이걸로 얼버무려졌을 거라고 생각하면서도 미아는 재빠르게 움직였다.

"그러면 벨……. 자세한 이야기를 듣고 싶으니 제 방으로 와 줄수 있을까요……. 아, 그리고 리나 양도 데려오고요……."

벨에게 지시한 뒤 이어서 미아는 안느에게 시선을 주었다.

"안느, 미안하지만 루드비히와 아벨을 데려와 주실 수 있을까요?"

현재 생각할 수 있는 최고의 멤버를 소집하며 미아는 끄으응 신음했다.

"미아 님?"

문득 시선을 돌리자 야나가 걱정하는 얼굴로 바라보고 있었다. 키릴도.

한편 패티는,

"사피아스…… 블루문 파……?"

의아한 얼굴로 중얼거렸다.

"괜찮습니다. 그저 소설 속 소재가 막혔다는 뜻이거든요. 얼마 전 대도서관에 있던 에리스 씨에게 소설을 의뢰하려고 그 내용으로 상담하고 있었답니다."

미아는 얼버무리듯 인자한 미소를 지었다.

"그러니 전혀 신경 쓸 필요 없습니다. 여러분은 여름방학을 즐기면 돼요. 승마를 해도 좋고, 에리스에게 이야기를 들으러 가는 것도 좋죠. 아, 하지만 과자는 적당히. 주방장의 말을 안 들으면 키가 안 자랄 거예요."

아이들의 머리를 쓰다듬으며 미아는 재차 검토했다.

──아무튼 사정을 듣고 대책을 짜야겠어요…….

아침 식사를 재빨리 입 속으로 치워버린 뒤 미아는 우물우물 삼키며 자리에서 일어났다.

방으로 돌아가자 그곳에는 이미 주요 인원이 모여있었다.

"갑작스레 불러서 죄송합니다. 여러분. 하지만 긴급 사태예요."

거기까지 말한 뒤 미아는 벨에게 시선을 주었다. 시선을 받은

벨은,

"네. 실은 사피아스 님이 모반을 일으킨다나 봐요……."

직설적으로 질렀다. 미아가 보충하듯 말했다.

"벨이 미래에서 왔다는 건 이미 말씀드렸죠? 그쪽에서 얻은 정보입니다. 아무래도 사피아스 공자와 블루문 파가 가까운 미래에 모반을 획책한다는 모양이에요."

시선을 묻자 벨이 작게 고개를 끄덕였다.

"흠……. 뭐, 우선 사피아스 공자를 떠볼 필요가 있으려나요……. 물론 만약 사실이라면 순순히 말해줄 것 같지 않지만요……."

"미아 님……."

그때였다. 슈트리나가 평소와 다름없이 가련한 미소를 지으며……

"실은 거짓말을 못 하게 되는 약이 있는데요……."

무시무시한 소릴 했다!

"오호……."

미아는 잠시 숙고했다.

──그건 아주 편리하군요. 정보를 캐내기엔 좋을지도 모르지만…… 양날의 검이에요. 사피아스 공자와의 사이에 되돌릴 수 없는 골을 만들어버릴 것 같아요.

사피아스를 의심해서 수상한 약을 먹였다는 사실은 뱀에게는 절호의 먹이가 될 것이다.

고개를 한 번 끄덕인 뒤 미아는 슈트리나를 보았다.

"감사합니다. 리나 양. 하지만 그건 마지막 수단으로 미루고 싶군요."

　미아의 대답에 딱히 불만을 드러내는 일 없이 슈트리나는 고개를 끄덕였다.

　"네. 옳으신 생각입니다. 약을 사용하면 일주일은 넋이 나가버리니 적에게 들킬 위험이 있으니까요……."

　난처한 듯 웃는 슈트리나를 보고 미아는 무심코 눈썹을 찡그렸다.

　"……저기, 리나 양? 저는 앞으로는 독을 쓰지 않아도 된다고 말했던 것 같은데요……."

　"옐로문 가에서는 목숨에 위험이 없는 것을 독이라고 부르지 않습니다."

　천연덕스럽게 대답하는 슈트리나였다. 뭐, 그건 그렇다 치고.

　"사피아스 공자가 그런 짓을 할 것 같지는 않은데."

　다음으로 입을 연 사람은 아벨이었다.

　"아, 그러고 보면 아벨은 얼마 전 사피아스 공자를 만났었죠?"

　"맞아. 그때 이야기한 느낌으로는 그런 기색은 전혀 보이지 않았어. 네게 협력해서 이 제국을 발전시키자고, 자기 파벌의 귀족 청년들과 그런 이야기를 했지. 그가 배신할 것 같진 않아."

　괴로운 듯한 얼굴인 아벨의 말에 루드비히도 고개를 끄덕였다.

　"저도 같은 의견입니다. 사피아스 님이 이 단계에서 미아 님을 배신해도 이득은 없다고 봅니다."

　그러고는 안경을 척 추켜올리고 말했다.

　"실례지만 그 정보가 틀렸을 가능성은 없습니까……?"

"흠······."

미아는 고개를 끄덕이며 신음했다.

──과연 틀렸을 가능성이 있을까요······?

벨에게 시선을 주자······.

"루드비히 선생님이 거짓말을 쓸 리가 없고, 잘못된 정보를 쓰는 건 더 말이 안 돼요."

그렇게 단언하는 벨이었다.

그리고 그건 미아도 같은 생각이었다.

각색이 잔뜩 들어간 황녀전이나 미아 본인의 주관에 기반한 피투성이 일기장보다 루드비히의 꿈 일기가 더 신뢰할 수 있다고······ 그렇게 확신하는 미아였다.

"벨, 그건 루드비히의 일기만이 아니라 꿈의 내용까지 기록한 일기장이라고 했죠?"

미아의 질문에 벨은 조용히 고개를 끄덕였다.

"네. 그렇게 말씀하셨어요."

꿈이란 시간의 흔들림으로 인해 발생한 무수한 역사의 기억······. 그것조차 망라한 루드비히의 일기장은 지극히 우수한 예언서라 할 수 있었다.

황녀전이나 피투성이 일기장을 보는 한 '미래를 기록한 문헌'은 쉽게 바뀐다. 기억이나 물질 이상으로 역사 개면의 영향을 잘 받는 게 '문헌기록'이었다.

그렇기에 루드비히는 흔들림으로 인해 기록이 변경되어도 괜찮도록······ 즉 오늘 '현실에서 일어난 일을 기록한 문장'이 흔들림으로 인해 '꿈에서 일어난 일'로 바뀌었을 경우 무슨 영향으로 그렇게 되었는지 확인할 수 있도록 현실과 꿈을 병기했다.

지극히 강력하면서도 역사의 변화에도 강도를 자랑하는 기록이지만 루드비히는 걱정했다. 그 영향력이 지닌 힘을⋯⋯ 불안해 했다.

'벨이 미래에서 온다'는 건 자신들의 역사에 새겨진 사실이다. 하지만 벨이 '루드비히의 일기를 가지고 있었다'는 기억은 루드비히 본인에겐 없었으니까.

그렇다면 강력한 미래예측으로 이어지는 그 일기장이 기점이 되어 새로운 '흔들림'이 생길지도 모른다는 예상을 할 수 있다.

거의 이상에 가까운 세계를 구축한 미래 세계의 주민이 보면 최대한 과거를 바꾸고 싶지 않다. 바뀐다고 해도 그 영향을 최소한으로 억누르고 싶어 하는 건 어쩔 수 없는 일인지도 모른다.

"루드비히 선생님은 이걸 저에게 들려주는 걸 끝까지 망설이셨어요. 하지만 저를 믿고, 여러분에게 최대한 보여주지 않는다는 조건으로 맡겨주셨죠."

벨은 일기장을 가슴에 꼭 끌어안았다.

"그래서 여러분에게 보여드릴 수는 없지만, 그래도, 이건 믿을 수 있어요."

그러고는 늠름한 얼굴로 말했다.

그건 제국의 예지의 피를 이어받은 자에 걸맞은, 참으로 당당한 말이었다.

⋯⋯참고로 왜 벨이 '사피아스 모반'의 기록을 알아차릴 수 있

었냐면, 요즘 매일 같이 일기장을 읽었기 때문이다. 매일매일 열심히 읽고 있었다!

그렇다면 왜 그런 짓을 했냐면, 당연히 '과거로 넘어온 이상 자신에게도 역할이 있다'는 말을 들었은 이상 힌트를 얻기 위해서 열심히 일기장을 읽었다…… 는 건 아니다. 당연히 아니다.

벨은 그렇게까지 근면성실하지 않다.

또 일기장을 읽고 '자신을 일기장의 영향 아래'에 둬서 게으름을 피우려고 했다…… 는 것도 아니다.

"루드비히 선생님은 최대한 이 일기장의 영향이 없는 게 과거를 바꾸지 않을 수 있다고 생각하셨던 것 같았으니까……. 그럼 내가 이걸 읽어서 일기장의 영향을 받은 상태가 되면 내 행동 자체가 과거에 악영향을 주니까, 나는 아무것도 하지 않아도 된다는 뜻일지도!"

이런 복잡한 사고 과정을 거친 건 절대 아니다. 미아라면 했을지도 모르지만 벨은 그렇게까지 성실한 게으름뱅이가 아니다.

그렇다면 왜 읽었는가. 이건 그냥, 참으로 단순한 이유이지만……. 순수하게 호기심 때문이었다.

아무튼 그 재상 루드비히가 쓴 일기장이다.

관심이 안 갈 리가 없지 않은가!

모험학도 벨은 자신의 호기심에 순종적인 소녀였다.

제26화 녀석의 약점……

벨의 말을 들은 뒤 미아는 다시금 말했다.

"어떤 정보인들…… 사피아스 공자가 배신한다는 걸 기본으로 두고 움직이기로 하죠."

루드비히가 주는 정보는 틀리지 않는다.

그건 이전 시간축의 경험에 기반한 미아의 지론이었다.

미아의 결정에 가장 먼저 후이마가 입을 열었다.

"그렇다면…… 전술의 기본은 선수를 잡는 것. 상대가 배신하기 전에 포획하거나 죽여버리는 거겠군!"

참으로 기세등등한 후이마였다. 하지만…… 미아는 그 말에 찬성하지 않았다.

기본적으로 난폭한 건 썩 좋아하지 않는 미아이기도 하지만, 그 이상으로…… 그…… 후이마에게는 전략적인 부분도 정치적인 부분도 별다른 기대가 없기 때문이다.

승마 말고 다른 분야에선 후이마를 상대로 미묘하게 예스맨이되지 못하는 미아였다.

사람에게는 적성이 있으니까…….

그리고 미아가 내린 판단이 옳다는 건 제국의 예지의 꾀주머니가 증명해주었다.

루드비히가 제지한 것이다.

"아니, 그건 악수다. 애초에 아직 배신하지 않은 자를 처벌하게 된다면 틀림없이 그들의 좋은 먹잇감이 되겠지. 그 뱀들의……."

그러더니 루드비히는 작게 신음했다.

"애초에 미아 님께 지지를 표명한 사피아스 님에게 미아 님께서 위해를 가했다간 그야말로 블루문 파가 봉기할 계기가 될 수 있어."

"맞아. 나도 반대야. 사피아스 공자는 진심으로 미아의 지지를 표명했어. 신의를 저버리는 짓은 해선 안 돼. 게다가…… 개인적으로는 사피아스 공자를…… 친구를 믿고 싶어."

루드비히의 말에 찬성하는 아벨. 그 진지한 얼굴에 미아는 무심코 두근거렸다.

──아아…… 친구를 위해 필사적인 아벨…… 좋은데요! 정말 좋아요!

그렇게 마음속으로 환호하며 가련하게 취해있었더니, 거기에 반응한 건 아닐 테지만 가련한 노란 달의 공녀가 입을 열었다.

"하지만 선수 치기 자체는 중요한 일이라고 봐요."

슈트리나는 뺨에 손을 대고 작게 고개를 기울였다.

"아마도 뱀이라면 사피아스 공자가 봉기한 시점에서 어떤 선택을 하든 공격해서 블루문 파와 미아 님의 사이를 갈라놓으려고 하겠죠. 처벌하면 처벌하는 대로, 처벌하지 않으면 처벌하지 않는 대로…… 파고들 겁니다. 지금 사피아스 공자가 봉기한다는 정보를 사전에 파악한 저희가 유리한 고지를 선점한 상태에서 움직이는 게 중요하겠죠."

──흠, 뱀의 일인자가 저렇게 말하는 걸 보면 역시 그런 거겠

죠……. 그렇다면…….

미아는 벨에게 시선을 주었다.

"참고로 벨. 사피아스 공자가 모반을 일으킨다고 했는데, 구체적으로는 무슨 짓을 하는 거죠?"

"네. 그러니까, 식량수송부대를 공격하고 유통망에 혼란을 일으킵니다. 그로 인해 미아 할머니의 평판을 추락시킨다는 작전이었던 것 같아요. 상당히 용의주도한 계획이었다고……."

"용의…… 주도……. 흐음……."

그건 어쩐지 사피아스에게 어울리지 않는 단어로 들리지만…….

──아뇨, 그리고 보면 학생회장 선거 때는 이래저래 암약하려고 했었죠…….

이렇게 생각하면 제대로 준비하면서 물밑 작업을 하는 건 사피아스의 성향에 맞는 행동인지도 모른다.

그렇다면 그걸 막아내기 위해서는 어떻게 해야 하는가…….

미아는 생각…… 하는 척만 하고 다른 사람의 의견을 기다리기로 했다.

"용의주도한 준비라면 즉흥적으로 행동한 게 아니군요. 이전부터 계획을 세워두었거나, 혹은……."

심각한 얼굴로 팔짱을 끼는 루드비히. 그 말에 이어…….

"계획을 세운 사람은 따로 있고, 사피아스 님이 그 제안에 따랐다…… 거나."

어디까지나 사피아스를 옹호하려는 아벨이었다.

미아는 고개를 크게 끄덕였다.

"저는 아벨의 말을 믿겠습니다. 저도 맹약을 나눈 사피아스 공자가 배신할 것 같지 않으니까요. 물론 리나 양도, 에메랄다 양도, 루비 공녀도 마찬가지고요……."

그건 미아의 개인적인 감상은 아니었다.

실제로도 사피아스가 배신한다는 미래는 지금까지 존재하지 않았다.

──벨이 당황한 걸 보면 이런 전개는 벨이 아는 미래엔 없었던 거예요……. 그렇다면 무언가 새로운 요소가 영향을 줘서 이런 사태가 일어났다는 거겠죠. 신경 쓰이네요…….

오늘 아침에 먹은 빵과 버터가 맛있었기 때문에 미아의 뇌세포는 괜찮게 일해주었다.

미아는 진지한 얼굴로 신음했다.

벨의 역사와 '현재 상황'에서 가장 큰 차이는 패티의 존재이지만……. 그래서…… 그게 무슨 관련이 있는 건지…….

미아는 생각했다. 생각…… 생각을…….

생각을 포기했다!

"뭐, 어쨌거나 행동하지 않으면 안 되겠죠. 사피아스 공자가 어째서 배신하는지는 알 수 없지만……. 약점이라면 알고 있으니 큰 문제는 없을 겁니다."

그렇게 단언하는 미아를 향해 놀란 시선이 모여들었다.

"미아 님, 무언가 생각이 있으십니까……?"

대표로 물어보는 루드비히에게 미아는 씩 웃었다.

"네, 물론이죠……. 그의 약점은 익히 알고 있는걸요. 후후후……. 아, 안느. 미안하지만 편지를 쓰려는데 준비해주겠어요?"

"네. 알겠습니다. 미아 님."

준비가 갖춰지자 미아는 바로 편지를 쓰기 시작했다.

받는 사람은 슈베르트 후작가의 영애 레티치아. 사피아스가 사랑하는 약혼자였다.

제27화 키스우드, 자신이 뿌린 씨앗을 거두다

미아가 제도에서 놀고 있는 동안 시온과 키스우드는 느긋하고 태평한 여름방학을 보내고 있었다. ……루돌폰 변경백령에서…….

성 미아 학원에서 열심히 공부하는 에샤르를 방문하기 위해.

또한 에샤르를 맡아 데리고 있는 그린문 공작가에 인사하기 위해.

게다가 조금 멀리 페르쟝 농업국에 가는 것도 좋다. 미아가 구축하려는 시스템을 한번 견학해두는 게 좋을 것이다.

등등 이유는 다양하게 있지만…….

──역시 티오나 양을 만나러 오기 위해서겠지…….

키스우드는 무심코 기쁨을 느꼈다.

티오나와의 관계가 돈독해진 뒤로 시온은 어깨에서 힘이 조금 빠지게 되었다.

──선크랜드의 왕자로서 교제할 상대를 신중하게 거르는 건 이해하지만……. 전하는 너무 융통성이 없다니까…….

조금 더 사고를 쳐도 괜찮지 않냐고 당당히 생각하던 키스우드였다.

그래서 뭐, 사고를 친다고 하기는 어렵지만 시온의 어설픈 연애를 동생의 성장을 지켜보는 형처럼 따뜻한 마음으로 바라보고 있었다.

"당사자는 사랑이라고 생각하지 않을 테지만……."

키스우드는 영리한 시온이 본인의 연애 감정에 보이는 어수룩한 면모가 흐뭇했기에…… 자꾸만 히죽히죽 웃음이 나왔다.

"그나저나…… 평화롭구나."

루돌폰 저택의 안뜰, 바람에 살랑살랑 흔들리는 꽃을 보며 키스우드는 자기도 모르게 중얼거렸다.

최근에는 바빠서 꽃을 즐길 여유도 없었기에 이런 식으로 느긋하게 화단을 바라보며 걷는 게 신기한 기분이었다.

"뭐, 다소 심심할 정도인지도 모르지만……."

그런 소릴 중얼거렸으니…… 운명의 신이 내버려 둘 리 없었고…….

"아, 여기 계셨습니까. 키스우드 경."

그 부름에 키스우드는 고개를 들었다.

거기에 있는 건 선크랜드에서 따라온 호위 기사였다.

"무슨 일 있습니까?"

"네. 실은 키스우드 경에게 편지가 왔습니다."

"저에게……? 선크랜드 본국입니까?"

눈썹을 찡그리는 키스우드에게 기사는 작게 고개를 저었다.

"아뇨. 블루문 공작가의 사피아스 님입니다."

"아하, 사피아스 님이……."

사피아스 에트와 블루문.

이런저런 사정으로 우정을 맺은 청년의 얼굴을 떠올린 키스우드는 반가움에 눈을 휘었다.

그에게는 여름방학에 들어가기 전에 편지로 제국에 온다는 걸 알렸지만…….

"기회가 된다면 만나고 싶긴 했는데……. 혹시 시간을 만들어 준 건가?"

별을 지닌 공작가라고 하면 제국에서 가장 높은 작위다.

이래저래 바쁜 신분일 텐데, 만약 시간을 만들어준 거라면 미안하다고 느긋하게 생각하던 키스우드였으나 사피아스에게서 온 편지를 읽고──굳었다.

내용은 지극히 간결했다.

『미아 님께서 레티치아와 같이 요리를 만든다고 하셨어…….』

"…………허어?"

방심하고 있었기에 괴상한 목소리가 나오고 말았다.

예상도 하지 못했던 문자의 나열……. 혼란인지, 아니면 이름을 붙이기 힘든 감정 때문인지…… 그 글자는 작게 떨고 있었다.

이걸 쓴 친구 사피아스의 고뇌가 느껴졌다.

"이건…… 대체, 뭐가, 어쩌다가, 이렇게……?"

아니, 사정 같은 건 알 바 아니다. 문제는 어떻게 대응하는가.

"어떻게 대응하냐니…… 당연하지."

키스우드는 고개를 내저으며 어깨를 움츠렸다.

──못 본 척……. 그래. 내가 어떻게 할 수 없는 일이야.

사피아스 에트와 블루문, 그는 친구이긴 하지만 타국의 귀족이다.

충성을 바쳐야 하는 상대가 아니고, 지금 자신은 시온의 호위 임무를 수행한다는 사명이 있다. 에샤르 전하의 현황을 살펴보고 국왕에게 보고할 필요도 있다.

해야 할 일이 산더미다! 전혀 심심하지 않았다!

──어떠한 사정으로 편지가 분실되는 건 흔한 일이지. 응, 흔한 일이야. 그러니까 이걸 읽지 못했다고 해도…… 문제없어. 응!

그렇게 자연의 섭리를 따라가려고 한 키스우드였지만…… 문득 마음속에 걸리는 것을 느꼈다.

"친구의 위기에 달려간다…… 라."

그건 제국의 예지, 미아 루나 티어문의 친구들이라면 다들 주저 없이 실천하는 마음가짐이었다. 어떤 변명도 거기에 끼어들어서는 안 되는 일이었다.

그런데 자신은 뭘 망설이고 있는 건지…….

게다가 키스우드의 뇌리에는 과거 미아가 했던 말이 울려 퍼졌다.

사람은 자신이 뿌린 씨앗을 자신이 거두어야만 한다고.

만약 여기서 사피아스를 못 본 척 버린다면 그 씨앗을 자신이 거두어야 하게 될지도 모른다…….

"그래…… 그건 참, 소름 돋는군."

키스우드는 쓴웃음을 지으며 생각했다.

그렇다면 어떻게 할까? 도움을 요청하는 친구에게 어떻게 돌려주어야 할까……?

그런 건 처음부터 뻔하지 않은가!

조용히 각오를 다진 표정으로 고개를 든 키스우드에게,

"키스우드, 잠시 괜찮을까?"

타이밍 좋게 찾아온 시온이 말을 걸었다.

"음? 무슨 일 있어? 키스우드. 그렇게 비장한 얼굴이라니. 늑대 두 마리를 혼자서 막을 때도 그런 표정은 아니었는데."

걱정되는 듯 눈썹을 모으는 시온에게 키스우드는 당황하며 대답했다.

"아…… 아뇨, 아무것도 아닙니다. 하하, 하하하."

메마른 웃음을 흘리면서도 키스우드는 재빨리 머리를 굴렸다.

──만약 시온 님이 동행할 경우…… 자칫하다간 미아 황녀 전하의 그 요리를 시온 님이 먹을 위험이 있어……!

그건 어떻게든 피하고 싶은 키스우드였다.

──그러니 사피아스 님을 도우러 가기 위해선 시온 님이 에샤르 전하와 면회하고 있을 때 적절히 타이밍을 가늠해야…….

그렇게 신속하게 작전을 세우고 있을 때.

"뭐, 별일 없다면 다행이지만. 실은 일정이 조금 바뀌었다. 미아가 티오나에게 초대장을 보냈거든."

"…………네?"

"사피아스 공자의 약혼자인 슈베르트 후작 영애와 함께 요리를 만든다더군. 가능하면 티오나에게도 도와달라고 해서, 모처럼이니 우리도…… 왜 그러지? 키스우드."

고개를 떨구고 부들부들 떠는 키스우드를 보고 의아한 표정이 된 시온이었으나…….

"아, 네, 아뇨, 아무것도 아닙니다. 시온 전하. 후후후."

고개를 든 키스우드는 무척…… 무척이나 후련하고 개운한 얼굴이었다.

그는 생각했다.

──좋아! 이제 미련 없이 갈 수 있겠어. 아, 다행이구나. 빌어먹을!

──라고.

역시 사람은 자신이 뿌린 씨앗을 자신이 거두어야만 하는 법이라며, 키스우드는 미아가 한 발언이 얼마나 맞는 말인지 인식했다.

이 개운함이야말로 그가 뿌린 씨앗을 수확한 결과다.

만약 사피아스에게서 온 편지를 보지 못한 척했다면 분명 지금쯤 죄책감에 허우적거리고 있었을 테니까. 그 죄책감을 안은 채로 결국 골치 아픈 일에도 휘말리게 되었을 테니까.

그런 것보다는 훨씬 나았다. 나을 것이다…….

그렇게 키스우드는 후련한 마음으로 웃었다.

……그 개운하고 후련한 기분은 소위 죽음을 앞에 둔 사람의 체념이라거나…… 그런 종류의 감정과 비슷한 느낌이 안 드는 것도 아니었지만…….

──아, 다행이다. 정말 다행이다!

반쯤 자포자기하는 기분으로 소리치는 키스우드였다.

제28화 미아 황녀, 떠올리다!

이야기는 조금 거슬러 올라간다.

벨의 정보에 간담이 서늘해진 미아였지만, 이번 일의 중요 포인트는 제대로 파악하고 있었다. 즉.

"사피아스 공자를 제압하려면 약혼자인 레티치아 양을 확보하면 돼요."

이것이다.

만약 사피아스가 진심으로 모반을 꾸민다고 해도, 그를 막을 때 무기나 설득 같은 건 일절 필요 없다. 그저 한 마디, 약혼자가 '하지 마세요'라고 말리면 그만이다.

"그게 가장 평화롭게 사태를 해결하는 방법이죠."

상대의 약점을 정확하게 간파……. 최근에는 완전히 연애 대장군이라는 칭호에 걸맞은 활약을 보여주고 있는 미아의 연애 세포였다.

"문제는 레티치아 양을 어떻게 움직이게 하는가인데요……."

미아는 편지의 문장을 고민하며 신음했다.

"슈베르트 후작가에는 딱히 인맥도 없고……. 흠, 어느 방향으로 공략할까요……."

팔짱을 끼고 조용히 눈을 감았다.

의자 등받이에 몸을 맡기고 다리를 덜렁거리면서 머리를 정리. 간식으로 나온 쿠키를 쏙, 와작, 쏙, 와작 하면서 생각하고 있을 때…… 문득 얼마전 일을 떠올렸다.

야나의 고지식한 얼굴을…….

――그러고 보면 잊고 있었지만, 패티는 패티대로 어떻게든 해야만 하는 상황이었죠.

뱀의 주박에 사로잡힌 패티. 그녀의 마음을 어떻게든 구해주지 않으면 지금 있는 세계가 흔들린다. 자칫 잘못하면 오늘까지 해온 노력이 전부 꿈이 되어 지하 감옥에서 눈뜨게 될지도 모른다.

――아뇨…… 아무리 그래도 그렇게까지 되진 않을 테지만요……. 아니, 하지만 가능성은 부정하지 못하려나요……?

루드비히가 생각했다고는 해도 시간전이이론은 어디까지나 일개 가설에 불과하다. 그렇다면 낙관하지 말고 항상 최악을 대비하는 게 소심한 사람의 기본 전략.

모처럼 여기까지 열심히 노력해서 상황을 개선해온 미아인 만큼 지금 상황을 꼭 사수하고 싶었다.

"그렇다면 역시 패티를 즐겁게 해줘서…… 세계를 지키고 싶다고 생각하게 만들어야겠죠. 패티가 죄책감 없이 즐길 수 있을 법한 무언가가 없을까요……. 즐거우면 즐거울수록 죄책감을 느낀다니…… 제법 어렵네요."

끄으응 팔짱을 끼고 신음하는 미아였으나, 이윽고 작게 손뼉을 치고는,

"아, 그래요! 요리예요!"

……위험한 발언을 했다!

"생각해보면 세인트 노엘 학원에서 만든 샌드위치는 패티도 기뻐했었잖아요. 게다가 요리 교실이라면…… 만들 때만 즐거운 것도 아니고요. 나중에 연습한 요리를 대접해줄 수도 있다고……. 그런 식으로 마음속에서 변명할 수 있어요!"

게다가 미아의 머릿속에서 따로따로 떨어져 있던 요소가 하나의 형태를 이루어갔다.

"무엇보다 레티치아 양하면 요리죠. 우후후, 이전에 다 함께 만들었을 때는 무척 즐거웠고……. 또 하고 싶다고도 했었던가요."

다른 영애들과 일정을 맞추는 건 어려울지도 모르지만, 이번에는 딱히 사대공작가를 모두 모을 필요는 없지 않을까?

"우선 한가해 보이는 리나 양에게도 협력을 구하고, 아이들도 데려가고……. 적당한 사람도 불러서 간단한 형태로 열면 될 거예요……. 레티치아 양과도 한층 친목을 쌓을 수 있겠죠. 그러다 여차할 때 사피아스 공자를 막아달라고 설득하기…… 좋아요!"

참으로 골치 아프게도 미아가 떠올린 요리 교실은 몇몇 부분에서 합리적이었다. 유일한 걱정거리라면 제대로 먹을 수 있는 걸 만들 수 있냐는 점인데…….

"안느도 있으니 문제없겠죠. 지난번에는 손이 많이 가는 에메랄다 양과 의외로 손재주가 없는 루비 공녀도 있었지만 이번에는 없으니까요. 아이들은 세인트 노엘에서도 활약했고요. 간단하겠어요!"

오히려 에메랄다가 있다면 니나라는 강력한 도우미가 함께 따라와 주는 셈이지만……. 뭐, 그건 그렇다 치고…….

"좋아요! 정해졌군요. 요리 교실을 여는 거예요!"

그렇게 미아가 작성한 편지는 바로 제도에 있는 슈베르트 후작 저택에 도착했다.

그날 다리오 슈베르트는 저택 안뜰에서 느긋하게 취미인 작곡에 빠져있었다.

참고로 다리오는 사피아스가 졸업한 뒤 그대로 세인트 노엘의 학생이 되어 바쁜 나날을 보내고 있다.

그 반동인지 여름방학에 들어간 뒤로는 이렇게 혼자 취미에 몰두하는 날이 많았는데…….

"어디…… 슬슬 점심시간인가…….".

작업도 일단락되었으니 저택으로 돌아가려던 차에 그는 서둘러 복도를 걸어가는 노령의 메이드를 발견했다.

"어라? 게르타, 무슨 일이야?"

"아아, 다리오 도련님…….".

게르타라고 불린 메이드는 슈베르트 후작가를 모시는 베테랑 메이드였다.

원래는 어떤 후작가를 모시던 그녀가 슈베르트 가에 온 것이 지금으로부터 약 10년 전.

평소 청초한 행동거지를 보이는 그녀가 무언가 난처한 기색이었기에 다리오는 고개를 갸웃거렸다.

"무슨 일 있어?"

"네. 실은 황실에서 사자가 오셔서 이것을 레티치아 아가씨에게 드리라고……."

"누나에게? 흐음."

편지를 받은 다리오는 발신인을 보고 눈썹을 찡그렸다.

"이 이름은 미아 황녀 전하……. 누나에게 편지……?"

다리오의 뇌리에서 경종이 시끄럽게 울려 퍼졌다.

──이거 사피아스 님에게 알려드리는 게 좋지 않을까……?

이리하여 사피아스가 미아의 꿍꿍이를 알게 되는데…….

과연 그것이 무엇을 의미하는지, 지금 시점에서는 아직 아무도 알지 못했다.

제29화 미아 황녀, 떠 보다

레티치아에게 편지를 보낸 뒤 미아는 바로 패티와 아이들을 찾았다.

"요리 모임……?"

의아한 얼굴로 고개를 갸웃거리는 패티에게 미아는 고개를 크게 끄덕였다.

"네, 세인트 노엘에서도 했던 것처럼요."

그 후 바로 덧붙였다.

"요리 실력을 쌓는 건 아주 의미가 있는 일이랍니다. 음식이란 저희에게 주어진 가장 큰 기쁨. 하루하루 식사를 즐기지 못하는 인생은 무미건조하다…… 같은 말이 신성전에 적혀있을 거예요. ……아마도."

라피나가 없으니 살짝 날조해버리는 미아였다.

"아무튼, 누군가에게 맛있는 요리를 만들어주고 싶은데 실력이 부족한 건 불행한 일이죠. 당신도 막상 만들어줄 기회가 생겼을 때 배우려고 하는 건 늦습니다. 미래를 예측해서 움직이는 게 중요해요."

미아는 손가락을 흔들며 거만하게 말을 이었다.

"그래요, 저도 처음 아벨에게 만들어줬을 때는 조금 곤란했다니까요."

……조금?

"그때 저는 아직 많이 미숙했죠. 아벨이 기뻐할 만한 것을 혼자서는 만들지 못했습니다. 사람들의 도움이 필요했어요."

은연중에 '그랬던 저도 지금은⋯⋯' 하는 뉘앙스가 느껴지는 것도 같은 표현이 다소 마음에 걸리는 부분이긴 하지만⋯⋯.

"상대방을 기쁘게 해주기 위해서는 당연히 정성을 다해야죠. 하지만 그러기 위해서는 능력도 필요해요. 알겠나요?"

그러니 동생에게 만들어줄 때를 대비해 지금부터 요리 실력을 올려놓는 게 좋다고 주장하는 미아였다.

⋯⋯그 주장은 대충 틀리진 않았다. 틀리진 않지만⋯⋯ 그, 뭐라고 해야 할까. 미아가 잘난 척하며 떠들고 있으면 묘하게 타격을 입는 사람이 없는 것도 아닌 듯한 느낌이 들지만⋯⋯ 그건 그렇다 치고.

"저기, 미아 님. 저희도 같이 가도 되는 건가요?"

불안해하는 야나. 대조적으로 키릴은 기뻐 보였다. 지난번 세인트 노엘에서 요리했던 게 즐거웠던 모양이다.

"문제없습니다. 여러분도 중요한 전력인걸요!"

다정한 미소로 그렇게 말해주는 미아였다.

참고로 아이들 쪽은⋯⋯ 빵을 덜컥 말 모양으로 만들거나 하진 않으므로 어딘가의 누구 씨보다 훨씬 전력이 된다는 건 어엿한 사실이었다. 빈말이 아닌 진실이다.

뭐 그런 식으로 아이들에게도 사정을 설명하고⋯⋯ 다음날.

미아는 사피아스를 백월 궁전에 불렀다.

──손은 써 두었지만 일단 사피아스 공자를 떠보는 것도 필요

하죠.

그런 생각을 했기 때문이다.

참고로 벨에 의하면 블루문 가는 모반의 책임을 지고 작위 반납. 파벌은 해체의 길을 걷는다고 했다.

"으음, 이상하네요. 블루문 공작가라면 미아 할머니의 치세를 뒷받침하는 중요한 존재인데…….."

그렇게 연신 고개를 갸웃거리는 벨이었다.

실제로 중앙귀족 중에는 미아가 황제가 되는 걸 반대하는 사람이 많다. 루드비히를 비롯한 여제파는 그런 불순분자를 사피아스가 블루문 가의 가주로서 억제해주는 걸 기대하고 있었다.

"물론 모반은 일어나지 않으리라 생각합니다. 하지만 만약 사피아스 님이 배신한다면 저희도 방침을 바꿀 필요가 있을지도 모릅니다."

그 루드비히조차 쓰라린 얼굴을 하는 사태다. 그러나 미아는 태연한 얼굴을 무너트리지 않았다. 왜냐하면 이미 손을 썼기 때문이다.

──레티치아 양을 잘 포섭하면 별문제 없어요.

확고한 확신과 함께 미아는 사피아스가 찾아오기를 기다렸다.

이윽고…….

"미아 님. 강녕하셨습니까."

찾아온 사피아스는 평소와 전혀 다름없는 모습으로 친근하게 웃었다.

그 모습에서 위화감은 일절 없…… 지 않고! 미아의 날카로운 관찰력은 사피아스의 얼굴에 드러난 미약한 그늘을 발견했다.

게다가 미아를 바라보는 눈에서 희미한 불안이 어른거렸다.

──어라? 저 표정…… 무언가 걱정이라도 있는 건가요……?
흐음, 모반의 징조가 전혀 없다고 단언하지는 못한다는 건지…….
흐으음…….

자신이 보낸 편지가 그의 걱정거리가 되었다는 건 꿈에도 생각
하지 못하는 미아였다.

미아는 생긋 미소 지었다.

"잘 지내셨나요? 사피아스 공자. 자, 이리 오세요. 오늘은 모처
럼 와 주었으니 공중정원에서 차를 마실까요."

자연스럽게 인기척이 없는 장소로 사피아스를 데려가는 미아
였다.

백월궁전 옥상, 조금 밖으로 튀어 나간 장소에 있는 공중 전원
은 미아를 비롯한 황제 일족이나 황족을 시중드는 사람들, 그리
고 초대받은 일부 손님 말고는 출입할 수 없는 장소였다.

진득하게 캐보기에는 딱 좋은 장소라고 할 수 있다.

──만약을 위해 사람을 물린 데다 루드히비는 옆에 대기시켜
두었으니까요……. 준비는 완벽해요. 먼저 이야기를 듣는 게 중
요하겠죠.

우려 사항인 일기장 기록의 신빙성에 대해 최대한 확실하게 해
두고 싶은 미아였다.

그렇게 기합과 의욕으로 넘치는 미아가 의자에 앉자마자 꺼낸
한 마디…….

"흠, 먼저…… 홍차와 케이크로 마음을 채우기로 할까요……."
언제 어느 때든 흔들림 없는 제국의 예지의 모습이었다.

제30화 우쭐! 울컥!

따끈한 홍차. 찻잔을 들고 한 모금.

엄선된 찻잎에서 풍기는 선명한 향기와 진한 우유의 풍미, 설탕 한 숟갈의 달콤함.

그 모든 게 하나로 어우러져 미아의 미뢰를 자극했다.

"흐음……."

어디, 오늘의 다과는 뭘까……. 그런 생각을 하며 테이블 위로 시선을 내리려고 한 그때…….

"저기, 미아 황녀 전하. 제게 하실 말씀이라는 건……."

사피아스가 당혹스러운 얼굴로 말했다.

"아아, 죄송합니다. 잠시 생각에 잠기고 말았군요."

자칫 다과에 빠져 본론을 잊어버릴 뻔한 미아였다. 정신을 차려야겠다고 다짐하면서 서둘러 다과를 쏙.

참고로 오늘의 다과는 라 선크랑세라는 배를 벌꿀에 절인 것이었다. 끈끈한 첫인상. 이로 깨물면 부드러우면서도 희미하게 남는 사각거리는 식감이 기분 좋다.

──흠! 이 배 벌꿀 절임, 아주 맛있는데요. 역시 주방장이에요!

만족하며 고개를 주억거리는 미아. 반면 사피아스는…… 말없이 차를 마셨다.

처음에는 깜빡 말을 걸고 말았지만 그는 미아를 아는 사람 중한 명. 음식을 즐기는 미아를 방해하는 게 위험하다는 걸 떠올렸기 때문이다.

그렇게 미아는 다과를 충분히 만끽하여 당분을 섭취하자 아무 일도 없었다는 듯 말을 꺼냈다.

"사피아스 공자. 아벨에게서 들었습니다. 열심히 하고 있다는 모양이더군요. 파벌의 청년들을 모아 많은 일을 하셨다고……."

"하하하, 뭐, 지금은 기반을 다지는 수준입니다. 아무래도 제 아버지는 제가 황위에 오르는 걸 바라시는 모양인지라……. 주변의 유력 귀족들도 그럴 생각이고요. 그걸 막기 위해서는 동료가 필요합니다."

그러더니 사피아스는 살며시 머리를 숙였다.

"미아 님과의 맹약에 따라 온힘을 다할 것입니다."

"네. 기대하겠습니다."

미아는 부드러운 미소를 지으며 홍차를 한 모금. 살짝 눈을 굴려 사피아스를 관찰했다.

——흠, 현재 부자연스러운 모습은 없군요. 파벌로 화제를 던져보았지만 딱히 뒤가 켕기는 건 없어 보여요.

미아가 알기로 사피아스는 딱히 포커페이스가 특기인 타입은 아니다. 건드리지 않길 바라는 부분을 건드리면 반드시 얼굴에 드러나는데…….

——하지만 사피아스 공자 본인에게 그런 마음이 없어도 주변이 강요했다는 가능성은 부정할 수 없군요. 저처럼 강한 의지로 행동할 수 있다면 좋겠지만, 의외로 사피아스 공자는 그때그때 흐름에 휘말릴 것 같으니까요…….

해파리 전술의 일인자 미아의 분석이었다.

──어떤 상황에 놓인다고 해도 밀어낼 수 있는 불굴의 정신력······. 그걸 다지기 위해서는 역시 약혼자인 레티치아 양의 협력이 꼭 필요할 것 같군요.

그때였다. 불현듯 사피아스의 표정이 어두워졌다.

조금 전부터 계속 관찰하던 미아였기 때문에 그 변화를 바로 알아차렸다.

"어머, 무슨 일이 있나요? 사피아스 공자."

"어······ 네. 그게······."

말하기 힘든 건지 망설이던 사피아스였지만 굳게 결심한 듯 입을 열었다.

"레티치아······, 슈베르트 후작 영애와 요리 교실을 여신다는 소문을 들었습니다······. 정말입니까?"

그 말에 미아의 눈이 싸악 가늘어졌다.

──어라······ 사피아스 공자가 왜 그걸 알고 있는 거죠······?

물론 그건 레티치아의 동생, 다리오를 경유해서 들어간 정보이긴 하지만······. 자신의 책략을 사전에 알고 있었다는 사실에 슬그머니 경계 레벨을 올리는 미아였다.

"네. 맞습니다. 이전 사대공작가의 영애들을 모아서 함께 요리한 적이 있었죠? 그때 또 하자고 약속했거든요. 기억나지 않으신가요?"

기억 못 할 리가 없을 텐데······? 라는 뜻을 슬쩍 집어넣은 미아였다.

"아…… 아. 네…… 음, 기억합니다……. 그게, 미아 황녀 전하……. 만약 괜찮다면, 그게…… 다과회로 바꾸시는 건……?"

"어머? 어째서죠? 사피아스 공자."

미아는 다시 의심스러운 눈빛으로 사피아스를 쳐다보았다.

평범한 다과회와 함께 협력해서 요리를 만드는 모임은 친밀도가 쌓이는 정도가 다르다. 역시 같이 요리하는 게 더 가까워질 수 있을 것이다. 그렇게 하고 싶지 않다는 건…….

──저와 레티치아 양이 친해지면…… 무언가 곤란한 일이라도 있는 걸까요?

그런 미아의 시선을 받은 사피아스는 약간 당황하며 대답했다.

"그게…… 정말로 이런 말씀을 드리고 싶진 않지만, 제 약혼자는…… 아시다시피 요리 실력이 불안정해서……. 모처럼 미아 님께서 생각하신 이벤트를 망쳐버리는 게 아닌지……."

"어머, 그런 것쯤은……. 전혀 걱정할 필요 없답니다."

미아는 사피아스의 걱정을 웃어넘겼다.

"다들 처음에는 서툴기 마련이니까요. 저도 아직 미숙해서 어엿한 요리사라고 말할 수 없는 수준이고요."

그렇게 말한 뒤 미아는 부드러운 미소를 지으며…… 몰아세웠다.

"하지만 서툴다고 해서 아무것도 하지 않으면 좋아지지도 않습니다. 서툴기 때문에 요리를 하면서 연습하는 거예요. 그렇지 않나요?"

지극히 지당한 정론을 뱉고 우쭐거리며 웃는 미아.

그 얼굴은 보는 사람에 따라선…… 참으로, 그…… 울컥하게
만드는 미소였다.

제31화 제목 : 내일을 향한 희망…… 버섯

사피아스의 사랑스러운 약혼자, 레티치아의 본가 슈베르트 가문은 역사와 전통이 있는 후작가이다.

블루문 파에 속하는 문벌귀족답게 유서 깊은 귀족으로서, 다른 귀족들에게도 존중받는 존재인 이 일족은 동시에 예로부터 예술에 조예가 깊은 사람들로도 유명했다.

음악가에 화가, 가죽 세공장인, 보석 장인 등 전속 예술가를 많이 거느린 슈베르트 가에서는 대대로 가주도 예술과 관련된 취미를 지닌 사람이 많았고 분야도 다양했다.

따라서 제도의 교외에 세워진 저택 앞뜰은 몇 세대 전의 가주가 만든 조각상을 수없이 장식해둔, 조금 특이한 구조였다.

미아 일행은 그 기괴한 정원을 지나 슈베르트 저택으로 향했다.

살짝 이끼가 낀 조각상을 보며 미아는 무심코 눈썹을 찡그렸다.

"흐음…… 이건…… 뭐죠?"

하얀 돌을 깎아서 만든 조각상은 지면에서 하늘을 향해 꿈틀꿈틀 올라가는…… 얼핏 보면 그…… 마치…… 그러니까…… 뭐지?

"파도를 돌로 표현하려고 한 듯한, 참으로 꿈틀거리는 실루엣이로군요. 아뇨, 이 모양………… 이 곡선은…… 설마 버섯……?"

"그건 내일을 향한 희망을 표현한 오브제입니다."

목소리가 들리자 미아는 퍼뜩 돌아보았다. 그곳에 있는 사람은……

"미아 님. 슈베르트 가에 오신 것을 환영합니다."

부드러우면서도 기품이 흐르는 미소를 지은 영애, 오늘의 표적…… 레티치아 슈베르트였다.

호화로운 웨이브가 들어가 출렁거리는 긴 머리카락은 눈에 선명이 파고드는 짙은 파란색. 그 머리카락을 뒤로 묶은 소녀는 미아 앞에서 깊이 머리를 숙였다.

"미아 황녀 전하를 뵙습니다."

깍듯한 동작으로 인사하는 그녀에게 미아는 치맛자락을 살짝 들어 올려 마주 인사했다.

"반가워요, 레티치아 양. 잘 지냈나 보군요."

생긋 웃은 뒤 미아는 한 번 더 조각상으로 시선을 주었다.

"그나저나 내일을 향한 희망…… 이게 말이죠. 흐음……?"

"우후후, 조금 난해하죠?"

입가를 손으로 가리며 재미있다는 듯 웃는 레티치아의 말에 미아는 고개를 저었다.

"아뇨, 저는 막연하지만…… 알 것 같아요."

팔짱을 끼고 그 오브제를 쳐다보았다.

──내일을 향한 희망, 그래서 버섯과 비슷한 모양새였군요. 후후후……. 이걸 만든 분과는 마음이 맞을 것 같아요.

그…… 뭐라고 할까, 작품을 받아들이는 방법은 제각기 다른 법…… 이다. 응.

"참 훌륭한 정원이군요. 조각상과 정원에 심은 나무의 융합……. 무척 신비한 공간이에요."

미아는 정원 전체를 천천히 둘러보았다.

버섯 오브제(제목 : 내일을 향한 희망)를 비롯해 사람보다 더 키가 큰 오브제가 무수히 세워져 있고 그 사이사이로 나무가 돋아난 느낌…… 혹은 숲의 일부가 버섯 오브제(제목 : 내일을…… 이하략)에 침식당한 느낌이라고도 할 수 있을까.

아무튼 참으로 신비한 정원이었다.

감탄하며 주변을 둘러보던 미아. 그 시선이 어느 한 곳에서 멈췄다.

"어라…… 저건?"

그 시선이 향한 곳, 그곳은…… 굵은 나무 밑동. 거기에 돋아나 있는 건……!

"저기, 리나 양. 저거 버섯 아닌가요?"

"네, 맞습니다. 저건 트룩시 버섯이라고 불리는 버섯입니다."

놀랍게도 진짜 버섯도 자라있었다!

"어머나, 역시…… 후후후, 정원에 버섯이 자라다니, 아주 풍류가 좋은데요."

그렇게 말하며 미아는 버섯을 향해 걸어갔다. 마치 살찐 생선처럼 불룩한 실루엣. 동그란 눈과 입 같은 반점이 콕콕 박힌 버섯은, 참으로……… 참으로!

——흠, 이 진하게 묻어나는 듯한 갈색…… 영양이 넘쳐날 것 같은 색인 데다 정말 맛있어 보여요……! 얇게 잘라서 두, 세 개를 한꺼번에 집고 소스에 찍어 먹고 싶은 느낌이에요.

생김새로 보아 독을 걱정하진 않아도 될 거라고 미아의 버섯 심

미안이 판결을 내렸다.

　하지만 버섯을 간파하는 건 어렵다. 미아도 그건 뼈저릴 만큼 잘 알고 있다. 그런고로…….

　미아는 슈트리나에게 시선을 돌려 물었다.

　"참고로 리나 양, 독은 없는 건가요?"

　그 질문에 슈트리나는 작게 고개를 기울이고는…….

　"독…… 말인가요?"

　뺨에 손을 대고 짧게 '으음' 고민한 뒤 대답했다.

　"소위 독은…… 없는 것 같습니다."

　"오호! 역시 그렇군요."

　미아는 버섯을 한바탕 뜯어본 뒤 한숨을 쉬었다. 대체 이 버섯은 어떤 맛이 날지 생각에 잠기기를 잠시……. 그 후 헉 숨을 삼켰다!

　레티치아를 방치했다는 걸 떠올렸기 때문이다.

　오늘의 목적은 레티치아를 아군으로 포섭하는 것. 버섯은 후순위다.

　크흠흠 헛기침을 한 뒤,

　"그나저나 오늘은 갑자기 부탁드려서 죄송합니다. 잘 부탁드려요."

　그렇게 말하며 붙임성있게 웃었다.

　──애처가를 아군으로 끌어들이려면 먼저 아내를 아군으로 끌어들여야죠. 어떻게든 마음에 들도록 행동해야만 해요.

　무언가 격언 같으면서도 그렇지 않은 듯한 소리를 마음속으로 중얼거리며 미아는 슈베르트 후작가의 정원을 바라보았다.

"정말로 즐거운 아이디어가 가득한 저택이군요."

"저택과 더 가까운 장소에서 조각을 바라보며 가든 파티를 열기도 합니다. 악단을 초대하기도 하죠."

"그렇군요. 역시 예술에 조예가 깊은 슈베르트 후작가다워요."

자연스럽게 아부하는 마음을 잊지 않는 미아였다.

그런 미아의 말에 레티치아는 쭈뼛거리면서 어렵게 말을 꺼냈다.

"사실은 저도…… 예술의 일환으로 요리 실력을 단련하고 싶은데요……. 사피아스 님이 좀처럼 허락해주지 않으셔서……. 고귀한 신분의 영애가 할 일이 아니라고……."

"어머나, 전혀 그렇지 않은걸요. 루비 공녀나 에메랄다 양도 지난번 요리 모임에 참가했었잖아요. 리나 양도 오늘은 같이 왔고요. 게다가 전에는 그 라피나 님께서도 함께 요리를 만드셨답니다."

그렇게 말해주자 레티치아는 입가를 두 손으로 가리며 '어머나!' 하고 놀랐다.

"그러니 세간의 시선 같은 건 하나도 걱정할 필요 없답니다. 가슴을 펴고 요리하면 돼요."

걱정해야 하는 건 세간의 시선이 아니라 요리의 맛이지만……. 그걸 지적하는 사람은 여기에는 없었다. 슬프게도…….

──이번에는 레티치아 양을 이용해 사피아스 공자의 입맛을 단단히 사로잡자는 계획을 위해서도 레티치아 양의 의욕이 감소할 만한 요소는 최대한 제거할 필요가 있죠.

사피아스의 입맛을 단단히 후려 패놓는 게 아닌지 아주 걱정되는 상황이었다.

"실례합니다. 레티치아 아가씨. 선크랜드의 시온 왕자님과 루돌폰 변경백 영애가 오셨습니다……."

보고를 받자마자 레티치아의 얼굴에 짙은 고민이 드리워졌다. 그러고는 난처해하는 미소를 지으며 미아에게 말했다.

"환영 준비는 잘 마쳐두었지만…… 역시 선크랜드의 왕자 전하를 맞이하는 건 조금 긴장되네요. 게다가 다른 가문의 영애들이 부러워할 것 같습니다."

"그렇게 걱정할 필요는 없답니다. 이건 지극히 사적인 모임이니까요. 애초에 당신도 몇 년만 지나면 별을 지닌 공작가의 일원이 되잖아요. 위축되지 않아도 괜찮아요."

미아는 작게 고개를 저었다.

"자, 그보다 합류해서 저택을 안내해주실 수 있을까요? 오늘의 메인은 요리를 만드는 것이니까요."

미아의 말에 레티치아는 고개를 끄덕였다.

제32화 영애들의 마음이 겹쳐지다!

일행을 데리고 척척 저택 안을 걸어가는 미아. 그런 미아의 정확히 반걸음 뒤에서 등을 곧게 펴고 따라가는 레티치아. 그것은 제국 귀족 영애로서 완벽한 행동거지였다.

레티치아 슈베르트······.

슈베르트 후작의 장녀이자 블루문 가의 차기 가주인 사피아스의 약혼자.

그녀를 한마디로 표현하라면 '현명한 여성'이다······. 요리 실력만 빼면.

예를 들어 레티치아는 오늘 요리 모임에 루돌폰 변경백의 영애가 참가한다는 이야기에 별다른 말을 하지 않았다. 변경백의 영애가 후작가를 찾아온다고 해도 아무런 불만을 늘어놓지 않았다.

그건 문벌귀족가 영애의 가치관에는 적절하지 않은 행동이었다.

변경백은 무시당하는 게 당연한 시골뜨기. 그것이 제국의 상식이기 때문이다.

하지만 레티치아는 그 상식을 '불변'으로도, '보편적'으로도 여기지 않는다. 또한 그 상식에 따라 행동했을 때 다른 사람이 어떤 식으로 보는지도 제대로 이해하고 있었다.

그건 그리 아름다워 보이지 않을 것이며, 바람직하게 보이지도 않을 것임을 알고 있다.

또 그녀는 미아의 메이드 안느의 출신에 대해서도, 슈트리나의 친구 벨의 출신이 불명이라는 점도 아무렇지도 않게 생각했다. 괜한 말도 하지 않는다.

그렇게 했다간 미아의 노여움을 사리라는 걸 눈치챘고, 그게 사피아스에게 불리해진다는 것도 알기 때문이다.

그녀는 만물의 섭리를 잘 이해하는 사람이었다.

더불어 실무능력도 제법 괜찮았다.

영지 경영을 맡긴다면 무탈하게 꾸려갈 수 있을 정도의 지식과 능력을 자랑했고, 만약 상가의 딸로 태어났다면 평균 이상의 역할을 다했을 것이다.

레티치아는 문벌귀족 영애 중에서는 지극히 드문, 무척 현명한 사람이었다.

그리고…… 무엇보다 사피아스를 좋아한다.

무척, 아주 많이 좋아한다!

얼마나 좋아하냐면, 꿈에 사피아스가 나온 다음 날에는 종일 콧노래를 흥얼거릴 정도로 좋아한다.

심지어 춤추면서 뮤지컬이라도 찍는 것처럼 하루를 보낼 정도로는 좋아한다.

'사피아스 님께 맛있는 걸 드려서 기쁘게 해드려야지!' '힘내자!' 라는 마음 앞에서는 본래의 현명함도, 날카로운 통찰력도, 확실한 판단력도 덧없이 흩어져버릴 정도로…… 사피아스를 많이 좋아한다. 진심으로 좋아한다!

……사피아스에게는 참으로 불행한 이야기였다.

뭐 그건 별로 중요하지 않고. 아무튼 오늘 레티치아는 기합이 잔뜩 들어가 있었다.

그렇게 기합이 충분히 주입된 레티치아였지만 미아 일행을 안내해준 곳은 조리실이 아니었다.

"미아 황녀 전하, 사실은 당장에라도 조리실에 안내해드리고 싶지만, 아직 사피아스 님이 오지 않으셨습니다. 면목이 없지만 잠시 이 방에서 기다려주실 수 있으십니까?"

"그건 상관없지만…… 사피아스 공자도 오는 거군요?"

"네. 꼭 돕고 싶다면서……. 화상을 입거나 손가락을 베면 큰일이라고……."

레티치아의 대답에 미아의 눈이 살짝 가늘어졌다.

"그래요……. 사피아스 공자는 레티치아 양을 무척 위하는군요. 후후후."

작게 미소 지으면서도…….

──흠, 저와 레티치아 양이 가까워지지 않도록 하기 위해서인 걸까요……. 그렇다는 건 역시 사피아스 공자에게도 의심스러운 점이 있다고 봐야겠군요…….

순간 그런 생각이 들었지만, 미아는 바로 고개를 저었다.

──그래요. 오늘은…… 그런 건 생각하지 않으려고 했어요.

그렇다……. 미아는 오늘의 요리 모임에서 원칙을 하나 세웠다. 그건…… 사피아스를 의심하지 않는 것.

이유는 여러 개다.

새로운 맹약을 맺은 그를 믿고 싶기도 하고, 의심한 결과 그가 결백하다면 뒷맛이 찜찜하기도 하다.

의심하기 시작하면 끝이 없기도 하고, 의심해봤자 진실은 하나도 보이지 않을 것 같기도 하다.

혼돈의 뱀이 의심을 파고들 것 같다는 지극히 타당한 이유도 있었다.

하지만 그 이상으로…….

──아벨이 믿는다고 했으니까 저도 믿겠어요!

이것이다.

논리적인 좌뇌로 검토하는 걸 포기한 미아는 좌뇌에서 연애뇌로 자신의 사고회로를 이동했다.

──게다가 사랑하는 사람의 말조차 신뢰하지 못한다면 저는 분명 장래 불신에 빠져서 실패해버릴 것 같아요…….

따라서 미아는 사피아스를 의심하지 않는다. 사피아스를 의심하려는 좌뇌에게 일단 휴면을 명령했다. 지금의 미아는 연애뇌 모드다.

그런 스위트 러브 모드 미아가 잡은 오늘의 테마는 두 개. 하나는 타산 없이 '레티치아와 친해진다'.

레티치아와 친해지고 나면 사피아스가 의심스럽든 아니든 상관없다. 그는 레티치아의 말을 거스르지 않을 테니까.

그리고 또 하나는…….

──아벨이 기뻐할 만한 맛있는 요리를 만드는 것……. 그러기 위해 제 실력을 최대한 발휘하는 것. 이것이야말로 오늘 제 테마

예요!

절묘하게도…… 레티치아와 미아의 마음은 딱 일치했다.

……어쩐지 사태가 더욱 나빠진 듯한 느낌이 드는 것 같기도 하지만…… 착각인 걸까.

아무튼 미아가 주먹을 불끈 쥐는 한편…… 사태는 움직이기 시작했다.

미아가 기합을 넣는 사이에 벨 대장이 인솔하는 어린이조 탐험대는 방 안을 탐험하기 시작했다!

"레티치아 님, 이건 뭔가요?"

벨이 신기해하는 얼굴로 벽에 걸린 악기를 가리키며 고개를 갸웃거렸다.

"그건 슈베르트 가의 역대 가주가 사용하던 악기입니다."

그렇게 말하며 레티치아는 걸려있던 현악기를 꺼냈다.

"이 활로 이렇게……."

가볍게 튕겨주자 참으로 애틋한 음색이 주변에 울려 퍼졌다.

"오오…… 대단해요. 레티치아 님, 굉장히 잘하시네요."

신기한 악기에 시선이 못 박힌 벨과 그 옆에서 생글생글 웃는 슈트리나.

한편 패티와 야나, 키릴 남매는 걸려있는 악기를 순서대로 견학하고 있었다.

처음 보는 특이한 악기에 어린 호기심을 숨기지 못하는 듯한 키릴. 그걸 보고 야나만이 아니라 패티도 흐뭇한 얼굴이었다.

……벨보다 훨씬 연상미가 느껴지는 두 사람이었다.

그렇게 담담히 악기에 시선을 주던 패티는…… 작게 고개를 갸웃거렸다.

본 적 있는 악기가 거기에 걸려있었기 때문이다.

"어…… 이건…….”

저도 모르게 뻗은 손을…… 퍼뜩 붙잡힌 패티는 작게 숨을 삼켰다.

"죄송합니다. 그건 클라우지우스 후작가에서 기여한 대단히 귀중한 악기라서요…….”

그렇게 말하며 그림 같은 미소를 짓는 그 사람은 노령의 메이드였다. 그 얼굴을 본 패티는 자기도 모르게 눈을 크게 떴다.

"……게르타…… 어? 어, 째서……?”

그건 작은…… 작은 중얼거림. 하지만 패티는 분명히 느꼈다.

자신의 팔을 잡은 메이드의 힘이 순간 강해졌다는 사실을…….

하지만 그것도 바로 사라지고는…….

"부디 눈으로만 즐겨주십시오. 대단히 귀중한 악기니까요.”

그렇게 말한 메이드는 꾸벅 인사하고 그 자리를 떠났다.

그림 같은 미소를 일절 무너트리는 일 없이…….

제33화 사피아스의 신뢰와 다리오의 분투……
분투?

"그런데 시온. 키스우드 씨의 모습이 보이지 않는데 무슨 일인 가요?"

생각에 잠겨있던 미아였지만 문득 정신을 차리고 시온에게 시선을 주었다.

"아, 키스우드 말이지……."

시온은 무의식인 듯 쓰게 웃었다.

"뭔가 볼일이 있다면서 여기에 도착하자마자 바로 어딘가에 가버렸어. 뭘 하고 있을는지……. 아니면 배려심으로 한 행동인 건지도 모르지만……."

티오나와 단둘이 있게 해줘야겠다는 생각을 하고 있을 법하다며 쓴웃음을 짓는 시온이었지만…… 드물게도 그 예상은 빗나갔다.

그런 태평한 문제가 아니었다.

키스우드는 지금 절대로 물러날 수 없는 싸움에 임하려는 참이었다.

슈베르트 저택과 가까운 길 위, 한 대의 마차가 정차해 있었다.

기척을 지운 키스우드는 그 안으로 은밀하게 들어갔다.

마차 안에서 기다리고 있는 사람은 옛 전우, 사피아스였다.

"사피아스 님. 오랜만입니다."

"아, 왔구나. 키스우드 경. 아주 오랜만이야."

사피아스는 온화한 미소를 지으며 키스우드를 맞았다. 하지만 바로 그 얼굴이 어두워졌다.

"세인트 노엘에서 치렀던 전투의 상처도 채 낫지 않은 이 시기에 이런 일이 일어나고 말아서 면목이 없군."

갑작스러운 사과에 키스우드는 쓴웃음을 지었다.

"아뇨, 늦지 않아 다행입니다. 아무튼 미아 황녀 전하도 티어문 제국도 우리 선크랜드에게는 중요한 존재. 그 위기에 힘을 빌리는 건 당연한 일이니까요."

그 후 키스우드는 날카로운 표정을 지었다.

"그래서…… 작전은?"

"그래, 우선 작전의 기본은 '간단한 요리를 시킬 것'이야. 채소를 중심으로 한 냄비 요리로 가려고 해."

"썰어서 넣기만 하면 된다……?"

"그래. 다리오…… 그러니까, 내가 세인트 노엘에 있을 때 종자로서 따라왔던 소년을 기억하고 있을까?"

"네, 물론입니다. 슈베르트 가의 영식입니까?"

"그래. 레티치아의 동생이지. 그 다리오가 슈베르트 가의 베테랑 메이드와 상담해서 낸 아이디어라고 해. 채소를 썰었으니 나름 요리를 했다는 느낌도 받을 수 있고, 이상한 조미료를 넣지만 않으면 실패도 하지 않는다는 보장을 받았다더군. 자기가 먼저 먹어보고 맛이 이상한 것 같다면 살짝 손을 써주겠다는 대답까지 들었다나……."

"그렇군요. 그건…… 희생시키는 것 같아서 면목이 없지만……."

쓰라린 얼굴인 키스우드를 보며 사피아스는 고개를 끄덕였다.

"알아. 그렇기에 최대한 피해를 줄이고 싶어. 그래서…… 아이디어가 하나 더."

"흐음. 뭡니까?"

사피아스는 의미심장하게 고개를 끄덕인 뒤 목소리를 죽였다.

"최대한 시간을 벌려고 해. 그래서 기다리는 동안 미아 님께 과자를 잔뜩 제공하는 거지."

"그렇군요……. 좋은 생각입니다. 사람은 자신이 배부르면 요리할 기력도 줄어드는 법. 괜한 어레인지를 하려는 마음이 약해질지도 모르죠……."

사피아스는 팔짱을 끼며 고개를 끄덕였다.

"미아 황녀 전하는 먹는 걸 아주 좋아하는 분이시지. 요리를 만들기 전에 과자를 드리면 그걸 먹지 않고 넘어가진 않으실 거야. 그 부분도 다리오에게 맡겨놨어. 다리오는 내가 갈 때까지 미아 님께 과자를 잔뜩 내어드릴 거야."

"하지만 그렇게 전부 다 맡겨도 괜찮은 겁니까?"

불안해하는 키스우드의 반응에 사피아스는 웃었다.

"다리오는 그래 보여도 슈베르트 후작가의 후계자야. 적절히 처신해줄 게 틀림없어."

그러고는 문득 부드러운 표정이 되었다.

"게다가 의외로 손재주가 좋거든. 세인트 노엘에서는 내 종자로서 잘 활동해주었지. 장차 처남으로서…… 내 오른팔로서 블루문 파를 이끌어가는 걸 도와주길 바라."

마치 밝은 미래를 상상하듯이 사피아스는 말했다.

……그렇게 사피아스에게서 약간 부담스러운 기대를 받는 다리오는 분투하고 있었다. ……나름대로.

먼저 다리오는 사피아스의 작전대로 과자를 먹이기 위한 행동을 개시했다.

"누나, 사피아스 님께서 오시기 전에 손님들에게 차나 간단한 점심을 드리는 건 어떨까? 마침 선크랜드 비프의 안심살이 있으니까 그걸 구워서……."

뒤에 가니 이걸 먹고 배가 꽉 차버리라는 본심이 어른거렸지만……. 뭐, 그건 그렇다 치고.

레티치아는 그런 동생의 제안을…….

"후후후, 무슨 소릴 하는 거니 다리오. 요리는 배가 고프지 않으면 의욕이 떨어진단다."

단칼에 잘랐다!

작전은 간파당했다!

레티치아는 요리 말고 다른 분야에서는 무척 현명한 사람이다!

"그보다 사피아스 님께서 늦으시네. 곧 오실 테니까 먼저 준비만이라도 시작해놓는 게 괜찮지 않을까?"

의욕으로 넘쳐나는 누나에게 다리오는 황급히 말했다.

"잠깐, 안 돼. 누나. 제대로 사피아스 님을 기다려야지……. 자칫 잘못하면 사피아스 님이 싫어할지도 몰라……."

그렇게 은근슬쩍 치명타를 날렸다.

사피아스가 싫어한다……. 이 말을 하면 누나는 어지간하면 이성을 되찾게 되는 마법의 말.

"다리오, 급한 건 아니지만 사피아스 님은 네 매형이 될 분이란다. 그러니 지금부터 친근함을 담아서 매형이라고 불러야지……. 그분도 그걸 원하시지 않겠니?"

사피아스 일이 되면 살짝 지능이 저하되는 현명한 레티치아였다.

"응, 뭐. 그건 나중에."

다리오는 그 공격을 살포시 회피.

"아무튼 먼저 요리를 시작하는 건 아무래도 좀 곤란할걸……. 사피아스 님도 평소처럼 누나와 같이하는 걸 기대하고……."

다리오는 익숙하게 누나를 설득하려고 했다. 하지만…… 계산하지 못한 변수가 하나. 그건…….

"평소처럼…… 그렇군요. 다리오 씨의 주장도 이해하지 못할 건 아니에요……."

미아가 느릿하게 한 걸음 앞으로 나섰다. 거만하게 고개를 끄덕이며…….

"하지만 평소와 같은 건 그거대로 따분하지 않을까요?"

쓸데없는 소리를 했다!

"저기…… 미아 황녀 전하. 그건 무슨 뜻입니까?"

다리오는 반사적으로 '성가시게 만들다니'라는 본심이 얼굴에 드러날 뻔했지만 가까스로 참았다.

"뻔한 거 아닌가요. 사랑이란 놀라움. 즉, 사피아스 공자가 왔을 때 훌륭한 요리가 완성되어 있다는 것도 그건 그거대로 즐거움이 커지지 않겠어요?"

그 말에서 흘러가는 흐름에 다리오는 식은땀을 흘렸다.

어라……? 이거 위험하지 않나? 하고 적절하게 눈치채는 다리오였다.

게다가! 쓸데없는 소리를 하는 사람이 또 있었다. 그건…….

"아아, 그건 좋은 생각인 듯 합니다. 앞으로 만들 냄비 요리라면 재료를 썰어서 끓이기만 하면 되니까요. 실패할 여지가 없습니다."

평소와 다름없이 그림처럼 완벽한 미소를 짓는 노령의 메이드…… 게르타였다.

"아니, 하지만……."

베테랑 메이드가 그렇게 말하자 다리오는 순간 말문이 막혔다.

확실히 그녀의 말에 냄비 요리라면 괜찮을 거라고 한 번은 수긍했다. 하지만 미아라는 강력한 요소를 앞에 두자 그 믿음은 벌써 흔들리고 있었다.

하지만 게르타는…… 마치 속삭이듯 말했다.

"후후후, 괜찮습니다. 제가 간도 빠짐없이 볼 테니까요."

다리오는…… 마음이 가벼워지는 걸 느꼈다.

그렇다. 이 노령의 메이드는 베테랑답게 자신이 해주길 바라는 걸 이렇게 간단히 알아차려 주는 사람이다.

분명 그녀라면 슬쩍 간을 보고 은밀히 조미료를 추가해 맛을 조정해줄 수도 있을 것이다. 틀림없다.

　게다가…… 애초에 이 이상 반대하는 건 귀찮다. 그런고로…….

"뭐, 그렇다면……."

　차기 슈베르트 후작 다리오는 숨 쉬듯이 쉽게 흐름에 편승했다.

제34화 역사의 뒤편 회합…… 뱀들의 꿍꿍이

이야기는 조금 거슬러 올라간다.

레티치아에게 미아가 보낸 편지가 도착한 그날 밤.

무대는 제국의 일각에 있는 저택. 어떤 방에 사람들이 모여있었다.

그건 어느 의미로는 역사적인…… 혹은 역사의 뒤편이라 할 수 있는 회합이었다.

인원은 셋.

한 명은 기마왕국 불꽃 일족에서 태어난 뱀, 훠 쉰랑.

한 명은 해양민족 바이더리언의 생존자인 실력 좋은 암살자.

그리고 나머지 한 명이…….

"이거이거……. 제국 땅에 사는 오래된 뱀, 게르타……. 만나 뵈어 영광입니다. 선배님. 만약을 위해 물어보는 건데, 미행 같은 건 없었죠?"

노령의 메이드, 게르타는 그림 같은 미소를 전혀 무너트리지 않고 쉰랑에게 시선을 주었다.

"미행을 허락하리라 생각하셨는지……?"

"하하하, 실례했습니다. 선배에게 다소 무례한 걱정이었군요…….."

"뭐, 경계하는 건 이해합니다. 그쪽의 공주님도 제국의 예지의 손에 떨어졌다고 하니."

입가의 미소는 여전히…… 오직 그 눈동자에만 찌를 듯이 날카로운 빛을 머금고 게르타가 말했다.

"그래서 말했지 않습니까. 제국 내의 음모가 모조리 꺾였을 때, 그 무리를 조심하는 게 좋다고……."

"아니, 하하하. 신중하게 숨을 죽이고 살아남은 선배의 말씀에는 설득력이 있군요."

쉰랑은 턱을 문지르며 말을 이었다.

"하지만 그런 당신들에게도 드디어 제국의 예지의 마수가 닥쳐오고 있던데……. 슈베르트 후작 영애 유괴 계획…… 시기를 당겨버린 게 실수였군요."

쉰랑은 익살스럽게 어깨를 움츠렸다.

"하긴 블루문 공작의 장남은 약혼자에게 무척 열정적이니……. 그 약혼자를 인질로 잡아 제국의 예지에게 모반을 일으키게 한다……. 아직 각지의 귀족들을 통해 식량을 공급하는 제국의 예지에게 큰 타격이 되겠죠. 블루문 파를 용서할 수는 없으니……. 제법 괜찮은 책략입니다."

짝짝 손뼉을 치며 쉰랑은 웃었다.

그도 제국의 예지 미아를 이대로 방치해도 괜찮다는 생각은 하지 않는다. 이대로 제국이 안정되었다간 곤란하다. 게다가 제국의 예지는 제국만이 아니라 현재 대륙 전역에까지 영향력을 미치고 있다.

이쯤에서 그 기세를 꺾어두는 게 중요하다.

"블루문 공작가는 제국의 중앙귀족을 통솔하는 요석. 아군이 되면 든든하지만, 적으로 돌리면 대단히 골치 아픈 존재죠. 그렇게 중앙귀족들을 모반에 끌어들이면 제국의 예지가 재건한 제국에도 바로 혼돈을 불러올 수 있고……. 그러면……."

"……초대 황제 폐하가 세운 책략……. 비옥한 현월 지대를 눈물로 물들이는 계획이 다시 움직이기 시작하지."

게르타는 낮고 조용한 목소리로 말했다.

그렇다……. 초대 황제 시대에서부터 끊임없이 이어져내려온 파멸 계획은 아직 완전히 회피하지 못했다.

제국의 식량 자급률은 여전히 높지 않으며, 작은 혼란으로도 쉽게 기근을 일으킬 수 있다.

그건 확실히…… 얼핏 나쁘지 않은 계획으로 보이지만…….

──낡은 방식에 대한 집착. 역시 제국의 오래된 뱀이야. 초대 황제 폐하의 뜻에서 자유로워지지 못하는군.

쉰랑은 냉정하게 평가했다.

아무튼…… 미아와 사피아스가 단단히 손을 잡은 상태는 못마땅하다. 최소한 사대귀족가와 미아 황녀의 관계를 비틀어놓고 싶다는 건 쉰랑도 수긍할 수 있었다.

"하지만 여기서 예상치 못한 일이 일어났다…… 는 거군요."

놀리는 듯한 쉰랑의 어조에 게르타가 처음으로 불쾌한 표정을 지었다. 이를 까득 간 뒤 게르타는 말했다.

"……사실은 조용히 숨을 죽이고 있어도 문제없었지. 이제 와서 클라우지우스 가를 조사해봤자 그곳에는 아무것도 없어. 그러니 우리가 슈베르트 후작가에 있어도 아무 문제도 없을 터였는데."

제국의 예지, 미아 황녀가 제도에 있는 타이밍에 레티치아를 유괴하는 건 위험하다. 원래는 그녀가 외국에 나가 있는 타이밍에 실시해야 한다.

하지만 미아의 수하가 클라우지우스 가에 대해 조사한다고 들었을 때 게르타와 동료들은 조급해졌다. 어쩌면 그 예지가 자신들의 과거까지 파헤칠지도 모른다. 그래서…… 레티치아 유괴 계획을 실행하려고 했다.

그런 상황에서 이번 요리 모임.

"어디서 새어나간 건지는 알 수 없지만…… 미아 황녀는 레티치아 양 유괴 계획을 눈치챘어……."

이 타이밍에 요리모임 개최는 명백히 부자연스러웠다. 유괴 계획을 앞당기자마자 소식이 날아왔으니까.

미아 황녀가 이쪽의 움직임을 알아차렸을 가능성이 아주 크다.

"아니, 이런 상태에서 들키지 않았다고 생각하는 건 오히려 과대망상이겠죠. 역시 제국의 예지라고 해야 할까요."

쉰랑의 말에 게르타가 치를 떨며 혀를 찼다.

"그래서 실제로는 어떻게 할 생각입니까? 설마 아직도 레티치아 양을 유괴할 생각은 아니겠죠?"

"성공…… 은 못하겠죠……. 설령 유괴가 성공한다고 해도, 모반이 사피아스 에트와 블루문의 소행임은 아무도 생각하지 않을 겁니다."

작게 고개를 젓는 게르타를 보고 쉰랑이 득의양양하게 고개를 끄덕였다.

"네. 유괴 계획은 실패할 겁니다. 그렇다면…… 다른 수단을 쓰는 건 어떨까요?"

그렇게 말하며 쉰랑은 품에서 꺼낸 작은 병 두 개를 책상 위에 내려놓았다.

"그건……?"

"요리 하면 독이죠……."

"독……?"

게르타는 비웃듯이 쉰랑을 쳐다봤다.

"제국의 예지 미아 황녀 주변에는 그 배신자 옐로문의 딸이 있습니다. 그 눈을 피해 어떻게 제국의 예지에게 먹이라는 건지?"

비난하는 말을 듣고도 쉰랑은 씩 웃었다.

"하하하, 간단합니다. 당신이 솔선해서 맛을 보겠다고 나서면 되죠. 오래된 뱀. 그렇게 전원에게 독을 대접하는 겁니다. 어디 보자, 메뉴로는 국물이 많은 냄비 요리 같은 게 좋겠군요."

"헛소리를……. 독을 먹고 견디라고? 강인한 정신력과 신앙심만 있다면 독에도 견딜 수 있으리라…… 같은 이상한 사교 같은 소릴 하지 마시죠."

"그런 무모한 요구는 아닙니다. 그저 미리 해독약을 먹어두면 그만이니까요. 그거면 충분합니다."

그렇게 말하며 쉰랑은 반대쪽 병을 가리켰다.

"이게 해독약이고, 이게 독. 두 개를 동시에 먹으면 독의 효과는 나타나지 않습니다. 진부한 수법이지만 설득력은 있지 않을까요. 나머지는 당신의 연기력에 달렸죠…….”

  이마에 눈 문신이 있는 암살자는 그런 두 사람의 대화를 지켜
보며 시시하다는 듯 한숨을 쉬었다.

제35화 치열해지는…… 예술 대담!

"이쪽이 조리실입니다."

레티치아의 안내로 미아 일행은 주방에 왔다.

후작가의 주방답게 면적이 꽤…… 아니, 어쩌면 백월궁전의 주방에도 필적하는 멋진 주방이었다.

"오호, 이거 제법…… 대단한 주방이군요!"

미아가 거만하게 팔짱을 끼고 감탄했다. 그 주변의 분위기는…… 분위기만은 일류 요리사처럼 보이지 않는 것도 아니다.

"칭찬해주셔서 영광입니다. 미아 황녀 전하. 실은 이곳의 디자인에도 제 의견이 조금 반영되어있답니다."

레티치아는 조금 부끄러운 듯, 하지만 살짝 자랑스러운 얼굴로 말했다.

"요리를 한다면 역시 제대로 설비가 갖춰진 장소에서 해야 한다고 생각했습니다. 그래야 이래저래 정성이 들어간 요리를 만들 수 있으니까요."

──그런 정성이 들어간 거 말고 평범하게 쉬운 것부터 만들어 준다면 편할 텐데…….

그런 생각을 하며 다리오는 새삼 오늘의 전력을 확인했다.

먼저 의기투합한 누나와 미아…… 는 논외. 이 두 사람의 폭주를 최대한 억제하는 게 오늘 성공의 필수 조건이라 할 수 있다.

조금 떨어진 곳에서 옐로문 공작 영애와 그 친구인 벨이라는 소녀가 즐겁게 대화하고 있다. 전력이 될지는 미묘하다.

──요리 부분에서 대귀족가의 영애는 믿을 수 없고, 다른 한 명은…… 뭔가 사고를 칠 것 같은 분위기야!

세인트 노엘에 있을 때 몇 번 벨을 본 적이 있는 다리오였지 만…… 그 호기심으로 반짝반짝 빛나는 눈이 지금은 어쩐지 위험 한 느낌이 든다.

다음으로 미아 황녀의 메이드와 루돌폰 변경백 영애가 대화하 는 게 보였다.

──안느 양이라고 했던가? 메이드니까 일단 요리는 할 줄 알 겠지. 루돌폰 변경백 영애는…… 모르겠다. 두 명의 왕자 전하는, 으음…….

대화에 열중한 아벨과 시온. 그런 두 사람을 보던 다리오는 작 게 고개를 갸웃거렸다.

──이상하네……. 이 두 왕자 전하가 미아 황녀님이나 누나보 다 훨씬 더 요리를 잘할 것 같아……. 어째서지……?

그렇게 다리오는 어떻게든 오늘의 요리 교실을 무사히 마칠 수 있도록 계획을 짰다. 흐름이 떠밀려가면서도 어떻게든 최선의 결 과를 잡으려고 한다. 그의 숨겨진 근성…… 이라기보다는 절실한 자기방어본능이 시키는 일이었다.

하지만 그런 그의 안쓰러우면서도 필사적인 노력을 뒤로 미아 와 레티치아의 폭주는 계속됐다.

"이 가마도 무척 크잖아요. 세인트 노엘보다 더 크지 않을까요?"

"후후후, 사실 그건 최신 기술을 도입한 빵굽기용 화덕이랍니

다. 도자기 가마 기술을 응용해서 화력을 조절할 수 있는데……."

"오호라! 훌륭해요. 이만큼 크다면 실제 크기 말 모양 빵도 구울 수 있겠어요."

과거 키스우드에게 기각당한 망아지 사이즈 빵에 재도전할 수 있을지도 모른다며 미아의 눈이 반짝거렸다.

"네! 전에 이야기를 듣고 무척 관심이 있었답니다. 실제 망아지 만한 크기의 말 모양 빵. 무척 귀엽고 좋아요!"

짝 손뼉을 치고 기뻐하며 웃는 레티치아.

뭐라고 해야 할지……. 소위 괴짜 예술가 타입과 요리 이야기로 죽이 착착 맞는 미아였다.

"아아, 역시 이해해주는 사람은 이해해주는 법이었군요. 그건 모양을 만드는 게 무척 힘들어서……. 우리 안느도 세부적인 조형에 협력해주었답니다. 귀의 모양을 특히……."

그렇게 말하자 레티치아는 턱에 손을 대고…… 진지한 얼굴로…….

"매우 공감합니다. 말은 귀의 모양이 아주 중요하죠."

이해한 모양이었다.

무언가가 어긋나있을 터인데도 기묘하게 일치하는 대화가 가속도를 더해간다!

"친구 중에 클로에 양이라는 학우가 있는데, 그분이 말하기로 비경의 진미로는……."

"어머나, 그런 걸 먹을 수 있단 말인가요? 하지만 색상을 본다면 파란색은 아주 예쁘고 재미있을지도요……. 사피아스 님에게도 잘 어울리고…….”

지적하는 사람이…… 없었다!

게다가!

“아, 하지만, 고기는 역시 가마 아니고, 숯불로 굽는 게 맛있어요.”

루돌폰 가의 메이드, 리오라가 끼어들었다.

“어머, 리오라 양도 오셨군요. 든든해요……. 그런데 숯불이 더 맛있다는 건 뭐죠?”

“맛이, 아예 달라요.”

팔짱을 낀 리오라의 대답에 레티치아가 짝 손뼉을 쳤다.

“그렇군요. 그 동물이 태어나고 자란 장소의 환경에서 굽는 게 더 맛있어진다는 걸까요? 조미료도 고기를 잡은 숲에서 난 재료를 사용하면 맛이 더 잘 스며든다거나, 그런…….”

그 말을 들은 리오라는 작게 고개를 갸우뚱거렸지만……,

“……아마, 그런 느낌이요.”

크게 고개를 끄덕였다.

──그거 절대 그런 느낌 아니잖아! 아니, 숯불로 굽는 것과 가마에서 굽는 건 애초에 조리법이 다르다고 할지…… 그런 방식의 차이 아니야?!

참지 못하고 마음속으로 태클을 거는 다리오였다.

──아니, 애초에 사피아스 님…… 이걸 나 혼자 막으라니 짐이 좀 무겁다고……. 빨리 와 줘…….

그렇게 이미 반쯤 포기한 다리오였다.

어중간하게 요리 경험이 있다 보니 눈앞에서 벌어지는 대화의 위험함이 생생히 전해지는 만큼 마음이 꺾이는 것도 빨랐다. 그래도 어떻게든 정신을 다잡고…….

"으음…… 우선 밑준비부터 시작하는 게 좋다고 보는데요. 누나."

머리를 긁적이며 지시를 내렸다.

──그래도 채소를 다듬기만 하는 거라면 이상해지진 않을 거야. 시온, 아벨 두 왕자님은 날붙이도 잘 다룰 테고.

간을 맞추는 건 시키는 대로 잘 따라줄 법한 아이들에게 맡기고…….

"흠, 냄비 요리라면…… 역시 버섯이……."

누군가의 위험한 발언은 못 들은 걸로 치며 다리오는 아득히 먼 곳으로 시선을 던졌다.

──아아, 진짜 빨리 와 주지 않으려나. 사피아스 매형……. 아니 진짜로.

지원군 도착을 간절히 기다리는 다리오였다.

제36화 유괴

미아 일행이 쿠킹 토크를 즐기며 요리 준비를 하는 동안, 야나는 패티를 보고 있었다.

──어쩐지 패티가 아까부터 이상한 느낌이야.

친구의 변화를 야나만은 민감하게 눈치채고 있었다.

──조금 전 방에서 악기들을 보기 전까진 평소하고 같았는데……. 그 메이드와 만난 뒤로 왠지 아주 이상해…….

처음에는 지적을 받아서 풀이 죽은 줄 알았다. 완곡하긴 했지만, 조금 전 그건 장난을 친 아이가 혼이 난 구도였다. 신경 쓰는 게 이상하진 않다.

하지만…… 패티는 그런 걸 신경 쓸 만큼 마음이 약하지 않다는 걸 바로 떠올렸다.

그렇다. 이래 보여도 야나의 친구 패티는 터프한 성격이다. 어지간한 악담에는 표정 하나 바꾸지 않을 테고, 상대도 하지 않을 것이다.

어른에게 혼난다고 해도 아마 풀이 죽지는 않을 것이다.

하지만 그렇기에 야나는 걱정이었다. 무언가 평소보다 한층 말수가 사라진 친구를 보고.

──또 자기만 즐거운 게 동생에게 미안하다거나……? 아니, 그런 느낌이 아닌 것 같아…….

굳이 따지라면 미안해하기 보다는 혼란스러워하는…… 그런 느낌이었다. 하지만 대체 뭐가?

"……저기…… 잠시, 화장실에……."

패티가 근처에 서 있던 젊은 메이드에게 조심스럽게 말했다.

"아, 그럼 나도 같이 가."

패티를 혼자 두면 안 된다……. 본능적으로 그렇게 느낀 야나는 빠르게 발언한 뒤 이어서 동생에게 시선을 주었다.

"누나?"

따라오려고 하는 키릴에게 고개를 저어서 제지했다.

"금방 돌아올게. 키릴은 여기서 미아 님을 도와드려."

그 후 야나는 탐험대 대장 벨을 보았다. 미아는 이래저래 바빠 보였으니까…….

다행히 그 시선의 의미는 바로 전해진 모양이었다.

"네. 키릴은 저희가 돌보고 있을 테니까 다녀오세요."

자신만만한 얼굴로 대답하는 벨.

"그럼 키릴은 같이 채소 껍질을 벗길까요? 제가 시범을 보여드릴게요."

그러고는 거들먹거리면서 시범! 누나 노릇을 하고 싶은 나이였다.

야나는 작게 고개를 숙여 '잘 부탁드립니다' 하고 인사한 뒤 바로 패티를 쫓아갔다.

이미 패티는 메이드의 안내를 받으며 복도를 걷고 있었다.

"패티, 잠깐 기다려. 왜 그래? 왠지 아까부터 상태가 이상한데……."

야나의 질문에 패티는 작게 고개를 저었다.

"아니…… 아무것도, 아니야. 아마, 착각이니까……."

"하지만……, ……?!"

그때였다. 갑자기 누군가의 손이 야나의 입을 덮었다.

"……읍? ……윽!"

순간적으로 깨물어서 도망치려고 한 야나였으나…….

"저런, 황녀 전하 밑에 있는 것치고는 버릇이 없구나."

직후, 가느다란 팔이 목을 휘감아 조여댔다. 몸이 허공으로 들려 올라가자 야나는 다리를 버둥거렸다.

"끅……."

옛날 빈민가에 있을 때와 다를 게 없는 순수한 폭력. 어린 야나의 몸으로는 저항할 방도가 없었다.

눈앞에서 패티도 팔이 뒤로 붙잡혀 있었다. 안내해주던 젊은 메이드가 무표정으로 패티를 내려다보고 있었다.

"소리 내면 이 아이의 목숨을 빼앗을 겁니다."

야나의 귓가에서 메이드의 목소리가 속삭였다. 야나는 괴로워서 얼굴을 일그러트리면서도 생각했다.

그렇게 작은 목소리로는 패티에게 들리지 않을 거라고.

하지만 패티는…… 이쪽을 향해 작게 입을 움직였다. 목소리는 들리지 않는다. 하지만 야나를 붙잡은 사람에게서 작은 목소리가 새어 나왔다.

"놀라워……. 입술을 읽다니…… 역시 뱀의 가르침을 받았군요……. 하지만 제 이름을 알면서 그 악기에 반응을 보인다…….

클라우지우스 가와 연이 있는 건가……. 그런 어린아이가 왜 제국의 예지 옆에……? 포섭당한 건지, 아니면 뱀으로서 활동하는 건지…….”

속삭이는 듯한 목소리로 중얼거린 뒤 야나를 붙잡은 사람…… 게르타는 젊은 메이드에게 시선을 주었다.

“그 아이는 내버려 둬도 된다. 저항하면 어떻게 될지 잘 알고 있을 테지.”

게르타는 야나를 잡은 팔에 힘을 더 세게 주었다. 숨이 막히면서 머리가 몽롱해지더니…….

“하지만 바이더리안 어린아이라니……. 정말이지 제국의 예지는 우리의 비밀을 파헤치는 게 특기인가 보군. 징글징글하지만…… 그것도 오늘까지…….”

게르타는 야나의 이마를 들여다보며 말했다. 그 어두운 눈. 하지만 야나는 절망하지 않았다. 오히려 가슴에 깊은 안도가 밀려들었다.

──키릴을 두고 오길 잘했어…….

자신들을 구해준 사람 옆에 동생을 두고 온 것만이 야나에게는 구원……. 하지만 동시에 생각했다.

──만약…… 그 애를, 믿을 수 없는 곳에 두고 왔다면…… 그건, 어떤 기분일까?

고개를 숙이고 따라오는 친구가 대체 어떤 기분이었는지…… 흐릿해지는 의식 속에서 그게 자꾸 마음에 걸리는 야나였다.

제37화 채소도 좋아하는 미아 황녀!

슈베르트 저택의 일각에서 무시무시한 사건이 일어나고 있을 무렵, 조리실에서도 무시무시한 일이 진행되고 있었다.

"그럼 다리오. 준비해줘."

누나의 명령을 받아 다리오는 주방에서 일하는 사용인들에게 지시했다.

"하지만 사전에 말씀하신 것과는……."

요리사들의 얼굴이 어두워졌다. 그들도 레티치아의 요리 솜씨가 어떤지 뼈저리게 잘 알고 있으니……. 하지만.

"그래…… 괜찮아. 문제없어……. 손질해야 하는 채소는 잔뜩 있으니까…… 시간은 벌 수 있을 거야……. 괜찮아…… 괜찮아."

그런 다리오의 모습을 보며 요리사들의 얼굴이 한층 파리해졌다.

다리오가…… 마치 스스로를 설득하는 듯한 어조로 중얼거렸기 때문이다.

하지만 그렇다고 해서 명령을 위반할 수도 없다. 굴러가기 시작한 수레바퀴는 막을 수 없다.

곧바로 움직이기 시작한 사용인들이 재료를 가져왔다.

탁자 위 한가득 놓인 재료를 보고 미아는 저도 모르게 기쁨에 차서 '오오!' 하고 소리쳤다.

"이거…… 채소가 아주 풍족하군요."

커다란 탁자의 구석부터 구석까지 수북하게 쌓인 채소들. 시험 삼아 그중 하나를 집어 든 미아는 생긋 미소 지었다.

"으음, 참 맛있겠어요……."

참고로 옛날에는 '저는 단것과 맛있는 고기 말고는 먹고 싶지 않아요!'라며 철없이 떼를 쓰던 미아였지만…… 지금의 미아는 채소도 좋아한다!

지하 감옥에서 먹어야만 했던 이것저것을 경험해봤기 때문이다.

꼼꼼하게 씻은 신선한 채소는 진수성찬이었다. 게다가…….

"아아, 저 제국 당근……. 색이 아주 좋은데요? 저기에 버터를 발라서 달콤하게 만들면 아주 맛있단 말이죠. 게다가 케이크로 만들어도 최고……."

주방장과 라냐가 미각을 단련해놓은 미아는 이미 과거의 미아가 아니다. 미아는 채소를 즐기는 법을 속속들이 알고 있다.

지금의 미아는 채소 전문가다!

물론 먹는 쪽 한정으로.

"후후후, 미아 님께선 요리에 무척 조예가 깊으시군요."

레티치아의 감탄에 흡족하게 웃는 미아.

"네, 뭐 그 정도까지는 아니에요."

그렇게 대답하면서도 내심 속으로는…….

──흠, 레티치아 양은 열정은 있지만 요리 솜씨는 역시 불안하군요.

드물게도 몹시 이성적인 생각을 하고 있었다! 아주 드문 일이다!

게다가!

──이전 요리 모임 때도 사피아스 공자가 옆에 딱 붙어있었는데…… 그것도 레티치아 양의 실력을 알고 있었기 때문이었던 것 아닐까요……. 그렇다면…… 혹시 그가 이번 요리 모임을 반기지 않았던 건 정말 약혼자의 실력을 걱정해서……?

놀랍게도 미아가…… 그 헛다리 명탐정 미아가…… 진실에 지극히 근접한 부분까지 도달한다는 이상 사태가 발생했다.

이건 최근 순조로운 연애뇌가 만들어준 기적일까? 아니면 미아가 성장했다는 증거일까?

그리고 기적적으로 지극히 진실에 가까운 곳까지 도달한 미아가 내린 결론은……. 결론은!

──후후후, 이거 사피아스 공자의 고생을 덜어주기 위해서도 제가 제대로 요리를 가르쳐드려야겠군요! 그렇게 레티치아 양과 친해져서 사피아스 공자와의 관계도 강화. 좋아요!

……진실에 가까운 곳까지 갔는데…… 사태는 한층 나빠졌다.

──그러기 위해서는 맛있는 냄비 요리가 필요하겠네요. 채소 냄비는 확실히 맛있지만, 무언가 더 확실하게 임팩트를 주는 게 필요해요……. 무언가…….

그때, 불현듯 미아의 뇌리에 떠오른 말이 있었다.

"내일을 향한 희망……. 아아, 그래요……."

……영 좋지 않은 것을 떠올린 미아는 주변에 스사삭 시선을 굴려 그 인물을 찾아내 다가갔다.

그 인물이란…….

"리나 양, 잠시 괜찮을까요……?"

의아한 듯 고개를 갸우뚱 기울인 슈트리나에게 미아는 살며시 귓속말했다.

"아까…… 정원에 있던 버섯을 캐 와주실 수 없을까요? 그 동그란 생선 같은…… 테트로도 버섯이었던가요?"

"트록시 버섯 말씀이세요?"

"아. 네, 그거예요."

미아는 고개를 크게 끄덕인 뒤,

"그 버섯에 독은 없다고 말했었죠?"

확인하듯 물었다.

참고로 미아의 머릿속에서 버섯은 두 종류로 나뉜다.

기준은 독의 유무…… 가 아니다. 먹을 수 있냐, 먹을 수 없냐다.

그리고 먹을 수 있다면 맛이 없을 리가 없다. 맛없는 버섯은 없다. 미아에게는 자명한 진리였다.

하물며 그렇게 맛있어 보이는 생김새. 독이 없다면 냄비에 넣지 않는다는 선택지는 없다.

──레티치아 양에게 버섯 요리의 진수를 가르쳐드리겠어요. 그렇게 우정을 쌓으면……. 후후후.

맛있는 버섯 냄비를 만든 데다 레티치아와의 사이도 깊어진다. 일석이조 책략에 미아는 내심 히죽 웃었다.

"그야 죽음에 이르는 독은 없지만요……."

슈트리나는 무언가 하고 싶은 말이 있다는 얼굴이었지만…… 다음 순간, 어깨가 움찔 떨렸다.

"레티치아 아가씨, 재료 준비도 끝났으니 시작하시는 게 어떻습니까?"

어느새 돌아온 건지 노령의 메이드, 게르타가 소리 없이 레티치아에게 걸어왔다. 무언가 대화를 나누는 두 사람을 슈트리나는 말없이 바라보았다.

"……그렇구나. 미아 님께선 간파하신 거야……."

무언가를 중얼거린 뒤 작게 고개를 끄덕이고는,

"알겠습니다. 바로 다녀오겠습니다."

그대로 조용히 조리실에서 나갔다.

"미아 황녀 전하, 이만 요리를 시작해도 괜찮을까요?"

레티치아의 질문에 미아는 작게 고개를 갸웃거렸다.

"아…… 그래요. 야나와 패티를 기다리고 싶지만……."

패티가 기운을 차리게 해주는 것도 목적 중 하나다. 하지만 주목적인 레티치아와 친해지는 것이다.

──레티치아 양의 요리 실력을 올려줘서 사피아스 공자와 친밀해지는 것……. 이것이 주목적이니까요. 게다가 제 요리 실력을 아벨에게 보여주고 싶기도 하고…….

더불어 미아의 시야에 티오나의 모습이 들어왔다.

루돌폰 가에서 채소를 많이 썰어본 그녀는 슈베르트 가에서 준비한 대량의 재료를 앞에 두고 불타오르고 있었다.

진지한 얼굴로 식칼을 음미하며 요리할 순간을 이제나저제나 기다리고 있다. 그 눈초리는 마치 명검을 든 기사와도 같이…….

……어라? 요리가 이런 거였던가? 그런 생각도 들지만, 아무

튼······.

너무 기다리게 하지 않는 게 좋겠다고 생각한 미아였다. 그 생각을 한층 뒷받침해주듯,

"실례합니다. 미아 황녀 전하, 사실 일행분들은······."

이번에는 게르타가 말을 걸었다.

그녀의 말에 의하면 야나와 패티는 조금 전 방에서 악기를 연주하고 있다고 했다.

"잠시 후에 여기로 모셔 오도록 젊은 사용인이 같이 있습니다."

"흠······ 뭐, 그런 거라면요······."

미아는 레티치아에게 시선을 주고 조용히 고개를 끄덕였다.

"그럼 요리를 시작하죠."

제38화 여느 때의 미아

요리를 시작하려는 차에 티오나가 다가왔다.

"미아 님, 다시금 인사드립니다. 오랜만이에요. 오늘은 이렇게 멋진 모임에 초대해주셔서 감사합니다."

"어머나, 티오나 양. 반가워요. 잘 지냈던 것 같아 다행이군요. 아버님과 세로 군은 여전하신가요?"

그렇게 묻자 티오나는 기쁘게 웃었다.

"감사합니다. 아버지도 동생도 잘 지냅니다. 세로는 미아 님의 학교에서 배우는 게 무척 즐거운 모양인지……. 아샤 왕녀 전하께서도 무척 잘해주신다고 합니다."

그렇게 말한 뒤 티오나는 '하지만……' 하고 말을 이었다.

"요즘은 어쩐지 무척 듬직해져서……. 그게 조금 섭섭하네요."

"어머, 후후후. 루돌폰 변경백 영애에게도 동생이 있었구나."

레티치아가 기품있는 미소를 지으며 대화에 끼어들었다.

"하지만 부러워라. 내 동생 다리오는 아무리 나이를 먹어도 미덥지 못하거든……. 저래서야 사피아스 님을 제대로 보좌하지 못할 텐데……."

누나의 시선을 받은 다리오가 은근히 민망한 듯 뺨을 긁적였다.

"아니야, 슈베르트 후작 영애. 그건 동생과 거리가 가까워서 그렇게 느끼는 것뿐일지도 모르지. 조금 떨어져 지내다 보면 보이기 시작하는 게 있을 수도 있어."

팔짱을 끼며 시온이 말했다.

"그런, 걸까요? 시온 전하."

의아한 얼굴로 고개를 갸웃거리는 레티치아에게 시온은 어깨를 으쓱했다.

"그래. 물론 나도 한참 뒤에야 깨달았지만……. 미아 덕분에 어떻게든 늦지 않을 수 있었다는 느낌이야."

그런 식으로 동생 토크를 재잘거린 뒤 티오나가 미아를 보았다.

"그런데 미아 님, 저는 어느 걸 썰면 될까요?"

들뜬 얼굴로 티오나가 말했다.

"흐음, 어디 보자……."

미아는 팔짱을 끼며 생각…… 하는 척했다.

실제로 어느 것부터 시작해야 할지 미아는 전혀 몰랐으니까…….

"그럼 우선 가장자리에서부터 순서대로……."

그렇게 말하며 근처에 있던 옥월 양파와 공작 감자를 집어 들었다. 그때…….

"외람되오나 그 옥월 양파는 빨리 넣으면 녹아서 사라집니다. 맛에는 문제가 없지만, 식감을 즐기시려면 최대한 나중에 넣는 게 좋지 않을까 싶습니다……."

미아 뒤에서 게르타의 조용한 목소리가 들렸다.

"그러니 저기 있는 만월 래디시를 먼저 다듬으시는 걸 추천드립니다……."

"그렇군요. 그럼 티오나 양과 시온, 미안하지만 저기 있는 만월 래디시를, 어……."

"원형 썰기가 어떠신지……."

"그렇게 해주세요."

척척 지시를 내리며 미아는,

──이 게르타 씨라는 메이드…… 제법 유능한데요?

눈이 휘둥그레졌다.

잘 생각해보면 조금 전부터 보이는 행동거지도 기품이 느껴지는 게 참으로 훌륭했다.

발소리를 내지 않고 걸어 다니는 모습이며, 동작 하나하나가 세련된 움직임에 미아는 '흠' 하고 탄성을 흘렸다.

──정확한 타이밍에 정확한 지시를 내려 정답으로 이끌어가는 솜씨. 참으로 우수하군요. 역시 후작가의 메이드라고 해야 할까요.

연신 감탄하는 미아였다…….

게르타가 수상하다거나…… 그런 건 조금도 생각하지 않았다!

뭐, 당연히 다들 아셨겠지만…….

"그럼 시온 왕자님, 이걸 같이……."

티오나와 시온이 나란히 서서 작업을 시작했다.

오붓하게 채소를 써는 티오나와 시온을 보고 미아는 참으로 훈훈한 기분이 들었다.

──후후후, 과거의 저였다면 저런 광경을 보여줬다간 분노했을 테죠…….

이전 시간축, 시온의 마음을 손에 넣기 위해 수동적인 자세를 밀고 나갔던 미아. 그 당시의 미아가 본다면 분명 질투로 머리끝까지 화가 났을 테지만…….

그런 미아에게도 지금은…….

"미아, 우리도 작업을 시작하지 않을래?"

아벨이 생긋 웃었다.

"우후후, 그래요."

그 말에 미소를 돌려주며 미아는 행복을 곱씹었다.

――아아, 정말 좋군요. 역시 사랑하는 남성과 함께 요리를 만드는 건 무엇보다 큰 행복……. 흠…….

문득 미아는 냉정해졌다.

――아니, 안 되죠. 아벨과 붙어있고 싶은 마음은 간절하지만, 오늘은 레티치아 양에게 요리를 가르쳐드리는 게 주요 이벤트예요. 사피아스 공자도 아직 오지 않아서 쓸쓸해 보이고……. 여기서는 제가 배려심을 발휘해서…….

다소 과분한 생각을 하며 미아는 레티치아를 보았다.

"레티치아 양도 같이 하시죠. 역시 채소는 모양이 중요하다고 봐요. 이 감자를 말 모양으로……."

"……외람되오나 감자는 익어서 뭉그러질 테니 모양을 내도 큰 의미는 없지 않을까요……."

"흐음……. 역시 생김새보다는 맛 내기가 포인트죠!"

이렇게 게르타의 손바닥 위에서 아무런 저항도 없이 데굴데굴 굴러가는 미아……. 그 모습은 마치 넓은 바다를 떠도는 해파리처럼 하찮았다…….

뭐, 그러니까…… 즉 무슨 소리냐면…… 여느 때와 같은 미아라는 뜻이다.

제39화 ······진짜다!

미아의 밀명을 받은 슈트리나는 바로 행동에 나섰다.

몰래 조리실을 빠져나와 누구의 눈에도 띄지 않게 저택 안을 서둘러 걸어갔다.

사실 슈트리나는 이번에 이 저택에 온 사정을 제대로 기억하고 있었다.

사피아스가 모반을 꾸민다는 걸, 그리고 미아가 그걸 저지하기 위해 여기에 왔다는 사실을 제대로 기억하고 있었다.

그냥 놀러 온 게 아니다. 사명이 있다.

그걸 잊고 벨과 놀고 싶다거나 그런 건 절대로 아니다.

············진짜다!

따라서 발소리 하나 내지 않고 기척을 죽이며 복도를 나아갔다.

뭐, 딱히 들킨다고 해도 손을 씻으러 나온 거였다는 등 변명할 수 있다. 후작가의 저택을 마음대로 돌아다닌다는 무례는 별을 지닌 공작 영애라는 지위와 가련한 소녀의 미소로 어떻게든 틀어막을 순 있을 테지만······.

——문제는 상대가 뱀일 경우. 만약 그 게르타라는 메이드가 뱀이라면 한 명만 숨어있지 않겠지.

슈트리나는 다시금 조금 전 게르타가 보였던 발놀림을 떠올렸다.

그때 그 순간, 조리실에 들어온 게르타가 기척을 지우는 방식은…… 슈트리나에겐 익숙한 방식이었다.

그리고 들어오자마자 바로 레티치아에게 다가가 유도하려고
했다.

——빨리 요리를 만들게 하려고 했어……. 어째서지……?

아마도 그녀가 예측하지 못한 사태가 일어났을 것이다. 그렇기
에 그 순간, 평범한 메이드를 연기하는 걸 잊었다. 깜빡 슈트리나
의 눈앞에서 평소처럼 기척을 없애고 움직이고 말았다.

——미아 님은 사피아스 에트와 블루문의 모반에 그 메이드가
관여했다는 걸 의심하는 건지도 몰라. 만약 그렇다면 혼자 여기
에 잠복해있진 않겠지. 그 외에도 동료가 있을 가능성이 아주
커……. 조심해야해.

물론 굳이 말할 필요도 없지만, 슈트리나는 처음부터 초지일관
으로 경계했고 조심해서 행동하고 있다. 절대 벨과 노느라 정신
이 팔려있었다거나 같이 외출한 것만으로도 들떠서 즐거운 마음
에 방심했다거나 그런 건 진짜로 아니다.

…………진짜다!

아무튼. 그래서 기척을 죽이면서도 막상 발견되면 길을 잃었다
고 변명할 수 있게 가장하며 슈트리나는 정원으로 향했다.

그 살짝 알쏭달쏭한 오브젝트 사이를 재빠르게 이동했다.

불규칙적으로 세워진 조각은 어쩐지 기분이 으스스해서, 혼자
걸어 다니려니 어쩐지 무서워졌어…… 을 것이다. 미아라면.

참고로 합리주의자 슈트리나는 누군가 자객이 숨어있다면 귀
찮겠다는 생각밖에 하지 않았지만…….

그렇게 주변의 기척을 조심하며 슈트리나는 목적지에 도착했다.

'내일을 향한 희망'이라는 제목의 조각상. 사람만큼 크고 꿀렁거리는 괴상한 모양의 조각상에서 조금 떨어진 나무 밑동에 표적…… 버섯이 있었다.

"저거구나……."

들킬지 모른다고 불안했기 때문인지, 무사히 버섯을 발견한 슈트리나는 안도의 숨을 쉬었다. 안도하고 말았다……. 그것은…… 방심!

요즘은 그리 신경을 곤두세우지 않았으니까. 뱀의 일원이라는 역할에서 해방되어 평범한 (해독제로 왕의 목숨을 구하기도 하긴 했지만……) 영애로서 살던 시간이 그녀의 경계심을 둔하게 만들었다.

그 결과, 슈트리나는 그것을 알아차리지 못했다. 자신에게 다가오는 그림자의 존재를!

"으앗!"

"꺄악!"

작게 비명을 지르는 슈트리나. 한 걸음 뒤로 물러나 앞이 안 보이게 만드는 약을 던지려고 했지만…… 그림자의 정체를 보고 바로 정지. 그 후 후우 한숨을 쉬며 가슴에 손을 올렸다.

"아아…… 벨."

거기 서 있는 건 장난꾸러기처럼 방긋방긋 웃는 벨이었다. 그 뒤에선 키릴이 빼꼼 고개를 내밀었다.

"왜 여기에?"

"네. 리나가 어느새 사라졌길래 혹시 이 재미있어 보이는 정원을 탐험하는 게 아닌가 해서요."

그렇게 말하며 웃는 벨이었다.

저도 모르게 안도하는 슈트리나였지만, 바로 눈썹을 찡그리고는……

"벨, 누군가가 미행하진 않았어?"

"네……? 미행?"

벨은 어리둥절해서 고개를 갸웃거리고는…… 뒤를 돌아보았다.

덩달아 슈트리나도, 같이 있던 키릴도 저택 쪽으로 시선을 주었다. 그러자…… 어느새 그곳에는 여러 명의 인영이…… 인영이………… 없었다!

아무래도 미행은 없었던 모양이다. 다행이다.

참고로 슈트리나의 걱정은 완전히 빗나간 건 아니었다.

확실히 저택 안에서 미아 일행 중 누군가가 마음대로 행동한다면 게르타의 경계망에 걸렸을 것이다. 조심하면서 여기까지 온 슈트리나라면 모를까, 아무 경계도 하지 않고 복도를 당당히 걸어온 벨 탐험대 두 사람은 싱겁게 발각되어 붙잡히게 된다.

다만 벨에게 다행이었던 건, 뱀의 수하는 인원이 적으며, 그들은 패티라는 소녀의 존재를 의심한다는 점이었다.

결과 뱀은 벨과 슈트리나라는 두 명의 영애까지 신경 쓸 수가 없었다.

"하지만…… 지금 시선을 느낀 것 같은데……?"

순간 고개를 갸웃거린 슈트리나였지만 바로 고개를 저었다.

"들키지 않았으면 됐어. 그럼 빨리 돌아가자."

"리나는 여기에 뭐 하러 온 거예요?"

의아한 얼굴로 묻는 벨에게 슈트리나는 웃는 얼굴로 그것을 보여주었다. 그건…… 불룩한 생선 같은 실루엣의 버섯…….

"이건 트록시 버섯. 다른 이름은 복소 버섯이라고 해."

슈트리나는 버섯을 바라보며,

"리나도 딱 한 번 먹어본 적이 있는데…… 이 버섯에는 조금 특이한 효과가 있거든……."

요염하고도 의미심장한 미소를 지었다.

제40화 희망적 관측에 맡기고……

슈트리나가 한순간 느꼈던 시선……. 그건 착각이 아니었다.

빤히…… 빠아아안히…… 소녀들의 동향을 지켜보는 남자들이 있었다.

그건 조각상 뒤에 몸을 숨긴 남자들…… 사피아스와 키스우드였다.

나무 밑동에 자란 정체불명의 버섯을 채집하더니 그 자리를 떠나는 소녀들……. 그 뒷모습을 배웅한 뒤…… 사피아스는 떨리는 목소리로 물었다.

"어떻게…… 생각해?"

"……옐로문 공작 영애는 독과 약, 버섯류에도 조예가 깊으며…… 또한 무척 총명한 영애라고, 저는 믿습니다. 진심으로……."

키스우드는 심각한 얼굴로 말했다.

"그래…… 그렇지. 그건 알아. 그녀는 그 나이에 비해 무척이나 두뇌회전이 빠른 영애야. 그건 알고말고. 하지만……."

사피아스는 쓰라린 얼굴로 말했다.

"우리는 제국 귀족이다. 그리고 미아 황녀 전하께 충성을 맹세한 몸이기도 하지. 게다가…… 그녀는 미아 황녀 전하에게 큰 은혜를 입었다고 들었어. 그런 그녀가 미아 황녀 전하의 분부를 거절하지 못했다고 해도…… 이상하지 않아."

두통을 참듯이 머리를 누르며 사피아스가 말했다.

"예를 들어 미아 황녀 전하의 말씀이니 분명 무언가 의미가 있을 게 틀림없다…… 그렇게 믿어버리는 방향으로 흘러가 버려도 이상하지 않아. 보통은 그 판단이 옳지만…….."

"요리에서만큼은 미아 황녀 전하를 믿을 수 없다……?"

"반대의 여지는 없잖아?"

그렇게 묻자 키스우드는 작게 어깨를 움츠렸다.

"확실히 그렇죠. 하지만 이건 시간 벌이에 실패했다고 봐야 하나……. 혹은 시간 벌이를 했기 때문에 시간적 여유를 주고 말았고, 그래서 괜한 일을 하기 시작했다고 봐야 하나…… 겠군요."

"그래, 이거 곤란해졌어……. 나는 서둘러 가야 하는지, 아니면 조금 더 시간을 둬야 하는지……."

만약 레티치아 일행이 사피아스가 도착하길 기다렸다가 식사하려고 한다면 서둘러 갔다가 도착한 순간에 형용하기 어려운 버섯 요리가 나올 위험이 있다. 하지만 서둘러 간다면 그나마 요리를 수정할 수 있는 가능성도 남아있는 셈…….

"아, 그래. 좋은 아이디어가 하나 있어."

사피아스가 짝 손뼉을 쳤다.

"그 말씀은……?"

"아니…… 간단한 거야. 몰래 주방에 가서 상황을 보고 오면 되지."

"하지만 저택 입구에는…….."

지각한 사피아스를 사용인들이 기다리고 있을 게 틀림없다. 이래 봬도 그는 저택 아가씨의 약혼자이자 제국 사대공작가의 차기 가주다. 마중 나오는 게 당연한 신분이다. 하지만…….

사피아스는 한 손을 들어 키스우드의 말을 제지했다.

"후후후, 그래, 무슨 말인지 알아. 사실은 비밀 입구가 있거든."

"오호……? 비밀 입구라……."

감탄하며 턱을 쓰다듬는 키스우드를 향해 사피아스는 경쾌한 미소를 지었다.

"그런데 갑작스럽지만, 이 조각상은 내일을 향한 희망이라는 제목이 붙어있거든."

자연스러운 어조로 말한 사피아스는 지면에서 하늘을 향해 꿈틀꿈틀 뻗어 나가는 조각상으로 다가갔다.

"솔직히 이 기묘한 버섯 같은 조각상이 왜 내일을 향한 희망인 건지 수수께끼였지만……."

그렇게 말하며 그는 조각상으로 손을 뻗었다. 꿈틀거리는 한 가닥을 앞에 두고 다른 것을 오른쪽으로 밀었다. 다음 순간 덜컹, 무거운 소리와 함께 조각상이 옆으로 움직였다.

"실은 여기가 저택의 비밀 통로라서 그래."

"그렇군요. 습격이 있을 때 내일로 희망을 이어가기 위한 탈출구, 그래서 내일을 향한 희망인 겁니까……."

"그런 거지. 아, 하지만 원래 탈출구로 만들어진 게 아니라 마술용 이동통로로 만들어졌다는 이야기도 들었어……."

"마술이라고요……?"

"그래. 몇 세대 전 가주가 마술에 빠졌다더군. 한 번 모습을 숨겼다가 어딘가 다른 장소에서 나타나는 거지. 어쨌거나 장치가 많은 저택이야.”

사피아스는 쓴웃음을 지으며 지하로 가는 길을 내려갔다.

안은 살짝 어둑한 느낌이었다. 아무래도 밖에서는 숨겨져 있지만, 불빛은 들어오는 구조로 만들어진 모양이었다.

“확실히 상당히 정성이 들어간 장치군요……. 그런데 사피아스 님은 왜 이 길을 아시는 겁니까?”

키스우드의 질문에 사피아스는 약간 당황하며 대답했다.

“아니, 뭐, 그게, 응? 음, 물론 떳떳하지 못한 일에 사용한 건 아니야. 그저 그, 사랑하는 사람과 몰래 밤하늘을 보면서 시를 읊고 싶을 때가 있곤 하잖아? 저택 지붕에 몰래 올라가서 달을 바라보며 무릎베개를 하고 싶을 때도 있잖아!”

주먹을 불끈 쥐고 역설하는 사피아스. 키스우드는 쓰게 웃었다.

“시온 왕자님도 그 정도로 적극성이 있다면 좋겠는데요…… 잠깐.”

별안간 키스우드가 멈추더니 입술 앞에 검지를 세웠다.

“쉿…….”

그러고는 모퉁이에서 신중하게 통로 저편을 살펴보았다.

사피아스도 신중하게 키스우드를 따라 살펴보았다. 다행이라고 해야 할지, 통로 내부는 어둑하다. 아예 보이지 않는 건 아니지만 숨기에는 딱 좋았다.

눈에 힘을 주자 통로 저편을 걷는 인영이 보였다. 수는…… 넷.

젊은 메이드 하나, 남자 하나. 그리고 소녀가 둘. 그중 한 명은 남자의 품에 안겨 축 늘어져 있었다.

그들이 모퉁이를 도는 걸 지켜본 뒤 키스우드가 속삭이듯 말했다.

"지금 그건……?"

"슈베르트 가의 메이드와 낯선 남자. 그리고 아이들이 보였는데…… 하지만…… 어떻게 된 일이지? 무슨 일이야?"

　곤혹스러운 얼굴로 중얼거리는 사피아스의 대답에 키스우드는 짧게 신음한 뒤,

"사피아스 님은 미아 황녀 전하에게 가는 게 좋겠습니다."

　딱딱한 얼굴로 말했다.

"상대는 악당……. 경우에 따라선 뱀일 가능성도 있습니다. 이 앞에 어떤 위험이 기다리고 있을지……."

　거기까지 말한 키스우드의 말을 가로막고,

"아니…… 나도 따라가겠어."

　스윽 한 걸음 앞으로 나서는 사피아스.

"아니, 하지만……."

"어린아이들이 끌려갔잖아? 여기서 눈을 감았다간 레티치아를 볼 면목이 없다고."

　씨익 멋있는 미소를 짓고는,

"게다가 조금 전에도 말했지만 나는 이 지하도를 어느 정도 알고 있지. 여기선 동행하는 게 나아."

　참으로 든든한 소리를 하는 사피아스. 그런 사피아스를 보고 키스우드는 피식 미소 지었다.

"사피아스 님……. 참고로 본심은요……?"

그 질문에 사피아스는 후…… 한숨을 쉬고는 하늘을 쳐다보았다.

"아니. 솔직히 미아 황녀 전하와 사랑하는 레티치아가 그 버섯을 넣어 만든 요리를 먹을 자신이 전혀 없어!"

단언했다!

이쯤 되면 시원스러울 정도로 당당하게, 단언했다!

그리고.

"뭐…… 시간 벌이엔 실패했지만, 다리오는 믿음직한 녀석이니까 분명 요리 모임 쪽은 어떻게든 되겠지…… 아마도. 분명……."

"그렇…… 군요. 뭐, 세상에는 그런 멋진 기적도 있는 법이죠. 잘 생각해 보면 시온 전하도 총명한 분이시니 아슬아슬한 시점에서 요리의 위험성을 깨달아주실지도……."

마치 기도하듯 그렇게 대답하는 키스우드였다.

그렇게 희망적 관측에 있는 힘껏 맡기며 두 사람은 지하도로 몸을 날렸다.

제41화 사람이 함정에 잘 걸리는 순간

"하지만…… 잘 생각해 보면 이건 채소가 좀, 너무 많은 걸까요……?"

탁자 위에 놓여있던 채소를 반 정도 썰고(주로 티오나가…… 광속으로……) 나자 미아는 근본적인 의문에 도달했다.

직사각형의 탁자를 가득 채운 채소. 이걸 전부 썰고 나면 얼마나 큰 냄비에 넣을 생각인 건지…….

그런 미아의 의문에 대답하듯 다리오가 한 걸음 앞으로 나왔다.

"그건 당연히 미아 황녀 전하께 최고의 재료를 드리기 위해서입니다."

채소를 왕창 썰어서 시간을 벌려고 했다…… 는 말은 당연히 하지 않는다. 다리오는 유능한 남자다.

"가득 모은 재료 중에서도 잘 다듬어진 것을 요리에 사용하는 거죠. 그렇게 만든 최상의 요리야말로 황녀 전하께 헌상하기에 적절해진다……. 그런 이유입니다."

참으로 귀족다운 대답이었다. 하지만 미아는 엄한 얼굴로 미간을 눌렀다.

"그래요…… 네. 그런 거였군요."

미아는 그렇게 말한 뒤 채소를 썰기 위해 들고 있던 식칼을 살며시 내려놓았다.

"? 미아 황녀 전하?"

의아한 얼굴이 된 다리오에게 미아는 조용히 말했다.

"다리오 씨, 한 가지 기억해두세요. 저는 음식을 낭비하는 행위는 절대 용서하지 않습니다."

미아는 고요하면서도 엄숙한 어조로 말했다.

"이 제국에는 나쁜 풍습이 있죠. 땅을 경작하고 농산물을 만드는 사람들을 경시하는 풍조. 하지만 이건 나쁜 사고방식이랍니다."

과거 이웃 나라 페르쟝에서 바닥에 밀을 깔아서 밟게 한다는 의전을 받고 희열을 느끼던 귀족이 있었다고 한다. 정말이지 어리석기 짝이 없는 행동이다.

확실히 이번 다리오의 행동은 그렇게까지 심각하진 않으나, 미아는 근본적인 부분에서 동일한 사상적 흐름을 느꼈다.

"음식을 낭비하는 건 용서하지 않습니다. 하지만 이걸 저희가 전부 먹는 건 불가능하겠죠. 따라서 채소는 이제 그만 썰어야겠어요."

어설프다고 해도…… 다소 일그러졌거나 껍질이 남아있긴 하지만 이미 냄비에 넣기에는 충분한 양의 채소를 다듬었다.

정론으로 무장한 미아의 주장은 몹시 강력했고…… 그렇기에 다리오는 당황했다.

"아니, 하지만……."

"역시 미아 황녀 전하십니다."

머뭇거리는 다리오 옆에서 게르타가 감탄한 듯 손뼉을 쳤다.

"성녀 라피나 님께도 뒤지지 않는 훌륭하신 생각……. 감탄했습니다."

"후후후, 뭐 그 정도까지는 아니지만요……."

미아는 흐흥 코웃음을 치며 가슴을 폈다. 그렇게 의기양양한 미소를 지었다가…… 바로 생각을 고쳤다.

──아차, 이러면 안 되죠. 저도 참……. 오늘은 레티치아 양과 친해지는 날이었어요. 이런 일로 우쭐해하면 안 돼요.

그러고는 들키지 않도록 순식간에 성실한 표정으로 바꿔버렸다.

그렇게 순식간에 표정을 바꾼 미아를 보며…… 게르타는 생각했다.

──후후후, 역시나. 제국의 예지라고 해도 아직 어리군. 표정 연기는 썩 뛰어나지 않은 모양이야.

칭찬받고 기뻐하는 척하긴 했지만, 마지막에 본심이 드러났다.

지극히 진지한 표정을 짓는 제국의 예지를 보고 게르타는 소리 없이 웃었다.

──역시 이 여자는 눈치챈 거야. 슈베르트 가에 혼돈의 뱀이 숨어있다는 걸……. 다만 확신이 없었어. 그래서 떠보려고 한 거지.

게르타는 슈트리나가 주방에서 나간 걸 눈치채고 있었다. 아무렇지도 않은 척 두 아이가 따라 나간 것도…….

──그건 십중팔구 이 저택 내부를 조사하기 위한 인원. 배신자 옐로문은 조심해야 하지만 다른 아이들은……. 세인트 노엘 특별 초등부에 다닌다고 했던가…….

게르타는 작게 숨을 뱉었다.

──우리 뱀과 싸울 인재를 세인트 노엘에서 육성하기 시작했

나 보군……. 즉 그 아이들 또한 제국의 예지에게 가르침을 받은 아이들이라는 뜻…….

게르타 안에서 번개가 내리쳤다!

그녀의 머릿속에서 슈트리나보다 살짝 미숙한 첩보원이 넷이나 미아의 밑으로 들어간 구도가 만들어졌다. 심지어 한 명은 아직 10살도 되지 않은 어린아이다.

──무시무시하군……. 다행히 방을 뒤져봤자 아무것도 나오지 않겠지만…….

쉰랑에게 받은 독도 해독약도 지금 그녀가 소지하고 있다. 당연하게도 레티치아 유괴계획서 같은 건 존재하지 않고, 동료 두 명은 이 저택에 있는 비밀 지하도에 숨어있다.

그녀를 혼돈의 뱀이라고 단정할 증거는 없다.

──하지만 적은 그 제국의 예지. 방심할 수 없지. 역시 이 기회에 죽여버리는 게 좋겠어.

운이 좋게도 시온 왕자와 아벨 왕자, 게다가 티오나 루돌폰도 여기에 있다. 그리고…… 사피아스는 없다.

범인을 사피아스로 몰고 제국과 선크랜드 왕국의 관계를 악화시키면 다시 세상을 혼돈에 빠트릴 수 있다.

그렇다면 지금 해야 할 일은…….

게르타는 미소를 가장하며 주변에 시선을 보냈다.

채소를 담은 냄비. 그 불의 세기를 다리오가 보고 있었다. 아마그건 누나나 미아 황녀가 쓸데없는 어레인지를 하지 않도록 지켜본다는 측면도 있을 테지만…….

게르타는 소리 없이 다리오에게 다가가 살며시 말을 걸었다.

"다리오 도련님, 이만 다른 분들과 환담하고 오시지요."

"아니, 하지만……."

"문제없습니다. 냄비는 제가 보고 있을 테니까요."

게르타는 미소를 유지하며 말을 이었다.

"게다가 선크랜드의 시온 전하와 친목을 다지기에 좋은 기회가 아닙니까. 사피아스 님도 그런 역할을 기대하고 계시지 않겠습니까?"

슈베르트 가의 차기 가주로서 선크랜드와 우호 관계는 소중히 여기는 게 좋다는 뜻을 은연중에 담아서 유도했다.

다리오는 잠시 망설인 끝에 천천히 고개를 끄덕이고 그 자리를 뒤로했다.

허무할 만큼 쉽게 자신의 말을 믿어주는 걸 보며 게르타는 딱히 아무런 감흥도 느끼지 않았다.

신뢰란 축적되는 것. 10년, 20년의 세월을 들여서 얻어낸 신뢰는 자신의 말에 강력한 설득력을 실어준다. 그 사실을 게르타는 혼돈의 뱀에게서 배워 알고 있었으니까.

──자 그럼, 조심해야 할 대상은 미아 황녀와 시온 왕자. 아벨 렘노도 방심할 수 없는 인물이라고 들었지만…….

그 자리에 있는 모든 사람의 시선이 빗나간…… 순간! 게르타는 조미료를 넣는 척하며 독이 든 병을 기울였다.

입자가 냄비 안에서 녹은 바로 그때, 슈트리나 일행이 돌아왔다.

──간발의 차이…… 였구나. 후후후……. 저 배신자가 있다면

눈치챘을지도 모르지.

　속으로 회심의 미소를 지으며 게르타는 냄비를 저었다.

　그러고는 주변 사람들의 시선을 돌리도록 유도했다.

　자신에게서도, 냄비에게서도…….

　──가장 조심해야 하는 대상은 역시 슈트리나 에트와 옐로문인가.

　독의 투입은 완벽했다. 시선을 속여 누구의 눈에도 들어가지 않을 수 있었다. 남은 건 마지막 마무리……. 자신이 기미를 보면 제국의 예지는 죽는다.

　그건 제국에 숨어있는 혼돈의 뱀이 간절히 바라는 순간.

　게르타는 미소가 새어나오는 걸 참지 못했다.

　……이때 게르타는 뱀의 가르침 중 하나를 잊고 있었다.

　그건 '사람은 누군가를 함정에 빠트리려고 할 때 가장 함정에 빠지기 쉽다'는, 지극히 기본적인 가르침이었다.

　그녀는 모른다. 미아 루나 티어문이 지금 무엇을 하려는지…….

제42화 격돌! 선의VS악의!

게르타가 냄비에 몰래 독을 넣고 거기에 아무도 접근하지 못하도록 은밀히 감시하고 있던 그 무렵…… 제국의 예지 미아는 무엇을 하고 있었는가……?

슈트리나와 합류한 미아는 제대로 계획을 실행했다. 실행하고야 말았다!

"미아 님, 가져왔습니다."

목소리를 죽이는 슈트리나와 함께 일단 복도로 나온 미아는 그곳에서 문제의 버섯, 트록시 버섯을 받았다.

"오오, 참 훌륭하군요……."

빤히 뜯어본 뒤 문득 조리실 쪽으로 시선을 돌렸다. 그러자 그곳에는 냄비를 물끄러미 바라보는 게르타의 모습이 있었다.

"흐음……. 완성이 신경 쓰여서 저런 걸까요……. 뚫어져라 쳐다보고 있네요……."

그러고 보면 전에 주방장이 불의 세기를 조심하지 않으면 맛있는 요리를 만들 수 없다는 소리를 했던 기억이 났다.

——저희가 맛있는 요리를 먹을 수 있도록 노력해주고 있는 거군요.

미아는 감동했지만 곧바로 미간에 주름을 만들었다.

"하지만…… 곤란하네요. 저러면 버섯을 투입할 수 없잖아요. 무언가 다른 방법이……. 흐음!"

수단은 바로 떠올랐다.

"냄비에 넣을 수 없다면…… 플레이팅으로 곁들이면 되는 거예요……!"

미아는 딱히 요리에 무지한 건 절대 아니다.

관심이 있고, 다양한 요리를 봤다. 보기는 했다. 일단…….

그 결과 어중간하게 요리 지식이 늘어나서 괜히 더 골치 아파졌다는 소문도 있지만, 그건 그렇다 치고…….

미아는 알고 있다. 처음부터 그릇에 향초 같은 것을 넣어두고 거기에 뜨거운 국물을 붓는 조리법도 있다는 것을…….

이번 버섯에 그걸 응용할 수 없을까?

제국의 지혜의 임기응변능력이 종횡무진으로 발휘된다!

——기본을 지키기만 하는 게 아니라 변형과 응용, 그것이야말로 요리의 진수가 아닐까요?

키스우드가 들으면 거품을 물고 기절해버릴 법한 소리를 내심 중얼거리며 미아는 슈트리나에게 시선을 주었다.

"리나 양, 이 버섯…… 먼저 그릇에 담아서 그 위에 채소 국물을 붓는 방식이어도 괜찮을까요?"

그렇게 해서 맛이 우러날지 조금 불안했던 미아였지만……. 슈트리나의 눈이 살짝 커졌다.

"그렇군요…… 그런 방식으로……. 물론 괜찮을 겁니다. 효과는 충분하겠죠…….'

꼴깍 침을 삼키며 슈트리나는 조용히 고개를 끄덕였다.

"흠, 그런 거라면 잘됐군요."

역시 버섯. 마지막에 더해주기만 해도 충분히 맛이 나오는 모양이다.

미아는 완전식품인 버섯의 대단함에 감명을 받으며 완성된 맛을 상상하고 침을 꿀꺽 삼켰다.

그렇게 미아와 슈트리나, 벨, 키릴이 정성스럽게 다듬은 버섯을 국물용 식기에 담고 나자…….

"여러분, 냄비가 딱 적절히 익었습니다."

타이밍 좋게 게르타의 목소리가 들렸다.

미아 일행이 냄비 앞으로 가자,

"그러면 외람되지만 제가 기미를 보겠습니다."

게르타가 공손히 머리를 숙였다.

"으음, 기미라고요……?"

"네. 만에 하나를 위해 독이 있는지 확인하는 절차이기도 합니다. 여러분께 어떤 일도 일어나지 않도록 세심한 주의를 기울여야 하기 때문이죠…….."

그렇게 설명하는 게르타의 대답을 듣고 미아는 무심코 신음했다.

──그렇군요……. 게르타 씨는 이래 봬도…… 의외로 본인 몫을 잘 챙기고 있었어요!

미아는 이렇게 생각했다.

요컨대 게르타는 이 냄비의 맛이 궁금한 것이다……. 이 극상의 채소 냄비요리의 맛이 궁금하니까, 자기도 먹어보고 싶어졌으리라.

미식에 보이는 관심은 미아도 크게 공감하는 부분이었다. 여기선 기분 좋게 맛을 볼 수 있도록 해주는 게 좋을까…….

"그럼 실례합니다……."

게르타가 냄비의 국물을 앞접시에 덜려고 한 그때였다.

"잠시…… 게르타 씨, 잠깐 기다려주세요. 그렇게 기미를 보는 건 조금 아쉽죠."

미아는 그녀를 막은 뒤 미리 준비한 그릇을 들고 냄비로 다가갔다. 그릇에는 이미 얇게 썬 버섯이 담겨있었다.

——이 냄비만으로는 아직 미완성이에요. 버섯이 있어야죠…….

여기까지 자신들을 이끌고 무사히 완성으로 데려다준 게르타를 미아도 최대한 치하하고 싶은 마음이었다.

그렇게 맛있게 자른 버섯. 트록시 버섯 위에 채소 국물을 담았다.

버섯이 푹 잠겨 보이지 않게 될 때까지 담고…… 그 후에 문득 궁금해졌다.

"흠……."

그릇의 바닥에 붙어있던 버섯. 그 위에 채소가 가득 올라간 상태인데…….

——기미는 한 그릇을 전부 먹는 게 아니죠……. 그렇다면 버섯까지는…… 못 먹는 것 아닐까요?

모처럼 맛있는 버섯을 손에 넣었는데 먹지 못한다니 불쌍하다. 배려심이 넘치는 미아는 살짝 세공을 더했다. 즉…….

——국물과 버섯만으로 승부하는 거예요. 채소는 최대한 들어

가지 않도록 하는 게 좋겠어요!

　이렇게…… 미아의 혼신이 담긴 채소 국물…… 아니, 채소 버섯 국물이 완성되고 말았다.

　미아는 얼굴 가득 환한 미소를 지으며 그릇을 내밀었다.

　두 손으로 그릇을 들고 정중하게 게르타에게 내밀며…….

　"자, 여기 있습니다. 맛을 봐 보세요."

　쾌활하게 권유했다.

제43화 마술처럼……

잠시. 패티 일행이 끌려간 곳은 지하에 있는 어떤 공간이었다. 구불구불한 지하도를 지나 몇 개의 계단을 오르락내리락한 장소……. 중간까지 길을 외우려고 했던 패티였지만 빠르게 포기했다.

──아마 야나를 버린다고 해도 도망칠 수 없어…….

그렇게 확신하고 나자 어쩐지 마음이 조금 가벼워졌다.

자신은 죽을 수 없지만, 그래도 야나를 버린다고 살아남을 수 있는 상황도 아니다. 그러니 야나를 버리지 않아도 된다. 그렇게 생각할 수 있다는 게…… 지금은 구원이었다.

"자 그럼, 여기서 찬찬히 이야기를 듣기로 할까……."

그곳은 입구가 철창으로 막힌 지하 감옥 같은 방이었다. 방 입구 앞에서 남자가 야나를 거칠게 내려놓았다. 그 충격에 눈을 뜬 모양이었다.

"응…… 으응…… 어?"

야나는 멍하니 방 안을 둘러본 뒤 가늘게 숨을 삼켰다.

드세고 씩씩한 야나가 겁을 집어먹을 만한 게 그곳에 있었기 때문이었다.

그것은, 예를 들어 벽에 놓여있는 관 같은 것……. 그 안에는 날카로운 가시가 가득 달려 있었다. 혹은 벽에 붙여 늘어뜨린 투박한 사슬, 그 끝에는 딱 봐도 두 팔을 묶어서 매달아달라는 듯한 구속구가 달려 있었다.

그 외에도 끄트머리가 뾰족뾰족한 채찍, 끝에 가시 박힌 철구가 달린 곤봉 등…… 무언가 무시무시한 것이 갖춰져 있어서…….

이런 방에 끌려왔으니 이제부터 무슨 짓을 당할지……. 그런 상상을 하면 야나의 반응은 무척 자연스러워 보였다.

"어라, 후후후……. 이 도구들이 궁금하십니까?"

도구를 바라보는 패티를 알아차린 건지 젊은 메이드는 마치 즐겁다는 양 가학적인 미소를 지었다. 끈적하게 달라붙는 듯한 미소……. 하지만 패티는 그 표정이 어딘가 작위적으로 보였다.

마치 무섭게 하는 게 목적인 듯한…… 그게 심문할 때 유리하니까 계산적으로 꾸며낸 듯한…… 그런 인상. 생각해보면 게르타도 항상 가면처럼 감정이 보이지 않는 미소를 지었다. 이 젊은 메이드도 마찬가지일지도 모른다.

그렇기에 패티는 일부러 무표정으로 일관했다. 그게 상황을 유리하게 만든다고 믿고…….

반응을 보이지 않는 패티를 보고 젊은 메이드는 바로 무표정으로 돌아가 재미없다는 듯 중얼거렸다.

"역시 뱀의 교육을 받은 아이에게는 효과가 약한가. 게르타 님께서 말씀하셨던 대로 너는 뱀의 교육을 받았어…… 응? 그쪽 아이에게는 효과가 있었군요."

메이드는 새파란 얼굴로 덜덜 떠는 야나를 보며 심술궂은 미소를 지었다. 그러고는 관 같은 도구로 걸어갔다.

"이건 대체 뭘까요. 이 뾰족뾰족한 가시. 이 붉은 건…… 대체 뭐였을까요? 자, 이건 어디에 쓰였을지……?"

메이드는 싱긋 웃더니…… 그 가시를 향해 힘껏 손을 내리쳤다.

"히익!"

야나의 경직된 비명. 패티조차 경악한 나머지 몸을 움찔 떨었다.

하지만 정작 메이드는 산뜻한 얼굴로…… 미소마저 지으며…….

"정답은, 여기……."

그러고는 손바닥을 보여주었다. 그 손에는…… 상처 하나 없었다.

"이건 마술 도구입니다. 보세요, 박히지 않죠……. 여기 있는 도구는 전부 마술 도구. 아까 걸어온 지하도도 마찬가지……. 놀라셨습니까?"

청초한 어조로 그렇게 말하더니 메이드는 옆으로 작게 고개를 기울였다.

"사실은 연습 겸, 어디까지 거짓말로 정보를 토할 수 있을지 시험해보려고 했는데 시간이 별로 없는 것 같으니까요……. 게다가."

그녀는 요사스러운 눈빛으로 패티를 바라보았다.

"뱀의 교육을 받았다는 당신의 정체를 한시라도 빨리 조사해야만 합니다. 게르타 님의 이름을 알고 그 클라우지우스에 반응했다……. 대체 당신의 정체가 무엇인지 게르타 님이 신경 쓰셨으니……. 조금 거친 방법을 쓰도록 하죠."

그녀는 자상한 미소를 지었다.

"아, 괜찮습니다. 아프지 않으니까요. 게다가 무섭지도, 힘들지도 않습니다."

그러고는 동그란 사탕 같은 것을 꺼냈다.

"실은 거짓말을 하지 못하게 되는 약이 있거든요……. 일주일 정도 백치가 되어서 제정신으로 돌아오지 못하게 되지만, 뭐 그 무렵이면 전부 끝난 뒤니까 안심하시길."

생긋. 어린아이를 달래는 듯한 어조로 말하는 메이드. 하지만 그 말에 대답한 사람은 패티도 야나도 아닌…….

"오호라! 그거 무서운걸."

갑자기 들린 목소리. 메이드들이 놀라서 시선을 굴렸다. 철창 너머에…… 서 있는 사람은,

"정말이지, 억지로 먹게 되는 쪽은 무서워서 못 살겠는데."

어깨를 움츠리며 쓴웃음을 짓는 사피아스였다……!

조금 전 미아 일행에게서 그 약을 먹게 될 뻔했던 장본인이다! 먹게 되지 않아서 정말 다행이다!

"너는 사피아스 에트와 블루문!"

젊은 메이드는 경계 자세를 취하며 사피아스를 날카롭게 노려보았다. 반면 사피아스는,

"이봐, 예의범절이 어떻게 된 거지? 메이드."

대귀족답게 고압적인 말을 힘껏 던진 뒤 문득 비웃음을 지었다.

"뭐, 어린아이를 납치하는 자에게 새삼스럽게 예의를 따져봤자 의미 없는 일인가."

그러더니 그는 메이드 뒤에 있는 남자에게 시선을 던졌다.

"거기 있는 남자는 보아하니 악당 동료일 테지……? 묘하게 슈베르트 가의 마부와 비슷하게 생긴 것 같은데…… 혹시 그로 분

장해서 무언가 꾸미고 있었다거나……?"

사피아스의 시선 끝, 말라깽이 남자가 당혹스러운 듯 멈칫거렸다.

"어쨌거나 너희들은 레티치아에게도 이 슈베르트 가에도 적절하지 않아. 배제해야겠다."

"하하, 말은 잘하는군. 얼간이 사피아스. 검조차 제대로 휘두른 적 없는 귀족 도련님이 악당을 상대로 어떻게 대처할 생각이지?"

남자는 사피아스를 조롱하는 듯한 미소를 지었다. 그에 맞춰서 젊은 메이드도 큰 목소리를 냈다.

"설마 해고한다고 하면 넙죽 엎드릴 줄 알았나 봐? 아니면 대귀족의 핏줄을 과시하면 황송해할 줄 알았나?"

메이드의 뒤에서 남자가 단검을 빼 들었다. 번뜩이며 빛나는 흉흉한 칼날을 앞에 두고 얼간이라고 모욕당한 사피아스는……
그러나 전혀 당황하는 기색이 없었다.

"하하하, 엎드릴 필요는 없지. 원통해 할 필요는 있을지도 모르지만…… 고스란히 미끼에 걸렸으니까."

"뭣?!"

직후, 덜컹하는 소리와 함께 강철로 된 관의 바닥이 꺼졌다. 그곳에서 튀어나온 그림자……. 호리호리한 그림자는 질풍처럼 단검을 든 남자에게 돌진하더니 다리를 높이 들었다. 채찍처럼 유연하고 긴 오른다리가 남자의 손에서 단검을 걷어찼다. 그림자는 그대로 한 바퀴 회전. 왼발로 경악해서 굳어버린 남자의 가슴팍을 차버렸다.

남자가 벽에 처박히는 걸 확인하며 그 그림자가 오른손을 내밀었다. 그 순간 마치 마술처럼 그 손바닥 위로 떨어진 단검을 깔끔하게 낚아챘다.

"칼날에 독이라도 발라놨다면 골치 아플 테니 경계했는데……기우였나."

칼날을 가볍게 만져본 뒤 키스우드는 어깨를 으쓱하고는 시니컬한 미소를 지었다.

"무슨?! 어, 어디서……?"

당황하며 뒷걸음치는 메이드. 그런 그녀에게 사피아스는 승리에 찬 거만한 얼굴로…….

"물론 숨겨진 문으로부터 왔지. 조금 전에 자기 입으로 말했잖아? 여기는 마술 도구를 보관해놓은 장소라고."

멋들어진 윙크를 날렸다.

제44화 참극, 미소가 눈 부신 요리모임에서!

참극이──일어나고 말았다!

지하실에서 아이들을 무사히 보호한 키스우드와 사피아스는 서둘러 주방으로 향했다. 사피아스의 안내로 계단을 단숨에 달려 올라와 숨을 헐떡이며 달려온 주방에서…… 이미 사건은 일어난 뒤였다.

"아니…… 이, 이건……."

눈앞에 펼쳐진 광경에 키스우드는 숨을 삼켰다.

중앙에 우두커니 서 있는 사람은……. 당황하며 얼굴이 파래진 미아의 모습이었다. 그리고 그 시선 끝에는 바닥에 쓰러져 움찔거리는 노령의 메이드, 게르타의 모습이…….

"이, 이건…… 대체, 무슨……."

그렇게 들으라는 듯 중얼거리면서도 키스우드는 눈치채고 있었다.

미아 황녀 전하, 드디어 저질렀구나……!

자 그럼…… 미아가 무슨 짓을 저질렀는지……. 뭐 대충은 예상했을지도 모르지만, 만약을 위해…….

시간을 잠시 거슬러 올라간다.

"자, 여기 있습니다. 맛을 봐 보세요."

쾌활하게 웃는 미아가 내미는 접시에 게르타는…… 내심 혀를 찼다.

──이 망할 제국의 예지 같으니. 움직였군…….

여느 때처럼 그림같은 미소 뒤로 그녀는 열심히 생각했다.

적은 무엇을 노리는가……?

이미 해독제는 먹었다. 해독제라고 해도 그건 냄비에 투입한 독과 상쇄하기 위한 별개의 독이다. 바로 죽거나 하진 않지만 빨리 냄비 요리를 먹고 싶은 게 사람의 마음인 법.

따라서 게르타는 초조했다. 이 타이밍에 움직인 제국의 예지의 행동에…….

──대체 뭘 꾸미는 거지……?

그녀는 물끄러미 그릇…… 이 아니라 미아의 얼굴을 바라보았다. 아마도 그릇에 무언가 수를 써 놓았겠지만…… 무언가 약을 섞어놓았다면 어차피 눈으로 본다고 해서 알 수 없다. 애초에 눈으로 보면 알 수 있을 법한 위험한 것을 넣을 리가 없지 않은가!

이 한정된 시간에서 봐야 하는 건 오히려 제국의 예지. 그 표정과 몸짓이다.

게르타는 뱀이다.

젊은 시절부터 클라우지우스 가의 메이드로서 혼돈의 뱀의 가르침을 가까이했다.

뱀은 마음을 조종하는 자. 상대의 마음을 읽고, 욕망을 읽고, 감정을 읽고 파악하는 기술을 습득하고 있다.

가장 자신 있는 무기로 숙적 제국의 예지를 쓰러트린다!

이건 게르타에게는 완전히 일생일대의 승부라고 할 수 있었다.

여태까지 걸어온 인생, 수십 년에 걸쳐서 쌓아온…… 절대적인 자신감이 있는 독심술을 모조리 활용해서 미아의 마음을 읽으려고 했다.

하지만…… 아아, 하지만! 미아에게서는 아무것도 읽을 수 없었다.

그 표정에서도, 몸짓에서도 읽을 수 있는 것이라곤 그저 협력해준 메이드에게 고마워하는 솔직한 마음뿐…….

게르타가 예상했었던 적의도, 분노도, 책략의 파편조차도 읽어낼 수 없었다.

──이건…… 어떻게 된 거지? 어째서?

시간이 없다. 해독약으로 먹은 독이 그녀의 몸에 퍼지고 있었다.

초조해져서 혼란에 빠질 뻔한 게르타였지만…… 불현듯 떠오른 게 있었다.

그것은 제국의 예지, 미아 루나 티어문이 어떤 사람인가…….

성녀 라피나와 친교를 맺고, 빈민가의 주민을 보듬고, 병원을 세우고, 고아들을 학교에 들여서 공부시키는……. 한때는 제국의 성녀, 자애의 성녀라고 불리던 이 소녀의 본질……. 그것은…… 선량함이라는 걸.

──아아…… 뭐야, 그런 거였나…….

게르타는 무심코 웃어버릴 뻔해서 그 웃음을 참느라 고생했다.

눈에 힘을 주고 입술을 살짝 깨물었다. 그건 보기에 따라서는 황녀가 손수 건네는 호의를 받고 감동한 사람으로 보이기도 했지만…….

……내심으로는 이렇게 생각했다.

그녀는…… 웃지 않으려고 애쓰고 있었다…….

──이렇게, 이렇게나 시시하다니……! 제국의 예지가 설마 이렇게까지 어리석을 줄은…….

저도 모르게 쾌재를 부르고 싶어지는 게르타였다.

──아마도 이 자는 배신자 옐로문의 보고를 받은 거겠지. 내 방에서 아무것도 발견하지 못했다고……. 그래서 제국의 예지는 믿기로 한 거야. 나를…… 슈베르트 가를 오랫동안 모시면서 신뢰를 얻어낸, 이 나를!

혹은 어쩌면, 클라우지우스 가에서 일하던 메이드가 어딘가 다른 귀족 밑에서 일한다는 것밖에 몰라서 확신이 없었던 건지도 모른다.

애초에 클라우지우스 가의 뒷사정도 그리 쉽게 조사해낼 수 있는 게 아니다. 잘 생각해보면 자신의 족적은 최대한 숨겼다. 수상히 여길만한 여지는 아무것도 없다…….

사람을 의심하는 게 아니라 사람을 믿는 것에 무게를 두는 선량함. 그것이야말로 제국의 예지의 본질. 그렇기에 자신을 믿기로 했다고…… 깨달은 순간, 게르타는 승리를 확신했다.

지금까지 수많은 뱀이 당해내지 못하고 꺾여야 했던 적. 오랜 세월에 걸쳐 쌓아 올린 제국 멸망 계획을 철저하게 파괴해놓은 뱀의 숙적……. 제국의 예지, 미아 루나 티어문.

그런 숙적이 해맑게 웃으며 친근하게 음식을 내미는 광경에 게르타는 속이 뻥 뚫리는 기분이었다.

——후후후, 자기가 먹을 음식에 독이 들었다는 걸 깨달았을 때 이 여자는 무슨 표정을 지을지…….

그게 지금부터 너무 기대됐다.

생각해 보면 게르타는 황실에 원한이 있었다.

그건 미아가 계획을 짓밟아놓기 전…… 그녀의 할머니에게 지극히 강렬한 원한이 있었다.

——모처럼 클라우지우스 가에서 부양하고 뱀으로서 단련시켜 황제를 절망 밑바닥으로 처박도록 교육했는데…… 그 여자는 거역했어. 용서할 수 없지……. 아니…… 그렇지만도 않았던가……?

먼 옛날의 기억은 흐릿해져서 어딘가 애매모호했다. 하지만 자신의 노력이 짓밟혔다는 감정만은 그녀 안에 계속 남아있었다.

그런 증오를 떠올리며 게르타는 채소 국물을 입으로 가져갔다.

다음 순간 입 안을 휘감는 신선한 채소의 풍미. 밭의 은혜를 한 몸에 받은 진한 채소의 맛, 당근의 단맛, 만월 래디시의 매콤한 맛, 톡 쏘면서 맛을 잡아주는 향신료도 참으로 적절한 자극을 주었다.

더욱이 바닥 쪽에 있는 것…… 꼬드득 식감이 좋은 이것은, 버섯인가?

순간 이런 걸 넣었던가 의문이 들었지만, 아마 슈베르트 가의 사용인 솜씨일 것이다. 미아 황녀는 버섯을 좋아한다고 하니 좋은 생각이다.

——하지만, 후후후. 재미있구나. 설마 이제 와서 클라우지우

스 가를 이렇게나 떠올리다니⋯⋯. 그 어린애⋯⋯. 그래, 그 어린 애가 클라우지우스 가를 입에 담아서⋯⋯ 아니, 그 애가 어딘가 패트리시아를 닮아서⋯⋯ 인가.

게르타는 새삼스레 눈앞의 미아를⋯⋯ 패트리시아의 손녀를 보았다.

──내가 손녀를 독살했다는 걸 알면 그 녀석은 무슨 표정을 지을까⋯⋯. 그 생각만으로도, 후후후. 아아, 이런. 또 웃음이 나올 뻔했네. 미소는 좋지만 큰 소리로 웃으면 안 돼. 의심할 테니까. 그나저나 이 채소 국물, 제법 맛있는데? 죽기 전에 이런 맛있는 걸 먹고 죽을 수 있다면 행복일지도 모르지. 그렇게 생각하니 아 하하, 재미있어. 우후후⋯⋯.

그 순간 게르타는── 이변을 깨달았다.

뭐가 그렇게 웃긴 걸까⋯⋯? 이 상황이 그렇게 웃기던가?

──라고.

하지만 그걸 이상하게 생각하는 자신이 또 우스워서 게르타는 한층 힘들어졌다.

이건 이상하다⋯⋯. 무언가가 이상하다⋯⋯.

이를 악물고 눈에 눈물을 매달고는 어깨를 움찔거리며 웃음을 참았다.

그때, 불현듯 시야가 일그러졌다.

"게, 게르타 씨⋯⋯? 괜찮으신가요?"

미아의 걱정 어린 목소리. 흐물흐물 찌그러진 그 얼굴이, 어린 아이가 그린 그림처럼 일그러진 얼굴이 너무 우스워서⋯⋯ 게르타는 그만 웃음을 터트렸다.

"아하하하하, 뭐, 뭡니까, 그 얼굴은…… 아하하하하."

"네?!"

미아는 얼음처럼 얼어버렸다.

——세상에! 나, 남의 얼굴을 보면서 웃다니 정말 무례하잖아요! 용서할 수 없어요!

그렇게 순간 분노하려던 미아였지만…….

"미아 님, 화내실 필요는 없습니다. 이건 그 버섯의 효과니까요."

슈트리나의 말에 미아는 눈을 부릅떴다. 그러고는 재차 배꼽이 빠져라 웃는 게르타를 보고는 한 번 더 슈트리나에게 시선을 주었다.

"모르고 계셨을지도 모르지만, 그 트록시 버섯을 먹으면 웃음이 멈추지 않고, 더불어 몸이 마비되어 움직이지 못하게 됩니다."

"네……? 아…….."

미아는…… 말문이 막혔다.

왜냐하면……, 왜냐하면 이건…… 위험한 사태이기 때문이다.

——크, 큰일이에요. 설마 저, 사고 친 건가요……?

남의 집안 베테랑 메이드에게 위험한 버섯을 먹인 막무가내 황녀. 그런 악평이 붙을 만한 큰 사태다. 미아의 등을 타고 식은땀이 줄줄 흘렀다.

하, 하하, 하지만 슈트리나가 괜찮다고 했는데! 라며 머릿속에서는 변명이 빙글빙글 맴돌았지만…… 동시에 생각했다. 실행범은 자신이다.

게다가 아주 잘 떠올려 보면, 슈트리나는 분명히 말했다. 옐로 문 가에서는 죽지 않는 독은 독이라 부르지 않는다고…….

즉 슈트리나는 이렇게 생각한 게 아닐까?

미아가 아랫사람을 사용해서 수상한 버섯의 효과를 실험하려고 한다고…….

루드비히라면 확실하게 막았을 것이다. 하지만 슈트리나는…… 미아에게 은혜를 입었다. 원래도 독에는 친숙했기 때문에 이 정도의 독버섯이라면 먹여도 장난 정도로 끝난다거나, 그런 위험한 윤리관을 가지고 있는 건지도 모른다.

그렇다면 막지 않아도 괜찮다고 생각했던 게 아닐까?

──아니, 어쨌거나 그건 나중 일이죠. 문제는 제가 몰래 넣은 독 버섯을 먹고 슈베르트 가의 메이드를 혼절시켰다는 점이니…….

당황하며 파랗게 질리는 미아. 그때였다. 타이밍 나쁘게도 키스우드 일행이 주방으로 달려왔다.

"아니, 이, 이건 대체……."

말문이 막힌 사람들에게 미아는 당황하며 변명하려고 했지만…….

"이, 이건…… 제길. 아하하하. 큭, 하, 함정이구나, 제국의 예지. 우후후, 아하하."

"어……?"

얼떨떨해서 고개를 갸웃거리는 미아 앞에서 슈트리나가 담백한 얼굴로 말했다.

"웃음이 멈추지 않는 것, 몸이 마비되는 것 말고도 이 버섯에는 효과가 하나 더 있습니다. 그걸 노리고 이 버섯을 사용하신 거죠? 미아 님……."

그렇게 말하며 슈트리나는 게르타 옆에 쪼그려 앉았다.

"또 다른 효과……. 그건…… 거짓말을 하지 못하게 된다는 것……. 당신은 혼돈의 뱀이죠?"

"빌어먹을 옐로문 꼬마. 뱀의 배신자 같으니! 아하하하하!"

게르타의 대단히 유쾌한 웃음소리가 주방에 울려 퍼졌다…….

제45화 즐거운 심문 시간! 아하하!

"설마…… 게르타가, 악당이었다니…….."

게르타의 갑작스러운 고백에 사피아스의 얼굴이 파래졌다.

한편으로 레티치아와 다리오, 그리고 주변에 있던 메이드들은 무슨 일이 일어난 건지 이해하지 못하고 당혹스러운 표정을 짓고 있었다.

"……정말로, 그녀가……?"

심각한 얼굴로 묻는 아벨에게 슈트리나가 고개를 크게 끄덕였다.

"틀림없습니다."

그렇게 말하더니 슈트리나는 게르타의 몸을 뒤졌다. 그러자 곧바로 그녀의 품에서 작은 병 두 개가 나타났다.

"아, 역시 있었네요……."

그렇게 말하더니 슈트리나는 게르타의 눈앞에서 병을 흔들었다.

"이건 독과 해독약이죠?"

그 질문에 게르타는 웃으면서 '그래, 아하하!'라고 대답했다. ……어쩐지 즐거운 분위기인 심문이었다.

"아마도 해독약을 먼저 먹고 나중에 독을 먹어서, 독이 들어있지 않다고 증명하려고 했던 거겠죠……."

팔짱을 끼고 손으로 턱을 받치며 슈트리나는 말을 이었다.

"……하지만 이 방식…… 독을 잘 아는 사람이 아니면 불가능한 방법입니다. 어쩌면……."

그 말에 시온의 안색이 변했다.

"설마 에샤르에게 독을 준 자가 관여했다는 건가?"

슈트리나는 말없이 고개를 끄덕이고는 다시 게르타 옆에 쪼그려 앉았다.

"이 병을 당신에게 준 사람은……?"

"아하하하, 큭, 누, 누가 말할 줄 알고……."

"뱀 동료. 기마왕국의 불꽃 부족 출신 남자. 맞죠?"

"크흐흐흐, 그래. 아하하, 맞아."

참으로 순탄한 심문이었다. 그리고 참으로…… 즐거워 보였다!

그런 광경을 조금 떨어진 장소에서 흥미롭게 지켜보던 미아는…… 더욱더 그 버섯에 관심이 커졌다.

"그러고 보면 지하에서 이 아이들을 보호했는데……."

그때 사피아스가 그제야 생각났다는 듯 말했다. 그쪽을 보자 야나와 패티의 모습이 있었다.

"어라……? 지하?"

고개를 갸웃거리는 미아에게 키스우드가 간단히 지하에서 일어난 일을 설명했다.

"세상에, 사피아스 님. 그렇게 위험한 일을……!"

레티치아의 얼굴이 파랗게 질렸지만 사피아스는 웃으며 고개를 저었다.

"아니야. 너나 미아 황녀 전하의 요리모임에 비하면 이 정도 위험은……."

"사피아스 님, 본심 나왔습니다."

키스우드의 귓속말에 퍼뜩 놀란 표정을 지었던 사피아스가 헛기침을 한 번 하고 다시 입을 열었다.

"너나 미아 황녀 전하의 요리 모임을 지키려면 이 정도 위험은 가볍지. 게다가 제국 귀족으로서 어린아이가 납치당하는 걸 가만히 넘길 수는 없잖아. 그렇지? 키스우드 경."

"네. 그런 정의에 어긋나는 행동은 절대 할 수 없죠. 당연합니다."

진지한 얼굴로 고개를 끄덕거리는 두 남자……. 그런 그들을 다리오가 싸늘한 눈으로 쳐다보았지만…… 뭐, 그건 됐고.

"패티, 그리고 야나. 두 사람 다 다친 곳은 없나요?"

만약을 위해 물어보자 둘 다 일단은 고개를 끄덕였지만, 역시 충격이었던 건지 표정은 어두웠다. 특히 패티는 고개를 숙인 채 미아를 보려고 하지도 않았다.

──흐음, 이거 어지간히 무서운 일을 겪은 걸까요……? 어떻게든 하지 않으면 패티가 더 마음을 닫아버릴 것 같군요.

심각한 표정이 되는 미아였다.

"하지만 지하에 있던 악당도 그렇고 게르타도 그렇고, 대체 뭘 꾸몄던 걸까. 미아 님께서 이렇게 요리 모임을 위해 찾아오시는 걸 예상하고 잠입했다기엔 조금 아닌 느낌이 드는데…….'

의아해하며 중얼거리는 사피아스의 의문에 슈트리나가 대답했다.

"아마도 뱀은 레티치아 양을 인질로 잡고 사피아스 공자에게 모반을 일으키게 하려고 했던 게 아닌가 합니다."

"뭐? 나, 나를 반역자로……?! 레티치아를 인질로, 그건……."

입을 뻐끔거리는 사피아스였지만 이윽고 수심에 찬 얼굴로 말을 이었다.

"아니, 그런가……. 확실히 레티치아가 인질이 된다면…… 미아 님께 반기를 들지도 모르지……. 너는 나에게 무엇보다 소중한 존재니까……."

"……어머, 사피아스 님."

러브러브한 두 사람은 치워놓고…….

슈트리나는 팔짱을 낀 채 중얼거렸다.

"……옐로문 가에서도 옛날에 그런 작전을 검토했던 적이 있었고……. 노림수로서는 딱 적절하니 틀림없을 거예요."

딱 적절하다는 평에 사피아스의 뺨이 꿈틀거렸다.

"아…… 음, 사피아스 공자 개인의 자질을 말하는 게 아니라 주변 상황과 입장을 말하는 거니까 신경 쓰지 마시길."

생긋 가련한 미소를 지으며 달래주는 슈트리나. 늘 그랬듯 빈틈없는 태도였다.

"그래요. 사피아스 공자는 블루문 가의 차기 가주. 그런 분과 제가 싸운다면 혼란은 필수. 뱀이 생각할 법한 일이군요."

미아의 개혁에 가장 반감을 품은 사람은 역시 중앙귀족들이다. 그런 자들을 통솔하는 데 가장 큰 역할을 하는 블루문 가와 미아의 관계가 엇나가면 제국이 양분될지도 모른다. 그 혼란을 틈타 식량 공급이 정체되면 기근이 일어나고 역병이 창궐하고…… 단두대!

부르르 등이 떨리는 걸 느끼며 미아는 다른 쪽으로 생각을 굴렸다.

무시무시한 상상만 하면 몸이 못 버틴다. 즐거운 상상도 섞어 줘야 한다……. 그런 관계로 조금 전부터 궁금하던 바를 슈트리나에게 물어보기로 했다.

"그런데 리나 양. ……어쩐지 아까부터 조금 즐거워 보이는데요. 그 버섯을 먹으면 이렇게 되는 거였군요."

"아, 자세한 효능까지는 모르셨나요?"

의아해하며 고개를 갸웃거리는 슈트리나에게 미아는 무겁게 고개를 끄덕였다.

"네, 아무래도……. 저도 모든 걸 다 아는 건 아니니까요."

실제로는 거의 다 모르는 미아였지만, 그건 그렇다 치고…….

"그 트록시 버섯을 먹으면 이런 식으로 웃음이 멈추지 않게 됩니다. 한동안은 계속 웃게 되지만 그게 아주 괴로워서 7일 정도 영혼이 빠져버린 듯한 상태가 되어버리죠."

"흐음……. 그것참 흥미롭군요."

미아가 즐겁다는 듯 웃는 걸 떨떠름한 얼굴로 바라보는 사피아스와 키스우드였다.

제46화 배려심 넘치는 미아의 배려!

"그래서 뱀 동료는 어디에 있는 거죠?"

미아는 게르타에게 물었다.

"이, 이미, 이 나라에는, 윽, 없어, ……아하하, 안 됐구나, 제국의 예지."

"정말인가요……?"

옆에 있는 슈트리나에게 시선을 주자 슈트리나는 작게 고개를 끄덕였다.

"지금 게르타 씨는 거짓말을 하기 무척 어려운 상태니까요……."

"흐음……."

팔짱을 끼는 미아 대신 시온이 입을 열었다.

"독을 넘기고, 사건이 발생했을 때 자신은 이미 멀리 도망친다. 이 방식은 에샤르 때와 흡사해……. 독을 넘긴 남자의 이름과 특징은?"

"큭, 이, 이름은, 훠 쉰랑. 불꽃 일족의, 독술사……. 그, 그리고, 후후후, 오래된 뱀, 바이더리언 남자도…… 아하하, 같이, 아하하하."

"바이더리언……?"

미아는 무심코 야나 쪽으로 시선을 돌렸다. 그러자 야나가 마치 겁을 먹은 듯 몸을 웅크렸다.

"아…… 미안해요, 야나. 딱히 당신을 비난하는 건 아닙니다.

저도 참 실수했군요."

미아는 안심시켜주듯 야나의 머리를 쓰다듬었다.

"적이 당신과 같은 바이더리언이라고 해도 당신과는 아무 상관 없으니까요."

그러고는 그렇게 보증해주었다.

"휘 쉰랑이라는 분에 대해서는 후이마 양에게 물어보는 게 좋으려 나요……. 그리고 역시, 바이더리안 남자도 신경 쓰이는군요……."

"……바르바라가 세인트 노엘에 들어올 때 도와준 남자와 동일 인물…… 이라고 봐야 할지도 모르겠어."

진지한 얼굴로 중얼거린 아벨의 말에 미아는 조용히 고개를 끄덕였다.

"그렇죠……. 그나저나 생각해야 할 일이 또 산더미처럼 늘어났네요."

이윽고 황녀전속 근위대 대원들이 게르타를 연행했다. 슈베르트 저택의 한 방에서 심문을 마저 하기로 했다.

"미아 님, 만약을 위해 리나도 같이 가려고 합니다."

목숨에 지장은 없다지만 일단 독버섯을 먹은 게르타다. 그녀에게는 아직 물어보고 싶은 게 있고, 만에 하나 죽었다간 '독버섯에서 시작하는 뱀의 역전 스토리'가 시작될지도 몰랐기에 슈트리나가 따라가겠다는 건 고마운 제안이었다. 그런 관계로…….

"네, 그래요……. 그렇다면 벨, 미안하지만 당신도 리나 양과 같이 가줄 수 없을까요?"

"네? 저요?"

의아해서 고개를 갸웃거리는 벨에게 미아는 엄중히 고개를 끄덕였다.

"리나 양 옆에서 그 버섯에 대해 잘 배우고 오세요. 독버섯의 무서움을 똑똑히 배우고 오는 거예요. 버섯은 문외한이 경솔하게 건드렸다간 큰일이 나는 아주 흥미로운 대상이니까요."

지극히 타당한 식견을 보여주는 미아였다. 미아가 본인을 '상당한 버섯 숙련자!'라고 인식하고 있다는 점이 아쉽지만…….

"그렇군요. 알겠습니다."

벨은 바짝 기합이 들어가 황녀다운 고고한 얼굴로 고개를 끄덕인 뒤,

"가요, 리나."

사대 공작가의 영애, 슈트리나를 데리고 조리실을 나섰다.

똑바로 세워서 든든하면서도 믿음직한 등을 바라보자 제국의 미래도 안녕하리라는 걸 확신할 수 있…… 확신……, 확신? 안녕……? 아니, 그 정도는 아닌가.

뭐, 그건 그렇다 치고…….

"그런데…… 이번에는 미아치고는 드물게도 공격적인 수단이었네. 적이라고 해도 그런 독버섯을 먹이다니……."

시온이 의외라는 얼굴로 말했다.

"사피아스 공자가 휘말리게 될 것 같다는 걸 알고 분노를 채 다스리지 못한 건가? 뭐, 실제로 나도 에샤르를 함정에 빠트린 자가 관여했다고 들었다면 마찬가지로 강경한 수단을 썼을지도 모

르지만……."

시온의 질문에 순간 멍하니 입을 벌릴 뻔했던 미아였으나…….

"……네. 음. 대충 그런 느낌이었어요."

미아는 무겁게 고개를 끄덕였다. 팔짱을 끼고 마치 전부 계획대로였다는 듯한 분위기를 조성하며 고개를 끄덕끄덕 주억거렸다!

그걸 싸늘한 얼굴로 바라보는 시크우드와 미묘하게 눈이 마주쳤다.

"어머, 키스우드 씨. 왜 그러시죠……?"

"……아뇨. 뭐, 그러시겠죠. 네. 그런 것으로 하겠습니다."

무언가…… 은근히 떨떠름한 얼굴이었지만 억지로 동의하는 키스우드였다. 한편,

"미아 황녀 전하가…… 사피아스 님을 위해 분노를…… 그래서 그런 버섯을……."

가슴 앞에서 두 손을 꼭 모아쥔 레티치아는 감동에 젖어 눈시울이 붉어져 있었다.

사피아스를 너무 좋아하는 레티치아는 사피아스가 엮이면 때때로 현명함이 마이너스 50이 되어버리는 사람이었다. 미아가 그런 레티치아의 손을 꼭 잡고…….

"네. 실은…… 이번에 저는 그래서 여기에 왔답니다."

베테랑 파도타기 기술자이자 어떤 작은 흐름에도 올라타는 해파리이기도 한 미아는 흐름이 발생하면 놓치지 않는다.

"사실 얼마 전, 제게 사피아스 공자가 모반을 일으킨다는 정보가 들어왔습니다. 물론 저는 사피아스 공자를 믿었지만…… 그래

도 무언가 가슴이 술렁거리더군요."

뻔뻔하게 그런 소리를 늘어놓는 미아였다! 하지만…… 이번에는 딱히 죄책감은 없었다.

아무튼 레티치아와 친해지려고 한 단계에서 사피아스에 대한 의심은 깨끗하게 사라졌기 때문이다.

사피아스가 완전히 무죄라는 걸 알기 전부터 믿고 있었다고 말할 수 있는 아슬아슬한 타이밍이었던 셈이지만……. 아무튼 미아에게는 사피아스를 믿었다는 자부심이 있었다.

따라서 당당하게 가슴을 펴고 말했다!

"사피아스 공자는 제게 무척이나 소중한 사람이고, 만약 무슨 일이 있다면 큰일이니 이렇게 찾아왔죠. 설마 뱀이 이런 곳에 숨어있을 줄은 생각지도 못했지만요……."

"죄송합니다. 미아 님, 저희 슈베르트 가의 메이드가 이런 짓을……."

얼굴이 파리해진 레티치아에게 미아는 명랑한 미소를 돌려주었다.

"사과는 필요 없어요. 그들은 어떤 곳에든 숨어있는, 아주 무시무시한 존재니까요. 당신 잘못이 아닙니다."

"하지만……."

분위기가 팽팽하게 조여들려고 하는 바로 그 순간이었다.

"누나……. 나 배고파……."

키릴이 야나에게 칭얼거리는 목소리가 들렸다. 그러자 순식간에 분위기가 느슨해졌다.

"아, 그랬었죠. 완전히 잊고 있었네요."

짝 손뼉을 친 미아가 고개를 끄덕였다.

"확실히 아직 식사를 하지 않았었죠……."

미아는 채소 냄비 쪽을 보았다.

"함께 만든 요리는 있지만……."

수중에는 해독약과 독이 있다……. 해독약을 넣으면 안전하게 만들 수 있을지도 모르지만…….

"차자 독이 든 음식을 위험을 감수하면서 먹을 수는 없죠. 아깝긴 해도 저 냄비의 요리는 파기해야겠어요……. 그리고 새로 다른 요리를 만드는 게 좋지 않을까요?"

미아가 지극히 가벼운 태도로 터무니없는 말을 꺼냈다!

"잘 생각해 보면 요리할 때 벨과 리나 양과 키릴, 그리고 패티도 야나도 참가하지 못했고요……. 키스우드 씨와 사피아스 공자도 요리하고 싶으셨던 것 아니었나요?"

배려심이 넘치는 미아는 주변 사람들을 배려하는 데 여념이 없다.

"아뇨, 아닙니다, 미아 황녀 전하……. 그, 그게, 그래요. 이미 재료를 다 써버리지 않으셨나요?"

당황하면서 말리려고 하는 사피아스. 하지만……. 미아는 참으로 사랑스러운 미소를 지었다.

"후후후. 그런 거라면 문제없답니다. 보세요."

미아가 손가락으로 가리킨 곳에는 아직 산더미처럼 채소가 남아있었다…….

"아직 재료가 남아있으니까요. 게다가 채소란 그리 오래 보존할 수 없는 재료입니다. 따라서 문제도 해결했으니 다시 요리를……."

"아, 아뇨. 하지만 아무리 그래도 이런 일이 일어난 직후에 요리를 하는 건 조금……."

키스우드가 옆에서 지원군으로 나섰지만…….

"이런 일이 일어났기 때문…… 이에요."

미아의 표정이 확 진지해졌다. 그러고는 옆에 있던 야나의 머리를 쓰다듬었다.

"미안해요, 야나. 무서운 일을 겪고 말았군요."

"아, 아뇨…… 저기, 그게……."

갑자기 쓰다듬는 손길에 뺨이 붉어진 야나. 미아는 자상한 미소를 지었다.

"아이들에게 오늘의 기억을 이런 식으로 끝내게 하고 싶지 않습니다. 즐겁게 요리했다는 추억을 아이들에게 주고 싶어요."

"으윽……."

키스우드는 말문이 막혔다.

미아가 늘어놓는 정론에 반론할 말이 없었기 때문이다.

확실히 지하도에서 무서운 일을 겪은 아이들이 이대로 오늘을 끝내는 건 불쌍하다. 그걸 내버려두는 건 시온의 종자에 걸맞지 않은 일일지도 모른다…….

한편으로 사피아스도 적절한 반론을 떠올리지 못하고 있었다.

문득 시선을 돌리자 사랑하는 레티치아가 의욕이 넘쳐난 상태인 게 보였다.

"지하실에서 노력하신 사피아스 님을 위해서도……!"

기합이 들어간 중얼거림과 함께 팔을 걷어붙이고 있다. 그런데다 아이들을 위해서라고 하면 강경하게 반론하는 게 그림이 이상해진다.

그렇게 난처해진 그들이 시선을 굴린 곳, 그곳에는 최후의 요새 다리오가…… 다리오가! ……없었다!

"어? 다리오는……."

"죄송합니다. 사피아스 님, 다리오는 게르타 일이 충격이었던 건지 잠시 혼자 있고 싶다고……."

그렇게 말하는 레티치아의 목소리를 듣고 사피아스는 대충 알아차렸다.

처남…… 도망쳤구나!

"크윽. 도망치다니, 한심하구나……. 처남!"

그렇게…… 조금 전 자신의 행동은 기억 저편으로 휙 집어던진 사피아스였다.

제47화 뱀의 저주와 사라진 후작

그렇게…… 즐거운 요리 시간이 끝난 뒤, 타이밍 좋게 슈트리나에게서 보고가 들어왔다.

게르타를 심문한 결과 게르타, 슈베르트 가에서 일하던 젊은 메이드, 같이 있던 남자 세 명이 레티치아를 유괴할 계획을 세웠다는 건 거의 확실한 모양이었다.

"그래서 사피아스 공자에게 모반을 일으키게 만든다……. 너무하군요."

미아는 그렇게 중얼거리며 사피아스 쪽을 보았다. 사피아스는 역시 충격을 받은 건지 어딘가 기운이 쭉 빠진 것처럼 보였다.

그리고 신기하게도 옆에 있던 키스우드도 축 처져있다! 어째서일까?

의아해서 고개를 갸웃거리면서도 미아는 슈트리나에게 시선을 되돌렸다.

"역시 리나 양. 훌륭한 솜씨였습니다."

미아의 칭찬에 슈트리나는 평소와 다름없는 가련한 미소를 지었다.

"감사합니다. 벨이 보고 있었기에 살짝 기합이 들어가더라고요."

그렇게 말하며 슈트리나는 어째서인지…… 손가락을 꿈틀꿈틀 움직였다.

그 뒤에서는 벨이…… 미묘하게 위축된 얼굴이었다!

"어라……? 대체 어떻게…… 설마!"

미아도 깨달았다.

"그 버섯을 먹고 그렇지 않아도 웃음이 쉽게 나오는 게르타 씨를 더욱 간질여서 심문한 건가요……?"

꿀꺽 군침을 삼키는 미아. 주변 사람들 사이에서도 소란스러운 분위기가 흐를 뻔했으나 슈트리나는 몹시 뜻밖이라는 얼굴로 고개를 저었다.

"간질이다니…… 리나는 그런 품위 없는 짓은 하지 않습니다. 그저 간질일 거라고 생각하기만 해도 간지러워지는 게 사람의 심리니까요……. 그걸 보여주니 간단하더군요. 우후후."

생글생글 웃으며 손가락을 꿈틀거리는 슈트리나.

"리나, 엄청 가차 없었어요……. 미래에서도 간지럼이 특기라 저는 리나가 진심으로 화날 만한 짓은 하지 않으려고 노력하거든요."

진심으로 화나지 않는 아슬아슬한 선이라면 발을 들여놓는 것 같은 말투였다. 뭐, 사이가 좋아 보여서 다행이다.

"이것으로 이번 사건에 관한 건 대략 캐낸 것 같지만, 미아 님께서도 직접 심문하시겠습니까?"

"흐음, 글쎄요……."

솔직히 심문 같은 건 결로 관심이 없지만……. 그 버섯의 효능이라면 조금 관심이 있다.

──그 버섯의 맛도 궁금하고요……. 역시 직접 이야기를 들어보는 게 좋으려나요…….

그렇게 생각한 미아는 인선을 추렸다.

섣불리 버섯에 대해 물어 보러 간다고 했다간 막으려고 할 듯한 느낌이 들어서 인선은 신중하게 정해야 한다고…… 주변을 둘러봤을 때…….

"저기, 미아, 언니."

불쑥 드레스 자락이 잡아당겨졌다. 그쪽을 보자 패티가 똑바로 바라보면서 입을 열었다.

"부탁이 있습니다. 게르타…… 그 메이드의 이야기를 들을 때 저도 듣게 해주세요."

"흠……?"

미아는 조금 놀란 얼굴로 패티를 보았다. 어딘가 궁지에 몰린 것처럼 보이는 표정에 살짝 고개를 기울였다.

──패티가 이런 말을 꺼내다니, 별일이네요…….

그러고는 잠시 숙고.

패티의 비밀은 아직 아무에게도 말하지 않았다. 따라서 여차할 때를 생각해 보고…….

"……그런 거라면 저와 패티가 이야기를 들으러 갈까요……. 리나 양, 그녀는 아직 마비되어서 움직이지 못하는 거죠?"

"거짓말도 하지 못하고 몸도 움직이지 못합니다. 이야기를 듣기에는 최적의 상태일 겁니다."

슈트리나의 대답에 고개를 끄덕인 후 미아는 시선을 굴려 말했다.

"그럼 아벨과 시온…… 그리고 사피아스 공자는 다른 두 사람에게서 이야기를 들어주시겠어요?"

재빠르게 역할을 분배한 다음 미아는 주방을 뒤로했다.

게르타를 감시하는 곳은 슈베르트 저택의 한 방이었다.

만약을 위해 등 뒤로 손을 묶고 의자에 앉혀놓은 노령의 메이드 게르타. 어쩐지 힘이 없어 보이는 건 슈트리나의 혹독한 심문을 거치며 체력을 소모했기 때문인 걸까.

그녀는 미아를 보더니 얼굴에 미소를 머금으며 말했다.

"이거 제국의 예지 아니신지……. 패잔병을 비웃으러 오다니 취미 한번 고약해라. 아하하."

"……웃는 건 당신인데요……."

미아는 드물게도 적절한 태클을 걸면서 게르타 앞에 앉았다. 그러고는 패티도 옆에 앉도록 권했다.

──자 그럼, 무슨 이야기를 할까요……? 아니, 잘 생각해보면 패티가 뭘 묻고 싶은 건지도 모르고…….

그렇게 패티를 살펴보려고 했을 때…….

"하지만 설마 이제 와서 클라우지우스 가를 조사할 줄은 생각지 못했습니다……. 아마 그 여자…… 패트리시아 황후가 배후에 있겠지만……. 정말이지, 그 여자는 죽은 뒤에도 우리를 방해하다니……."

그 말에 미아는 눈을 크게 떴다.

"클라우지우스…… 그리고 패티…… 패트리시아 할머니……. 당신은 할머니를 알고 있는 거군요?"

말을 한 뒤에 문득 깨달았다.

──어라? 그렇다면 혹시 패티도 이분을…… 아는 건가요?

재빠르게 패티의 얼굴을 보았지만 패티는 여전히 무표정으로 일관하고 있었다.

"아하하, 뻔뻔해라. 제가 클라우지우스 가에서 일하던 것도, 후후, 이미 조사했잖아요? 어설픈 연기는 필요 없습니다. 후후, 놀란 척하지 않아도 돼요."

게르타는 씹어뱉듯이 말했다.

"이미 알고 있을 테지만 패트리시아를 키운 건 저와 어머니입니다. 후, 후후, 하, 하지만 뱀으로서 철저히, 가르쳤다고 생각했는데, 배신했죠. 클라우지우스 가에서 부양받아놓고 정말 은혜도 모르지…… 아하하하."

"그 클라우지우스 가란 대체 무엇인가요?"

미아는 이전부터 궁금하던 걸 물어보았다. 그러자 게르타는 눈썹을 찡그리고는.

"황당하군. 황실의 황녀가 그런 것조차 모르다니. 초대 황제 폐하의 뜻을 잊어버리고 이 몰골은, 정말이지, 픕, 흐흐……. 하, 한심스러워라."

고개를 절레절레 저었다.

"이런 사태를 위해 클라우지우스 가가 있었는데…… 그 은혜도 모르는 여자 때문에……."

"으음, 그러니까 이러한 사태…… 는 뭘 말하는 거죠?"

"설명할 일도 아닙니다……. 후, 후후후, 배신자 옐로문에 대해선 이미 아시잖아요? 클라우지우스 가 또한 그와 비슷한 역할. 초대 황제 폐하께서 세우신 훌륭한 계획을 실행하기 위한 가문입니다. 푸흐, 옐로문 가는 암살로 폐하의 계획을 실현하기 위해 노력하죠. 반면 클라우지우스 가는 황실의 부패를 위한 안전장치."

"황실의 부패……?"

"당신 같은 사람을 말하는 겁니다. 미아 루나 티어문. 후후후, 제국의 예지. 후후후."

게르타는 미아를 노려보며 말했다. 노려보…… 고는 있지만 입은 히죽히죽 웃고 있어서 괜히 더 무서웠다.

"인간은 나약한 생물. 파멸의 뜻이 흐려지기도 하죠. 하물며 나라의 정점인 황제가 된다면 지금 생활에 만족해버릴지도 모른다……. 그렇게 되지 않도록 당대 황제를 절망으로 이끌고 초대 황제 폐하의 의지에서 벗어나지 못하게 하는 것이야말로 클라우지우스 가의 사명이었습니다. 풉……."

"패트리시아 할머니도 그런 가르침을 받았다……?"

"그래……. 패트리시아. 그 배신자. 가난한 첩의 딸 주제에……. 황후로 만들어주기까지 했는데 뱀을 배신하다니. 아하하. 용서할 수 없는 배신입니다. 그러니까……."

게르타가 씨익 입꼬리를 올리며 웃었다.

"그러니까 벌을 받은 거죠. 그 여자의 동생…… 하네스 클라우지우스는 뱀의 저주를 받았으니. 아하하하하하!"

하네스의 이름이 나온 순간 패티의 몸이 움찔 떨렸다.

"뱀의 저주……. 그건 대체 뭐죠……?"

미아 또한 목소리가 떨렸다. 이쪽은 단순히 '저주'라는 무서운 단어에 겁을 먹은 것뿐이지만……. 뭐, 그건 넘기고.

"하네스 클라우지우스는 클라우지우스 가의 가주였습니다. 황후 패트리시아를 뜻대로 조종하기 위한 인질이었지만…… 그 남자는 누나와는 다르게 장래성이 있었죠. 매일 꼬박꼬박 '땅을 기어가는 자의 서'를 읽었고, 관련된 각종 서적을 찾아 읽었습니다. 그건 마치, 뱀에 사로잡힌 것처럼…… 푸흐흐."

게르타는 의미심장하게 말을 끊었다가 마저 이었다.

"그리고 어느 날, 하하, 하네스는 홀연히 사라졌습니다. 그 황후의 행동에 분노한 뱀이 저주해서 죽인 건지, 아니면 끌려간 건지……. 도망쳤다고 해도 뱀이 없다면 살지 못하는 몸. 지금쯤은 죽었겠죠. 후후후, 어쨌거나 유쾌한 일이죠. 아하하."

참으로 즐겁다는 듯 웃는 게르타. 그런 게르타를 향해 패티가 쭈뼛거리며 말을 걸었다.

"게르타…… 당신, 정말 게르타야?"

얼굴 가득 곤혹스러움이 드러난 패티. 그 얼굴을 보고 게르타는 눈을 가늘게 떴다.

"아아…… 꼬마야……. 그 눈. 역시 너는 닮았구나. 그 녀석을, 그 쓸모없는 패트리시아를…… 후후후. 혹시 너는 그 여자의 환생인가? 그런 거라면 저주받으라지. 너도, 제국의 예지도, 모조리……."

마치 술에 취한 것처럼 기분 나쁜 억양으로 게르타가 웃어댔다.

그걸 본 미아는 으스스한 오한이 등을 타고 올라오는 것을 느꼈다.

방에서 나온 뒤 미아는 패티를 힐끔 살폈다.

패티는 말없이 고개를 숙이고 있었다.

"저기…… 패티?"

이렇게 된 이상 사정을 설명할 필요가 있다고 판단한 미아였지만, 어떻게 말해야 할까……. 어떻게 얼버무려야 할까…….

끙끙 고민하고 있을 때…….

"……동생…… 하네스를 만나게 해줘……."

툭, 작은 중얼거림이 들렸고……. 다음 순간, 패티가 고개를 홱 들었다.

"하네스는…… 하네스는 어디 있어? 만나고 싶어……. 보고 싶어."

드레스를 꽉 움켜쥐며 패티가 말했다. 뚝, 뚝, 그 눈에서 눈물이 흘러내렸지만…… 그 얼굴은 역시 표정이 없다. 마치 표정을 드러내는 게 단단히 금지된 것처럼…….

아니…… 금지된 것처럼이 아니다. 실제로 금지당했을 것이다……. 분명 소녀에게서 표정을 없애고 표정조차 스스로 제어하여 상대방을 유도할 수 있도록…… 뱀이 가르쳤을 것이다.

"패티……."

그런 소녀에게 미아는 아무 말도 하지 못해서…….

"보고 싶어……."

갈라진 목소리를 듣기만 하는 게 고작이었다.

번외편
푸른 달과 붉은 달의 다과회
~마지막 월광회~

THE LAST TEA PARTY OF CLAIR
DE LUNE DURING BLUE MOON AND RED MOON.

그것은 사라진 역사의 한 막.

　제국의 황녀 미아벨이 살아간 세계, 미아벨이 마지막 황녀가 되어버린 세계, 그리고 우리의 미아가 행복한 가족을 구축하고 만족해버리는 바람에 제국 첫 여자 황제 같은 걸 목표로 삼지 않아도 될 것 같은데…… 라며 살짝 방심해버린 세계의 이야기.

　티어문 제국의 황위가 공석이 된지 수년의 시간이 흘렀다.

　다음 황제를 둘러싼 귀족들의 경쟁은 한층 격렬해졌고, 이윽고 서로의 사병단끼리 충돌한다는 최악의 형태로 흘러가고 있었다.

　다음 통치자로서 추대받는 사람은 제국 사대공작가, 통칭 별을 지닌 공작가의 일원들이었다. 황제와 혈연이기도 한 그들은 둘씩 동맹을 맺고 산하의 귀족을 이끌어 패권을 쟁취하려고 했다.

　중앙귀족의 지지를 견고히 한 블루문 가 및 외국과 강한 인맥을 지닌 그린문 가를 중추로 삼은 창취파(蒼翠派)와 군부에 강한 영향력을 지닌 레드문 가와 최약체 옐로문 가를 중추로 삼은 세력 홍황파(紅黃派)는 서로의 피로 피를 씻어내는 전쟁에 투신하게 되었다.

　한편, 처음에는 묵묵히 지켜보던 선대 황제의 딸 미아 루나 티어문은 국가가 분열될 위기를 앞에 두고 가신들의 요청에 응해 자신이 황위를 이어받기로 결심. 하지만 그게 실행되기 직전, 딱 그 결기 집회를 겸한 연회 자리에서 독으로 암살당하고 말았다…… 고 역사서는 기록한다.

그 후 미아의 아이들은 차례차례 죽어 나갔고, 남은 핏줄은 둘. 행방불명된 제3황녀 패트리샨느와 그녀의 딸 미아벨 뿐이었다.

그렇게 제국은 결정적으로 분열되었고 내전이 발발했다.

후세에 창홍 전쟁이라고 불리게 되는 이 전쟁으로 인해 비옥한 현월 지대는 황폐해졌고 국내의 치안은 급속도로 악화일로를 걷게 되었다.

그런 위험 지대가 된 제국에서 비교적 평온을 유지하는 땅이 있었다. 제도 루나티어다.

제도의 중심이라고도 할 수 있는 장소, 백월 궁전 또한 흐린 하늘 아래에서도 그 위용을 유지하고 있었다.

주인을 잃은지 오래되었음에도 그 정원도, 성 내부도 꼼꼼하게 손질되어 있었다. 그것은 마치 선대 황제 마티아스에게, 혹은 그 딸이자 제국의 예지 미아 루나 티어문에게 바치는 충성을 드러내는 것처럼 보였다.

"변함없구나…… 이 성은……."

사피아스 에트와 블루문은 권위의 상징인 성을 보며 흐릿한 미소를 지었다.

"여기가 언젠가는 내 거성이 된다고 생각하면 무심코 웃음이 나와."

그 말이 향하는 곳에는 죽은 아내의 동생, 다리오 슈베르트의 모습이 있었다.

사피아스는 슈베르트 후작이 된 처남을 데리고 당당하게 성문을 통과했다.

"하지만 백월궁전이라……. 오랜만에 오는군. 이전에 왔을 때는 레티도 같이 있었는데……."

"누나와……?"

"그래. 그건 나와 레티의 결혼을 보고하러 찾아왔을 때였지. 하하하, 그리워. 그때는 마티아스 폐하도 미아 황녀 전하도 건재하셨고…… 나와 레티의 결혼을 축복해주셨지만……."

인기척 없는 계단을 올라가 두 사람은 공중정원에 도착했다. 제도를 내려다볼 수 있는 아름다운 정원 내부, 테이블석에 선객이 있었다.

"안녕, 오랜만이야. 청월의 귀공자."

손을 들어 털털한 어조로 말을 건넨 사람은 붉은 머리카락의 여성이었다.

청년이었을 때와 다를 게 없는 패기 넘치는 얼굴. 하지만 자세히 보면 그 눈꼬리에는 살짝 주름이 잡혔고 타오를 것 같던 붉은 머리카락 사이사이로 다 타버린 잿빛이 눈에 들어왔다.

당연했다. 본래대로라면 자신들은 자식은 물론이고 손주가 있어도 이상하지 않은 나이다. 대귀족가의 가주이면서 자신과 마찬가지로 독신을 유지하는 그녀에게 미약한 친근감을 느낀 사피아스는 저도 모르게 쓴웃음을 지었다.

"오랜만……, 그래. 찬란한 세인트 노엘을 졸업한 이후 처음인가? 아니, 전장에서 얼굴을 본 적도 있었던가?"

사피아스는 루비 옆에 있는 여성에게 시선을 주었다.

"하지만 별일이군. 옐로문 가의 인간이 이 월광회에 참석하는 건 처음 아닌가?"

"그랬던가요?"

쿡쿡 가련한 미소를 짓는 그녀는 옐로문 가의 영애, 슈트리나 에트와 옐로문이었다. 아직 소녀같은 분위기인 그녀였지만 역시 세월의 흐름에는 이기지 못한 모양이다.

루비와 마찬가지로 그 얼굴에는 나름대로 세월을 살아온 노화가 보였다.

"그거 실례했습니다. 젊음의 치기라고 해야 할까요. 낯가림이 심했거든요."

"그보다 녹월의 공녀님은 오늘은 불참인가? 모처럼 오랜만에 열린 월광회인데……. 애초에 이 다과회는 그녀가 시작한 모임 아니었나?"

루비의 시선을 받은 사피아스는 어깨를 으쓱했다.

"에메랄다 양은 미아 황녀 전하의 별세하신 뒤로 완전히 우울해졌거든. 그녀의 동생을 데려오려고 했는데……. 군인 놀이에 심취한 영애가 있는 다과회는 사양하겠다나."

그러더니 그는 뒤를 돌아보았다.

"오늘은 대신 처남을 데려왔는데, 괜찮을까?"

그 말을 듣고 다리오는 살며시 등을 폈다.

"처남…… 슈베르트 후작이군. 사대공작가에 속하지 않은 자가 이 자리에 있는 건 규칙 위반…… 같은 잔소리를 하겠지. 녹월의 공녀님이라면."

"그렇다면 문제없군. 그녀는 여기에 없으니까."

그렇게 두 사람은 불쑥…… 혹은 지극히 자연스럽게 침묵했다.

사피아스의 뇌리에는 그 시끄러운 녹색 머리 소녀의 모습이 떠올라 있었다.

문득…… 생각한다.

그 시끄러운 여자가 있다면 이 거북한 상황은 조금 달라졌을까?

항상 말이 많고, 사대공작가란 어때야 한다는 둥, 제국을 뒷받침하는 역할이라는 둥, 중앙 귀족의 품격이라는 둥 말하던 그녀. 그건 세인트 노엘을 졸업한 뒤로 조금씩 줄어들더니 미아 황녀가 죽은 뒤엔 완전히 사라져버리고 말았다.

──에메랄다 양이 시끄럽던 시절이라. 하하, 정말 그립군…….

사피아스는 새삼스레 과거 세인트 노엘에서 보낸 나날을 떠올렸다.

그 시절…… 티어문 제국의 정점, 황제 자리가 지금보다 훨씬 더 멀었던 그 청춘의 기억.

아직 가주를 이어받지도 않았고 그 누구도 아니었던 그 무렵엔 이 미래는 더 눈부실 것이라 보였지만…….

"후우……. 그나저나 그린문 가에서 사람이 오지 않는다면 이번 모임은 그리 의미가 없군. 이건 별을 지닌 공작가의 친목을 다지기 위한 모임이니까."

그 목소리에 머리가 스윽 식었다.

그래…… 모든 것은 말해봤자 무의미하다.

오늘 자신은 옛 우정을 회고하기 위해 온 것이 아니니까.

"그렇게 따지면 황족을 부르지 못하는 시점에서 월광회에 의미 같은 건 없지."

자리에 앉은 사피아스는 당당하게 다리를 꼬며 입꼬리를 올렸다.

"본래 이 모임은 황녀 전하와 우리 별을 지닌 공작가 일원들의 친목을 다지기 위한 모임이었으니까. 하지만…… 참 아이러니해. 그 월광회를 유명무실하게 만든 사람에게서 월광회에 오라는 초대를 받다니."

목소리를 낮추고 파고들었다. 그러자,

"유명무실하게 만들었다? 글쎄…… 무슨 소리지?"

루비가 눈을 깜빡이며 대답했다. 찻잔을 들고 맛있다는 듯 한 모금 마시는 루비에게 사피아스는 규탄의 말을 들이밀었다.

"시치미떼지 마……. 선제 마티아스 폐하의 핏줄을 끊어놓는 짓을 한 건 너희 둘 중 하나잖아?"

미아 황녀의 독살을 기점으로 그녀의 자식과 손주가 차례차례 죽었다. 거기에 누군가의 작위적인 개입이 있었다는 건 명백해 보였다.

사피아스는 루비를, 그리고 슈트리나를 순서대로 노려보았다. 하지만…….

"만약 나에게 그 죄를 씌우고 싶은 거라면 잘못 짚었어. 애초에 미아 황녀 전하의 핏줄이 끊어지면 다음 황위를 이어받는 건 너일 텐데? 사피아스 에트와 블루문. 네가 황위에 앉으려고 저지른 짓이 아니고? 모략은 블루문 파의 특기잖아?"

"뭐라고……?"

반사적으로 일어나려고 한 사피아스의 어깨를 그의 처남, 다리오가 살며시 눌렀다. 사피아스의 오른팔로서 중앙 귀족을 통솔하는 그는 담담한 어조로 말했다.

"사피아스 님, 냉정하셔야 합니다."

"좋은 판단이야. 슈베르트 후작. 나라면 너희 두 사람을 상대한다고 해도 지지 않을 테니까."

루비는 허리에 차고 있는 검에 손을 올려놓고 우아하게 웃었다. 그 반응에 다리오도 도발하듯 웃어넘겼다.

"실례지만 우리 맹주 사피아스 님이시라면 당신에게 절대 밀리지 않을 겁니다. 제가 말린 건 단순히 오늘은 대화를 위해 왔기 때문입니다. 물론 이 이상 사피아스 님께 무례를 저지르신다면 저도 용서하지 않을 테지만요……."

그 또한 허리에 찬 검을 가볍게 어루만지며 말했다.

"하하! 당돌하군. 슈베르트 후작. 청월의 맹주님보다는 훨씬 대담해 보여. 다만 먼저 우리 레드문 가를 의심하고 모욕한 건 그쪽이라고 보는데."

루비는 사피아스에게 시선을 주었다.

"애초에 독 같은 건 우리 레드문 가에 어울리지 않지. 한다면 정정당당히, 정면에서 무력으로 때려잡는다. 그렇잖아?"

"……글쎄?"

사피아스는 짜증스레 다리를 꼬며 혀를 찼다.

"아무튼 이쪽은 그리 친목을 다지려는 마음은 들지 않아. 루비

에트와 레드문. 나는 영락없이 네가 항복하려고 하는 줄로만 알았는데…….”

“항복? 어째서지?”

의외라는 루비에게 사피아스는 눈썹을 찡그렸다.

“뻔하지 않냐…… 고 말하고 싶지만, 만약 정보를 입수하지 못한 거라면…….”

“베이르가의 성녀 라피나 님과 손을 잡았으니까……. 뭐 그런 건가?”

“음…….”

머뭇거리는 사피아스를 놀리듯 루비는 경쾌한 어조로 말했다.

“아, 그래. 딱히 놀랄 일은 아니잖아? 그쪽이 홍황파의 움직임을 아는 것처럼 우리도 창취파의 움직임 정도는 조사하지. 오히려 군사의 기본이니까.”

루비는 자신의 찻잔을 들고 우아하게 한 모금. 그러고는 온화한 미소를 지었다.

“그런가. 알고 있다면 편하지. 설마 그 성황제의 군대를 적으로 돌리려는 건 아니겠지? 세상을 적으로 돌리는 셈이라고.”

오연하게 선언하는 사피아스였지만 루비는 코웃음 쳤다.

“오오, 자기 힘도 아니면서 잘도 그렇게 거들먹거릴 수 있구나. 그렇게 생각하지 않아?”

루비의 말에 슈트리나는,

“다른 사람의 권위를 빌리는 건 약자의 상식이니까 놀랄 말한 일은 아니라고 봅니다.”

도발하듯 쿡쿡 웃었다.

"그렇군. 듣고 보니 맞는 말이야."

루비는 너그럽게 고개를 끄덕인 후 사피아스에게 시선을 돌렸다.

"솔직히 항복할 마음은 없어. 오히려 기대되는걸? 너희 창취군은 상대하는 보람이 전혀 없었으니까."

"어리석기는……."

얼굴을 살짝 꿈틀거리며 사피아스가 신음했다.

"성황제 예하와 싸울 수 있다고? 홍황군이 아무리 제국군의 반이상을 포섭했다고 해도 지나친 오만이 아닌가?"

"딱히 제국군만으로 싸우려는 생각은 없어. 적의 적은 아군이라고 하잖아?"

여유로운 루비의 태도에 사피아스의 눈이 가늘어졌다.

"선크랜드의 반성황제파와 손을 잡겠다는 건가? 아니면 렘노 왕국?"

"하하하, 그래. 혹은 기마왕국의 생존자도 나쁘지 않지. 몇 명정도 객장으로 받아들이면 힘이 되어줄 거야. 다만 즉, 정세는 지극히 혼란스럽다는 뜻이지. 각 세력을 합산하면 과연 어느 세력이 가장 많을지……. 이거 참으로 즐거운 상황인데."

사피아스는 까득 이를 갈고 고개를 저었다.

"어디까지나 전쟁을 원한다면 어쩔 수 없지. 레드문의 멧돼지에게 제대로 된 판단을 기대하는 게 어리석었어. 쓸데없는 시간이었군."

그대로 자리에서 일어나려는 사피아스를 보고 루비는 눈썹을 들었다.

"뭐야, 한 모금 정도는 마시고 가지? 오늘은 좋은 찻잎이 들어왔는데."

그렇게 말하며 그녀는 찻잔을 가리켰다.

"천천히 차를 즐기자고. 이 자리를 떠나면 다시 적으로 만날 테니. 그렇다면 지금만큼은 차향을 즐기면서 옛 우정을 추억하고 싶은데……."

"이게 좋은 찻잎이라고……."

사피아스는 비웃듯이 뺨을 뒤틀며 웃었다.

"마시지 않아도 향으로 알 수 있어. 홍차 생산지 정도는. 확실히 나쁘지는 않지만…… 이 내가, 블루문 공작이 입에 담기에는 다소 부족하군."

그러더니 이번에야말로 그 자리를 뒤로했다. 복도를 걸어가던 사피아스는 문득 멈춰 서더니 뒤를 돌아보았다.

공중정원, 홍차를 마시는 루비의 모습을 보며…… 불현듯…….

"우리는…… 어디서 잘못된 걸까…….."

그녀와는 딱히 사이가 좋았던 건 아니다. 하지만 같은 학교를 다녔고 무도회에서는 파트너가 되어 춤을 춘 적도 있다. 다과회에서 얼굴을 본 적도 여러 번 있었지만…….

"레티의 기일까지는 전부 끝내겠어. 레드문과 옐로문을 근절시키고 이 내가 황제가 되어서…… 레티의 무덤에 보고하러 가야지."

미련을 끊어내듯 사피아스가 딱딱한 목소리로 말했다.

"사피아스 님, 무리하시는 건……."

"무리일 리가. 중앙 귀족도 성황제 예하도 우리 편이야. 질 리가 없지……. 무의미한 전란 같은 건 바로 진압할 거다. 티어문 제국의 차기 황제로서."

공중정원에서 나가는 사피아스를 보며 루비는 고개를 저었다.

"저런, 그는 언제부터 소믈리에가 된 건지……. 감별사도 아닌데 한 모금도 마시지 않는다니 예의가 없어. 어디 가서 중앙 귀족이라고 하지도 못하겠군. 나 원."

그렇게 말하더니 루비는 사피아스의 찻잔을 가져왔다.

"옛날에는 상대가 누구든 귀족이라면 예의로서 한 모금은 마셨는데……. 서로 나이를 먹었다는 건가? 아니면…… 소중한 사람을 잃고 변해버렸거나……."

루비는 찻잔에 담긴 홍차를 근처에 있던 나무에 부어버렸다.

"그건 식물에 별로 좋지 않아서 시들어버릴 거예요."

"그래? 독은 아니라고 들었는데……."

"네. 마셔도 죽지 않으니까 독은 아닙니다. 마음을 빼앗는 약이거든요."

가련한 미소를 지으며 슈트리나가 말했다.

"그나저나 개량형의 자신작이었는데, 실험해보지 못해서 아쉽네요."

"정면으로 붙어서 패배하는 걸 원한다면 그 바람을 이뤄주지 못할 것도 없지만……. 역시 성황제의 아쿠에리안 포스는 조금 골치 아파."

오늘 다과회의 목적은 당연히 사피아스를 생포하는 것이었다. 오른팔인 다리오 슈베르트 후작까지 손에 넣을 수 있다면 금상첨화. 최소한 죽여놓고 싶었는데…….

"어쩔 수 없지. 선크랜드의 시온 왕에게 정식으로 지원군을 요청하자."

"선크랜드는 지원군을 보내줄까요?"

작게 고개를 기울이는 슈트리나의 의문에 루비는 담담히 대답했다.

"성황제의 군대를 협공할 좋은 기회라고 본다면 가능성은 있지만, 글쎄. 자칫 잘못하면 이쪽이 창취파와 성황제의 협공을 상대해야만 하겠지. 이거 제법 비관적인 상황 아닐까?"

그런 것치고 루비의 얼굴에는 미소가 번져 있었다. 미소…… 확실히 웃고는 있다. 하지만 그 미소는 어딘가 자포자기한 듯 위태로운 느낌이 들었다.

"즐거워 보이네요……."

"뭘, 딱히 진다고 해서 어떻게 되는 것도 아니잖아. 아무것도 이루지 못하고, 싸우지 않고 생을 마치는 것보다는 아주 화려하게 패배하는 게 낫지."

루비 에트와 레드문── 홍황파의 수장인 그녀는 파벌의 지도자에 걸맞지 않은 자멸적인 어조로 말하며 고개를 저었다.

그녀 또한 소중한 사람을 잃고 변해버린 사람이었다.

그녀가 사랑하는 사람은 미아 황녀의 제1황자를 지키는 싸움에서 숨을 거뒀다. 용감하고 과감한 전투였다고 들었지만, 루비에게는 아무런 의미도 없었다.

레드문 가의 사병단에 스카우트되었다면…… 용기를 갖고 아버지에게, 그렇게 진언했다면…….

후회는 있지만, 이미 그건 어떻게 해볼 수 없는 일. 누군가를 원망하지도 못한 채 루비는 그저 무미건조한 나날을 무료하게 살아갔고, 정신을 차리고 보니 레드문 가의 가주를 이어받은 뒤였다.

"뭐, 운 좋게 지지 않는다면 예정대로 황제 자리는 네게 양도할게, 황월의 공녀님."

"후후후, 기대하겠습니다. 루비 님."

마치 들판에 핀 꽃처럼 슈트리나는 미소 지었다.

그것은 제국의 기록에 남아있는, 사대공작가의 마지막 해후였다.

이후 그들이 홍차를 함께 마시는 일은 두 번 다시 없었다.

소중한 사람을 잃은 두 사람은 절대 멈추지 않았다.

그리고 마찬가지로 소중한 사람을 잃은 에메랄다 또한 그 내전에 개입하지 않았다.

목숨이 다할 때까지 쌍방은 계속 싸웠고, 소모된 타이밍에 성황제의 아쿠에리안 포스가 송두리째 거두어갔다.

그곳은 많은 인생이 손쓸 수 없이 파괴된 지옥의 세계.

벨이 눈을 깜빡이는 사이에 불타버린 가능성 중 하나였다.

그리하여 세상은 거꾸로 흐르고……

제도 루나티어에 있는 블루문 가의 제도 저택에 그날 보기 드문 인물이 방문했다.

"오랜만이잖아. 루비 양. 세인트 노엘을 졸업한 뒤로 처음이니까 반년만인가?"

갑작스러운 손님이었지만 딱히 무례를 지적하지도 않고……. 사피아스는 즐거운 얼굴로 손님, 루비 에트와 레드문을 환영했다.

"마침 좋은 타이밍에 왔어. 새 홍차를 손에 넣었는데, 물의 온도를 어떻게 잡아야 할지 잘 모르겠거든. 레티치아에게 주기 전에 다른 사람에게 시음을 부탁하고 싶었지. 협력해줘."

그러더니 집사에게 지시를 내리며 안뜰로 향했다.

맑은 하늘 아래 나무로 둘러싸인 공간에서 차를 마시는 건 최고의 사치다.

테이블석에 우아하게 앉은 사피아스는 문득 루비의 얼굴을 보고 고개를 갸웃거렸다.

"음? 왜 그러지? 뭔가 오늘은 유난히 말수가 없는데?"

"어…… 응. 뭐…… 그게."

무언가 머뭇거리던 루비였지만…….

"실은…… 그, 네게 상담하고 싶어서 왔는데……."

"뭐? 상담? 네가, 나한테?"

경악하는 사피아스. 하지만 바로 진지한 얼굴로 고개를 끄덕였다.

"그래. 그렇다면 더욱 홍차가 필요하겠군……. 차분하게 이야기를 들으려면 홍차는 필수니까."

그 루비가 굳이 찾아와서, 심지어 자신에게 상담하고 싶은 게 있다고……. 이건 어지간한 일이라며 다소 긴장되는 걸 느끼며 사피아스는 티포트를 들었다.

루비의 찻잔에 홍차를 따르고 자신의 찻잔도 우아하게 채운 뒤.

"그래서? 대체 뭘까……. 네가 나에게 상담이라니……."

"……청월의 귀공자…… 사피아스 경. 그…… 너는 약혼자 레티치아 양에게, 사랑을 속삭이거나, 그런…… 걸 하나?"

사피아스는 찻잔을 입으로 가져가던 손을 멈추고 조용히 루비를 바라보았다.

무언가 엉뚱한 질문이 들린 것 같은 느낌이 들지만…….

──이건…… 말을 꺼내기 아주 힘든 상담인 것 같은데. 그 루비 양이 깜빡 이상한 소리를 해버릴 만큼 중대하고 위험한 사건……. 그렇게 봐야 하나.

경계심을 한 단계 끌어올린 사피아스에게 루비는 거듭 말을 이었다.

"아니, 아니지……. 으음, 레티치아 양에게 처음 고백했을 때, 어떤 식이었는지, 관심이 있어서……."

사피아스는 찻잔에 담긴 홍차를 한 모금. 향을 즐기면서 우아하게 음미한 뒤…….

"음, 그래. 그건 그렇지…… 응. 확실히 나는 썩 신뢰하기 어렵다고는 생각하지만……."

루비가 망설이는 건 상담 내용이 중요하기도 하지만, 아마도 자신이 믿음직스럽지 못하기 때문일 것이라고 사피아스는 판단했다.

확실히 지금까지 자신이 보인 행동을 돌아보면 그리 쉽게 믿어 줄 리 없다고는 보지만……

이대로는 안 된다며 사피아스는 아주 진지한 얼굴이 되어 말을 이었다.

"하지만 이런 나라도 일단은 미아 황녀 전하를 위해 노력할 생각이야. 어때, 여기서는 솔직하게 상담해줄 수 없을까? 네가 찾아왔다는 건, 무언가 중요한 볼일이 있다는 거지? 그 볼일을 말해줄 수 없겠어?"

말하지 않아도 알고 있다는 얼굴인 사피아스. 하지만 루비는 진심으로 난처해하는 표정으로 대답했다.

"아니…… 이미 말한 그대로인데."

"…………응?"

이해할 수 없어서 고개를 갸우뚱 기울이는 사피아스. 그런 그에게 루비는 마치 선두에 서서 적군을 향해 돌격하기 직전인 듯한 얼굴로 말했다.

"시, 실은, 그게…… 마음에 품은 남성이…… 이, 있는데…… 그게…… 어, 어떻게, 고백해야 하는지, 조언해줄 수 없을까……?"

그런 루비의 필사적인 부탁에 사피아스는 멍하니 입을 벌렸지만……

바로 홍차를 한 모금……. 한 모금 더. 그 후…….

"흠. 그래. 자세한 사정을 들려주겠어……?"

웃지도, 놀리지도 않고 지극히 냉정하게 필요한 말만 건넸다.

사피아스는 이래 봬도 신사다.

그런 사피아스의 반응에 조금 안도한 얼굴로 루비는 입을 열었다.

자신이 누구에게 마음을 빼앗겼는지……. 그 시작부터 최근 일어난 일까지, 다소 과도하리만치 뜨겁게 전달했다.

그 기나긴…… 정말로 긴! 이야기에도 사피아스는 끼어들지 않았다.

사랑이란 사피아스에게는 지극히 중요한 사항. 그렇다면 어찌 남의 사랑을 웃을 수 있으리오.

오히려 자신을 상담 상대로 선택해줘서 영광으로 여겨야 하지 않을까?

그렇다……. 사피아스는 사랑하는 레티치아와 자신이 연애의 교본처럼 보였다는 게 기뻤다!

이윽고 루비의 이야기를 다 들은 사피아스는,

"그런가, 아니…… 감탄했어. 그랬구나……."

감회에 젖어 말했다.

"너는 영락없이 그런 연애에 관심이 없는 줄로만 알았는데, 그랬군."

"왠지 놀림당하는 듯한 느낌이 드는데……."

못마땅해서 뺨이 부루퉁해지는 루비를 보며 사피아스는 다소 당황한 어조로 대답했다.

"아니, 그렇게 삐딱한 시선으로 보지 말아줘. 나는 정말로 감탄한 거니까."

"흥, 그렇다면 제대로 대답해줘. 청월……. 너는 약혼자에게 어떻게 마음을 전했지?"

재차 묻는 말에 사피아스는 조금 난처한 얼굴이 되었다.

"아니, 나와 레티치아는 어릴 때부터 약혼자였으니까 그렇게 굳게 마음을 먹고 고백한다는 느낌은 아니었거든……."

그 말에 루비는 눈이 휘둥그레졌으나…….

"아…… 음, 그도 그런가."

살짝 김이 샌 듯한, 낙담한 듯한 얼굴로 고개를 끄덕였다. 그러고는 홍차를 한 모금 마시고…….

"페르쟝의 찻잎이군. 후후후, 역시 향이 좋아."

"그렇지? 이건 정말로 경의를 표할 만한 맛이야. 물론 미아 님 밑에서 학생회의 일원으로 일하기 전까지는 그런 생각을 하지 못했지만……."

사피아스는 세인트 노엘에서 보낸 나날을 회상하듯 중얼거린 뒤…….

"그러니까, 그래……. 내가 할 수 있는 조언이라면, 기회를 놓치지 말고 고백하라는 흔한 말과……."

마치 건배하듯 찻잔을 들어 올렸다.

"설령 실패한다고 해도 미아 황녀 전하가 어떻게든 해주실 테니 편한 마음으로 고백하면 된다는 것 정도일까."

"뭐야, 그건……."

무의식인 듯 웃음을 흘리는 루비에게 사피아스는 어깨를 으쓱했다.

"말 그대로지. 이번 일도 미아 황녀 전하께서 기회를 만들어주신 거잖아?"

루비가 고개를 끄덕이는 걸 보며 사피아스는 웃었다.

"그렇다면 실패했을 때의 책임도 미아 황녀 전하께서 감당해달라고 하면 돼. 잘 되든 실패하든 나쁘게 흘러가진 않을 거야. 분명."

"신뢰하는구나. 미아 황녀 전하를."

루비의 말에 사피아스는 진지한 표정으로 고개를 끄덕였다.

"물론이지. 나는 그 분에게 구원받았으니까. 아니, 나 혼자만이 아니야. 그분은 미래의 제국에 필요한 분. 지금도 블루문 파벌 내에서 여제를 받아들일 사람들을 찾는 중이고, 나는 그분에게 최대한의 충성을 바칠 생각이야."

사피아스는 현재 블루문 파의 상황을 루비에게 공유하기로 했다.

"그렇군. 상황이 갖춰질 때까지는 청월의 귀공자가 차기 황제 후보로 행동하는 게 낫다…… 는 건가."

"그래. 탄신제나 밀 흉작 대비, 이웃 나라와의 외교도 포함해서 미아 황녀 전하께 지지를 보이는 가문은 적지 않아. 하지만 그래도 아버지는 상당한 야심가거든. 좀처럼 파악할 수 없는 부분이 있어. 정말이지, 고생이라니까."

사피아스는 어깨를 움츠렸다.

"뭐, 손해 계산을 못 하는 분이 아니니까 억지로 블루문 가를 위험에 빠트릴 일은 없을 테지만……."

"명문 귀족이란 종종 생각지도 못한 행동을 저지르는 법이지. 그런 자들을 통솔하는 블루문 공작의 행동도 파악하기 힘들다는 건 이해해. 우리 레드문 가가 미아 황녀 전하를 지지한다는 게 긍정적으로 작용해준다면 좋을 텐데……."

"그래……. 옐로문 가도 미아 님을 지지한다면 남은 건 그린문 가와 우리 블루문 가. 일반적으로 생각했을 때 적대해서 좋을 일은 없을 테지만, 반대로 그린문과 손을 잡고 미아 님의 세력을 야금야금 무너트린다…… 같은 쓸데없는 짓을 저지르지 않는다면 좋겠는데."

사피아스는 얼굴을 찌푸렸다. 그러나 바로 기분 좋은 미소를 지었다.

"하지만 이렇게나 쉽게 레드문 공작을 포섭하다니. 미아 황녀 전하의 수완은 여전히 대단하다니까."

"그래. 사실은 나도 놀랐어. 게다가 미아 황녀 전하의 승마 실력이 설마 그 정도로 뛰어날 줄은 몰랐지. 게다가 기마왕국의 기수……. 그녀도 상당한 실력자였어. 그렇게 대단한 사람을 곁에 두고 있다니, 정말 미아 황녀 전하는 방심할 수 없다니까."

"오. 그 정도라고……. 흥미로운데."

"저런, 영락없이 군사는 고상하지 않다고 생각하고 있을 줄 알았는데……."

의외라는 얼굴로 말하는 루비에게 사피아스는 한숨을 쉬었다.

"그렇게 말할 수 있는 학생 시기는 이미 끝나버렸으니까. 우리 블루문 가의 영지 내에도 도적이 나오지 않는다고 말할 수 있을 만큼 안정적이진 않아. 도적을 쓰러트리고 치안을 유지할 검은 필요하지."

"후후후. 그런 거라면 상담에 응하겠어."

"미안해. 신세 좀 지자."

기특한 소릴 하는 사피아스를 보며 루비는 힘차게 고개를 끄덕였다.

"괜찮아. 함께 제국을, 미아 황녀 전하를 지지하는 입장이니까. 신경 쓸 필요 없어. 오히려 제대로 보안을 강화해야지. 물론 그 뱀이랬던가……. 그건 사병단으로 어떻게 할 수 있는 게 아닌 것 같지만……."

"하하하. 우리 블루문 가만큼은 가문 내에 잠입한다거나 할 걱정은 없어."

그렇게 웃어넘기려고 한 사피아스였으나…… 바로 그 얼굴에 진지함이 번졌다. 그들이 상대하는 적은 절대 방심하면 안 되는 자들이라고 마음을 바꿔 먹었기 때문이다.

"아니, 그래……. 경계할게. 아무튼 그 미아 황녀 전하가 경계하는 무리니까. 충고 고마워."

"그게 좋겠어. 특히 너처럼 소중한 사람이 있는 사람은."

"그래. 뭐, 어쨌거나 미아 황녀 전하의 편을 든다는 건 어디에서 목숨을 노려질지 알 수 없는 셈이니까. 뛰어난 가신을 가까이 둬서 손해 볼 일은 없겠지……. 그런데 홍차는 어땠어?"

"조금 미지근한 느낌이야. 조금 더 온도를 올리는 게 향이 부각

되지 않을까?"

그렇게 두 사람은 새 홍차를 즐겼다.

제국의 예지 미아와 별을 지닌 공작가의 다과회, 통칭 '월광회'.

그건 종종 제국의 미래를 좌우하는 중요한 자리로서, 혹은 맛있는 차와 다과를 즐기는 자리로서. 미아가 황제가 된 뒤에도 오랫동안 이어지게 되었다.

티어문 제국
이야기

미아의 요리 연구 일기

CULINARY
RESEARCHER
MIA'S
DIARY
TEARMOON
EMPIRE STORY

레티치아 양과 요리 모임을 열기로 했습니다. 따라서 약속한 날까지 요리를 연구하려고 합니다. 레티치아 양은 요리 실력이 썩 좋지 않다고 하니, 숙련자인 제가 열심히 해서 주도해야만 하니까요.

평소에는 별생각 없이 먹는 요리지만, 앞으로는 하나하나 만드는 법을 물어보고 지식을 쌓을 생각입니다. 힘내겠어요!

8월 3일

황월 토마토 스튜를 먹었다. 늘 그랬듯 맛있음. 항상 이 맛을 낼 수 있다는 게 요리사의 실력을 말하고 있을 테지. 맛, 양, 모두 흠잡을 곳 없음.

레시피는 채소를 푸우우욱 끓인다. 떫은맛을 빼면서 도중에 조미료를 넣어 맛을 조절. 조미료의 양은 그 날의 기온이나 넣는 채소의 상황에 따라 조금씩 바꾼다고 한다.

베테랑 요리사라면 가능하다고 하는데 내가 할 수 있을지 걱정. 일단 베테랑이라고 해도 이상하지 않을 만한 경험은 있지만.

어쨌든 여느 때와 같은 요리사의 기술과 오랫동안 푹 끓이는 끈기에 감탄.

맛 ☆☆☆☆☆ 난이도 ☆☆☆☆☆

8월 4일

　오늘의 요리는 연어 마리네이드.

　훈제 연어를 마리네이드에 담그고 그 위에 얇게 자른 옥월 양
파와 잘게 썬 향초를 뿌린다. 산미와 파의 절묘한 향기, 훈제 연
어의 냄새가 어우러져 훌륭한 맛이었다. 같이 딸려 나온 버섯이
참으로 얄미운 연출.

　만들 때, 역시 가장 난관은 옥월 양파를 얇게 자르는 것. 그 외
엔 기본적으로 마리네이드에 재우기만 하면 되니 의외로 간단
할 것 같다. 버섯을 고르는 센스는 자신이 있으니 곁들임 메뉴도
적절히 내어놓을 수 있을 것 같고.

　맛 ☆☆☆☆☆ 난이도 ☆☆☆ (나라도 가능할 듯)

8월 5일

　맛있는 스테이크였다. 고기와 고기 사이에 향긋한 버섯과 진
한 소스를 끼워서 구운, 얼핏 케이크처럼 보이는 메뉴.

　야들야들한 고기에 소스의 맛이 제대로 배어들었고, 거기에
버섯의 쫄깃한 식감이 절묘하게 더해진다. 아주 완성도가 높은
요리였다.

고기는 너무 바싹 굽지도 않았지만 속까지 제대로 익어있었다.

물어보니 이 요리는 불 조절이 핵심으로, 불을 간파하는 게 중요하다나. 또 고기에 재빨리 세공해야만 한다니 아무래도 난이도는 높아 보인다.

아니, 하지만 리오라 양은 고기의 불 조절을 잘 아는 분. 도우미로 와 달라고 하면 가능할지도.

맛 ☆☆☆☆☆ 난이도 ☆☆☆☆☆☆ (높은 벽에 도전해보는 것도?)

8월 6일

오늘은 요리가 아니라 디저트의 레시피를 기록.

주방장의 특제 채소 케이크. 평소에는 그 맛에만 집중했지만, 설마 그 케이크에 그렇게 많은 채소가 들어갔을 줄은 몰랐다.

심지어 채소마다 다듬는 법이 다 달라서 머리가 혼란스러웠다.

분량을 실수하면 단맛이 한참 부족한 케이크 비슷한 것이 되어버리기 때문에 조심해야 한다고.

아무래도 이건……. 아니, 하지만 안느는 카티라를 구운 적도 있으니 힘을 합치면 만들 수 있지 않을까? 나도 어느정도 요리 실력에는 자신이 있으니까, 다음에 도전해볼까.

맛 ☆☆☆☆☆ 난이도 ☆☆☆☆☆

흐음, 그나저나 고민이네요. 이번 요리 모임에서 뭘 만들지.

우선 버섯만 들어가면 어느 정도 괜찮은 요리가 되겠죠. 그렇다면 오히려 어떤 버섯을 넣을지, 그게 중요하지 않을까요?

어쨌거나 모처럼 요리를 만드는 거니까 모두 함께 맛있는 걸 먹을 수 있다면 좋겠는데요.

후기

오랜만입니다. 모치츠키 노조무입니다. 여러분, 별일 없으셨나요?

…………갑작스럽지만 최근에 요리를 시작했습니다.

덕분에 알게 된 일이지만……. 직접 해보기 전까진 요리치의 '숯더미 요리'라는 건 어차피 픽션에서나 나오는 과장에 불과하다고, 생각했는데요…….

실제로 해보고 느꼈습니다. 그래, 익숙하지 않으면 다 익은 게 맞는지 불안해서 너무 오래 익혀버리는 일이 정말 있구나…….

딱딱하게 구워진 쇼가야키를 먹으며 생각했습니다.

특히 냉장 기술이 발달하지 않은 판타지 세계의 여행자나 모험가는 마을 밖에서 배탈이 날 수는 없으니까, 오히려 불에 오래 익히는 게 기본이라고 배워도 이상하지 않다는 걸 발견했습니다.

따라서 숯더미 요리는 은근히 현실적인 게 아닌가 생각하는 요즈음입니다.

……뭐, 그렇다고 미아처럼 몰래 위험한 버섯을 넣으려고 하는 건 옹호할 수 없지만요…….

미아 : 어머, 뭘 모르시는군요. 요리란 도전. 미지의 맛을 개척하는 도전 정신을 잃어버리면 정체가 기다릴 뿐이에요.

벨 : 그렇군요. 미아 할…… 언니의 말씀에는 일리가 있어요. 사람은 모험심이나 탐구심을 잃어버리면 안 되니까요.

레티치아 : 훌륭하신 생각입니다. 저도 본받아야겠네요.

사피아스&키스우드 : ···············.

여기서부터는 감사 인사입니다.

Gilse님, 이번에도 멋진 일러스트를 그려주셔서 감사합니다. 대망의 루비, 사피아스의 컬러 일러를 보고 감동했습니다.

담당자 F님, 애니메이션 쪽을 비롯해서 여러모로 신세 많이 지고 있습니다.

가족, 친척 여러분. 항상 응원 감사합니다.

마지막으로 이 책을 읽어주신 독자 여러분께. 어느새 14권. 오랫동안 함께 해주셔서 감사합니다. 조금 더 미아의 모험에 따라와 주셨으면 좋겠습니다.

그럼 또 다음 권에서 만날 수 있기를.

티어문 제국
이야기

권말 보너스

만화판 제28화 미리보기

COMICS TRIAL READING

TEARMOON

EMPIRE STORY

제28화

밤에 정해의 숲에서 룰루 족과 대담한 후

도착했습니다.

아침.

영도로 돌아온 미아는…….

많이 피곤하시죠?

바로 메이드를 불러 쉴 준비를……

아뇨.

부릅

네?

바로 제도로 출발하겠습니다.

곧장 제도로 돌아가기로 했다.

상황을 만들고 필요한 수를
쓴 이상 싸워야 하는 장소는
따로 있다.

그런 생각인 거겠지.

……그래.

이런
위험
지대에선

목숨이
몇 개
있어도
부족해요!!

계속
쳐다보고 있어요!!!!

빠안……

단순히
디온 옆에서
냉큼
도망치고
싶은
것뿐이었다.

과거에 구해준
아이의 할아버지가
분쟁이 생긴
부족의 족장이었다니.
그게 우연일 리 없지.

아마 숲에 오기 전에
이미 정보를
쥐고 있었을 거야.

훗…….

전부
계산했다는
건가…….

우연은
참
무시무시
하다.

피식...

어쩐지 그런 것치곤 자꾸 움찔거리지만

저것도 연기인 거겠지.

샤사삭...

따악

제국의 예지라……

장군이 되어줘.

출세 같은 건 진짜 적성에 맞지만……

그래도

그 황녀님을
위해서라면

조금
노력해보는
것도
괜찮겠지.

안심했더니
졸려요...

ㅎ
아
암

숙적이자
제국 최강의
검사를 자기도
모르는 사이에
아군으로
포섭했다는 건

꿈에도
예상하지
못하는
미아였다.

다음 날.
제도
루나티어,
백월 궁전.

아버지인
황제가
미아를
불러냈다.

베르만
자작……

숲과
관련된
일인
걸까요.

당장
숲을 통째로
불태워서……

아뇨, 아바마마.
그럴 필요는
없습니다.

절레…

부끄러운
이야기지만

나무에
발이 걸려서
넘어지고
말았답니다…….

그게
전부예요.

뭣이라?!

미아를
넘어지게
하다니,
못된
나무로다!!

저는 그 숲이
아주 마음에
들었답니다.

그러니
부탁
드리건대……

나는 그분을 너무 과대평가하고 있었나……?!

미아 님께서 이룩하시려는 개혁을 위해서는 많은 사람의 협력이 필요해.

가능하면 원한을 사지 않는 게 좋아.

미아 님이시라면 잘 수습하실 수 있으리라 기대했지만……

루드비히는 이미 그 정도로는 만족할 수 없는 몸이 되고 말았으며

설마 미아 님께서는 현자도 성녀도 아니고

사실은 맹탕인 황녀 전하이신 건가……?

그리고 그는 지금 진실에 도달하기 직전이었다!

티어문 제국
이야기

찾으러 가요!

실종의 수수께끼를 추적하여—

저주받은 클라우지우스 가에!

여름방학 마지막 여행이 시작된다!

티어문 제국 이야기 XV
TEARMOON EMPIRE STORY

기대해주세요

TEARMOON
EMPIRE STORY

모치츠키 노조무 지음
Gilse 일러스트

Tearmoon Teikoku Monogatari 14~Dantoudai kara hazimaru hime no gyakuten story~
by Nozomu Mochitsuki

Copyright © 2023 by Nozomu Mochitsuki
Original Japanese edition published by TO Books, Inc.
Korean translation rights arranged with TO Books, Inc.
Korean translation rights © 2024 by Somy Media, Inc.

티어문 제국 이야기 14 ~단두대에서 시작하는 황녀님의 전생 역전 스토리~

2024년 11월 15일 1판 1쇄 발행

저　　　자 모치츠키 노조무
일 러 스 트 Gilse
옮 긴 이 현노을
발 행 인 유재옥
이　　　사 조병권
출판본부장 박광운
담 당 편 집 정영길
편 집 1 팀 박광운
편 집 2 팀 정영길 조찬희 박치우 정지원
편 집 3 팀 오준영 이소의 권진영
디자인랩팀 김보라 차유진
디지털사업팀 박상섭 김지연 윤희진
라이츠사업팀 김정미 맹미영 이윤서
영업마케팅팀 최원석 박수진 이다은
물 류 팀 허석용 백철기
경영지원팀 최정연
인쇄제작처 ㈜코리아피엔피
발 행 처 ㈜소미미디어
등　　　록 제2015-000008호
주　　　소 서울시 마포구 토정로222, 403호 (신수동, 한국출판콘텐츠센터)
판매 및 마케팅 (070) 8822-2301

ISBN 979-11-384-2992-4 04830
ISBN 979-11-6507-670-2 (세트)